## "三峡学者文库"编委名单

**主　编：**
郭作飞　王志清
**编委会：**
陈会兵　曾　毅　申载春　李　俊
林辉春　赖永兵　李朝平

# 汉代《诗》学论稿

张华林 著

四川大学出版社

项目策划：徐　凯
责任编辑：徐　凯
责任校对：毛张琳
封面设计：墨创文化
责任印制：王　炜

### 图书在版编目（CIP）数据

汉代《诗》学论稿 / 张华林著． — 成都：四川大学出版社，2020.10
（三峡学者文库 / 郭作飞，王志清主编）
ISBN 978-7-5690-3224-6

Ⅰ．①汉… Ⅱ．①张… Ⅲ．①古典诗歌－诗歌研究－中国 Ⅳ．① I207.22

中国版本图书馆CIP数据核字（2019）第273466号

| | |
|---|---|
| 书　名 | 汉代《诗》学论稿 |
| 著　者 | 张华林 |
| 出　版 | 四川大学出版社 |
| 地　址 | 成都市一环路南一段24号（610065） |
| 发　行 | 四川大学出版社 |
| 书　号 | ISBN 978-7-5690-3224-6 |
| 印前制作 | 四川胜翔数码印务设计有限公司 |
| 印　刷 | 四川五洲彩印有限责任公司 |
| 成品尺寸 | 148mm×210mm |
| 印　张 | 11.5 |
| 字　数 | 247千字 |
| 版　次 | 2020年10月第1版 |
| 印　次 | 2020年10月第1次印刷 |
| 定　价 | 50.00元 |

◆ 版权所有 ◆ 侵权必究

◆ 读者邮购本书，请与本社发行科联系。
　电话：(028)85408408/(028)85401670/
　(028)86408023　邮政编码：610065
◆ 本社图书如有印装质量问题，请寄回出版社调换。
◆ 网址：http://press.scu.edu.cn

四川大学出版社
微信公众号

# "三峡学者文库"出版说明
# （总序）

中国语言文学是重庆三峡学院历史最悠久的学科之一。经过长期的建设与发展，本学科已积累了较为深厚的研究基础，成为重庆市高校"十三五"重点学科，其中中国古典文献学为重庆市立项建设重点学科，汉语言文学本科专业为重庆市特色专业建设点，其中师范专业为重庆市首批"专业综合改革试点"专业。2014年7月本学科正式获批新增硕士学位一级学科授权点，汉语言文字学、中国古典文献学、中国古代文学、中国现当代文学4个方向开始招收硕士研究生。本学科2014年申报了学科教学（语文）专业硕士学位，于2015年开始正式招生。

本学科有一支职称高、学历高，年龄、学缘结构合理，具有较强科研能力的学术队伍。其中有教授11人、副教授18人、博士16人（另有在读博士2人）；有重庆市名师1人，重庆市高校优秀中青年骨干教师2人，外聘兼职教授19人，硕士研究生导师15人（含兼职）。队伍成员大多毕业于"985""211"高校，受到了严格的学术训练，有较为深厚的中国语言文学理论基础和研究素养，在各自的研究领域均取得了不少研究成果。部分教师先后与西南大学、东南大学、四川外国语大学等合作,开展联合招收硕士研究生培养工作,已招收培养硕士研究生 50 余人,积累了丰富的硕士研究生培养经验。

经过长期积累,本学科已在古代文学与古典文献研究、汉语本体及其应用研究、现当代文学与文艺理论研究等方面取得了较为丰硕的成果。何其芳研究、三峡方志文献研究、夔州诗研究等具有鲜明的地域特色,在国内外产生了较大影响。近年来本学科共主持国家社科基金项目 13 项,教育部委等部级项目 14 项,其他项目 100 余项;出版著作 47 部;发表论文 540 多篇,其中发表在重要刊物上的有 31 篇,发表在 CSSCI 来源期刊及核心刊物上的有 178 篇;获重庆市社科优秀成果二等奖 2 项,三等奖 6 项,全国优秀古籍图书二等奖 1 项。

本学科现有重庆市人文社科重点研究基地 1 个,市级学会 1 个,校级科研创新团队 2 个;校级研究所 4 个,研究工作室 4 个;建有学科专业图书资料中心 1 个,藏有《四库全书》《敦煌文书》等大型纸质图书资料 30 余万册,电子图书 100 余万种,学科中外文现刊 30 多种。

本校开通有 CNKI 中国知网、维普中文期刊数据库、万方数据库等及 10 余种试用的电子资源和数据库,校园网络畅通,能方便查询检索资料。

本校已与德国波恩大学、法国国家科学研究中心、日本圣泉大学、美国丹佛社区大学、中国社会科学院、北京大学等建立了密切的联系,能为学生参加国际国内学术会议、培养国际学术视野提供便捷的交流平台。

为了进一步加强市级重点学科中国语言文学和硕士点的建设，展示和提升学科科研实力和科研水平，本学科现启动"三峡学者文库"的资助出版工作。该出版工作重点资助汉语言文字学、中国古典文献学、中国古代文学、中国现当代文学等方向以及三峡文化研究方向的特色成果，计划出版 15 部具有原创性、前沿性的学术专著，由四川大学出版社统一编辑，分批次出版。

"三峡学者文库"由市级重点学科下拨经费及学校配套经费资助，学校各级领导高度重视，文学院专门成立了"三峡学者文库"编委会，学科成员积极响应、热情参与。本丛书的出版得到了四川大学出版社的大力支持，徐凯编辑为丛书的出版付出了辛勤的劳动，在此一并致谢！

"三峡学者文库"编委会

2018 年 1 月

# 目 录

**第一章 陆贾以《诗》治世的《诗》学**……………（1）
  第一节 以《诗》治世问题的提出………………（2）
  第二节 《诗》的仁义特性………………………（6）
  第三节 诗生于道与诗言道………………………（9）
  第四节 《诗经》的编定…………………………（12）
  第五节 陆贾《诗》学的影响……………………（20）

**第二章 董仲舒与汉代"以《诗》为法"**…………（22）
  第一节 董仲舒"以《诗》为法"的提出………（23）
  第二节 董仲舒对"以《诗》为法"的实践……（26）
  第三节 董仲舒"以《诗》为法"提出的缘由
    ………………………………………………（31）
  第四节 汉人对"以《诗》为法"的接受与应用
    ………………………………………………（42）

**第三章 郑玄"以《诗》为法"研究**………………（72）
  第一节 "以《诗》为法"的提出………………（73）

第二节 郑玄"以经为法"的经学观……………（78）
第三节 郑玄之"以《诗》为法"……………（80）
第四节 郑玄"以《诗》为法"与其《诗经》诠释
　　　　……………………………………………（84）
第五节 郑玄"以《诗》为法"《诗》学观的影响
　　　　……………………………………………（88）

第四章 司马迁"孔子删《诗》"说研究…………（90）
第一节 司马迁之前关于《诗经》编定的讨论
　　　　……………………………………………（91）
第二节 司马迁"孔子删《诗》"说的提出……（105）
第三节 《论语谶》与"孔子删《诗》"说的确立
　　　　……………………………………………（131）
第四节 司马迁"孔子删《诗》"说的学术意义
　　　　……………………………………………（140）

第五章 郑玄与"孔子删《诗》"说………………（146）
第一节 郑玄之前对"孔子删《诗》"说的接受
　　　　与异议…………………………………（148）
第二节 郑玄对"孔子删《诗》"说的接受、拓
　　　　展与异议………………………………（153）

第六章 服虔《诗经》学研究……………………（167）
第一节 服虔与《韩诗》…………………………（168）
第二节 服虔与《毛诗》…………………………（173）

## 第七章 何休《诗经》学辑考 (191)
第一节 何休与《鲁诗》 (191)
第二节 何休与《韩诗》 (193)
第三节 何休与《毛诗》 (201)
第四节 《诗》学派属不明类 (204)

## 第八章 《毛诗》与刘桢诗歌 (209)
第一节 刘桢与《毛诗》 (209)
第二节 刘桢诗歌与《毛诗》 (215)
第三节 刘桢的诗学观与《毛诗》的比兴理论 (221)

## 第九章 汉代帝王与《诗经》 (227)
第一节 两汉帝王的《诗》学教育 (228)
第二节 两汉帝王的致用《诗》学观 (257)
第三节 两汉帝王之言《诗》 (279)

## 第十章 20世纪以来汉代《鲁诗》研究述评 (301)
第一节 《鲁诗》学的传授、著述与流变研究 (304)
第二节 《鲁诗》文本研究 (306)
第三节 《鲁诗》学者研究 (311)
第四节 鲁诗镜研究 (319)
第五节 熹平石经《鲁诗》研究 (320)

### 第十一章 20世纪以来汉代《韩诗》学研究述评
……………………………………（324）

第一节 《韩诗》内、外传关系研究 …………（326）

第二节 《韩诗外传》文本整理 ………………（329）

第三节 《韩诗外传》"解《诗》"的研究 ………（331）

第四节 《韩诗外传》思想研究 ………………（338）

第五节 《韩诗外传》的文学研究 ……………（343）

第六节 《韩诗外传》的语言文字研究 ………（345）

第七节 《韩诗外传》之外的汉代《韩诗》研究

……………………………………（346）

**后　记**……………………………………（353）

# 第一章 陆贾以《诗》治世的《诗》学

汉代《诗经》常被用于处理各种政治伦理事务，如董仲舒用《诗》断狱①，王式用《诗三百》作"谏书"②，王莽以《诗经》中的话语作为官职名称③，哀帝以《诗》作为其母丁太后与其父定陶恭王合葬的依据④等，此即"通《诗》致用"。

但汉代"通《诗》致用"的《诗》学观是如何形成的呢？笔者认为这一《诗》学理念的形成与陆贾有关。陆贾提出以《诗》《书》治天下，要求以《诗》来重建与维护当时濒于崩溃的君臣、父子等人伦关系，从而达到治世的目的。为此，他说《诗》以仁义为本；诗生于道，诗言道；进而提出孔子编定《诗经》以维护人伦之道等新的《诗》学观。这种注重致用的《诗》学对贾谊、董仲舒、司马迁等的《诗》学观产生了影响，进而影响到汉代"通

---

① 杜佑：《通典》，中华书局，1988年版，第1911页。
② 班固：《汉书》，中华书局，1962年版，第3610页。
③ 班固：《汉书》，中华书局，1962年版，第4126页。
④ 班固：《汉书》，中华书局，1962年版，第339页。

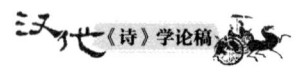

《诗》致用"风尚的形成。但目前学界对陆贾的《诗》学观重视不够,进而对汉代"通《诗》致用"《诗》学观的形成缺乏清晰的认识。本章主要就此进行讨论。

## 第一节 以《诗》治世问题的提出

陆贾的《诗》学观,从现存材料看,最早体现在《史记》所载的那段与汉高祖论"马上治天下"的著名对话中。其文曰:

> 陆生时时前说称《诗》《书》。高帝骂之曰:"乃公居马上而得之,安事《诗》《书》!"陆生曰:"居马上得之,宁可以马上治之乎?且汤武逆取而以顺守之,文武并用,长久之术也。昔者吴王夫差、智伯极武而亡;秦任刑法不变,卒灭赵氏。乡使秦已并天下,行仁义,法先圣,陛下安得而有之?"高帝不怿而有惭色,乃谓陆生曰:"试为我著秦所以失天下,吾所以得之者何,及古成败之国。"陆生乃粗述存亡之征,凡著十二篇。每奏一篇,高帝未尝不称善,左右呼万岁,号其书曰"新语"。①

这段材料表明陆贾所言之《诗》《书》与治世有关。陆贾认为武力可以取天下,但不能治天下,夫差、智伯与

---

① 司马迁:《史记》,中华书局,1959年版,第2699页。

秦王朝就是以武力治天下而败亡的典型。治天下当"文""武"并用，"文"即包括他所说的《诗》《书》。与以《诗》《书》治世相应的是"行仁义""法先圣"。下面笔者结合《新语》的内容，对这三者及其与治世的关系作一些讨论。

首先，陆贾强调"法先圣"。那么，何以要法先圣呢？陆贾将古代社会分为"先圣""中圣""后圣"治理的三个阶段。其《新语·道基》云：

> 先圣乃仰观天文，俯察地理，图画乾坤，以定人道，民始开悟，知有父子之亲，君臣之义，夫妇之别，长幼之序。于是百官立，王道乃生。①

> 民知畏法，而无礼义；于是中圣乃设辟雍庠序之教，以正上下之仪，明父子之礼，君臣之义，使强不凌弱，众不暴寡，弃贪鄙之心，兴清洁之行。②

> 礼义不行，纲纪不立，后世衰废；于是后圣乃定五经，明六艺……以绪人伦，宗诸天地，纂修篇章，垂诸来世，被诸鸟兽，以匡衰乱。③

三条材料中，第一条言先圣所定之人道，便是君臣、父子、夫妇等人伦关系；第二条言中圣设教的目的在于明君臣、父子等人伦关系；第三条则言后圣定五经六艺的目的在于"绪人伦"等。由此可知三圣功绩皆指向"绪人

---

① 王利器：《新语校注》，中华书局，1986年版，第9页。
② 王利器：《新语校注》，中华书局，1986年版，第17页。
③ 王利器：《新语校注》，中华书局，1986年版，第18页。

伦",即使父子、君臣、夫妇、长幼有序,如此则衰乱自消、心性自明。而圣人之世即是这种人伦关系井然有序的时代。先圣之功绩是陆贾主张效法的原因。

其次陆贾强调"行仁义"。"仁义"是《新语》反复言说的内容。如《道基》云:

> 骨肉以仁亲,夫妇以义合,朋友以义信,君臣以义序,百官以义承,曾、闵以仁成大孝,伯姬以义建至贞。①

《谷梁传》曰:"仁者以治亲,义者以利尊。万世不乱,仁义之所治也。"②

由此可知,陆贾认为"仁"主要与骨肉亲情如父子等伦常有关;"义"则与君臣、夫妇、朋友等人伦关系有关。因而"仁义"问题即父子、君臣、夫妇等人伦问题。

因此,在陆贾的思想里,"行仁义"与"法先圣"的实质是一样的,所体现的皆是他对人伦问题的关注,即通过对人伦关系的建构与维护来实现治世。而以《诗》治世,即与"行仁义""法先圣"有关。

那么陆贾何以如此关注人伦问题呢?这与他所处的社会背景有关。

在君臣关系方面,从刘邦称帝至其死之前,"十年之间,反者九起,几危天下者五六"③;而朝廷内"群臣饮

---

① 王利器:《新语校注》,中华书局,1986年版,第30页。
② 王利器:《新语校注》,中华书局,1986年版,第34页。
③ 阎振益、钟夏:《新书校注》,中华书局,2000年版,第120页。

## 第一章 陆贾以《诗》治世的《诗》学

酒争功,醉或妄呼,拔剑击柱,高帝患之"①。虽有叔孙通制礼仪以"正君臣之位",但"未尽备而通终"②,以致文帝时,仍是"制度疏阔"③。在社会道德伦理方面,"汉兴……人相食,死者过半。高祖乃令民得卖子,就食蜀汉"④。不但人相食,而且朝廷还以法令的形式"令民得卖子"。在生存面前,人伦退居次位。汉初还存在严刑峻法问题:"汉兴之初……尚有夷三族之令。"⑤故高敏在分析了张家山汉简《奏谳书》后,认为在高祖十二年(前195)之前,汉初的法律几乎全部延续了严酷的秦法⑥,重法治而轻人伦。所以陆贾《新语·思务》曰:

> 今之为君者则不然,治不以五帝之术,则曰今之世不可以道德治也。为臣者不思稷、契,则曰今之民不可以仁义正也。为子者不执曾、闵之质,朝夕不休,而曰家人不和也。学者不操回、赐之精,昼夜不懈,而曰世所不行也。⑦

这些情况时时刻刻都在冲击、消解着维系整个社会存在的人伦关系,进而直接影响着新建立的政权的稳定乃至存亡。因此,如何解决这些极为迫切的问题,是统治阶层

---

① 司马迁:《史记》,中华书局,1959年版,第2723页。
② 班固:《汉书》,中华书局,1962年版,第1030页。
③ 班固:《汉书》,中华书局,1962年版,第2230页。
④ 班固:《汉书》,中华书局,1962年版,第1127页。
⑤ 班固:《汉书》,中华书局,1962年版,第1104页。
⑥ 高敏:《汉初法律系全部继承秦律说——读张家山汉简〈奏谳书〉札记》,见《秦汉魏晋南北朝史论考》,中国社会科学出版社,2004年版,第77~80页。
⑦ 王利器:《新语校注》,中华书局,1986年版,第171页。

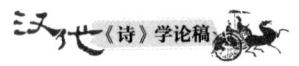

不得不面对的。正是在这一背景下,作为儒生的陆贾,依据儒家重视人伦关系的传统精神,提出了以《诗》等儒家经典来重建人伦关系的治世主张,并得到了统治阶层的肯定。

## 第二节 《诗》的仁义特性

那么,为什么可以用《诗》来处理人伦关系呢?这与陆贾对《诗经》的认识有关。

《新语·道基》曰:

> 骨肉以仁亲,夫妇以义合,朋友以义信,君臣以义序,百官以义承……《鹿鸣》以仁求其群,《关雎》以义鸣其雄,《春秋》以仁义贬绝,《诗》以仁义存亡。①

陆贾认为骨肉亲情需以"仁"来维持,而君臣、夫妇、朋友等关系则需建立在"义"的基础上。他引《谷梁传》"仁者以治亲,义者以利尊"之语,认为包括《诗经》在内的五经六艺恰恰就体现了这种"仁义"精神。他说"《鹿鸣》以仁求其群",即说《鹿鸣》诗言鹿见食而真诚地呼伴共享的精神就是仁德的体现;"《关雎》以义鸣其雄",是说《关雎》一诗所表现的正是雌雄情意至然而有

---

① 王利器:《新语校注》,中华书局,1986年版,第30页。

别的夫妇之义。这与《淮南子》所说的"《关雎》兴于鸟，而君子美之，为其雌雄之不乖居也；《鹿鸣》兴于兽，君子大之，取其见食而相呼也"①有近似之处，但强烈的淑世情怀使陆贾的《新语》比《淮南子》具有更明确的仁义价值取向。更为重要的是，陆贾并不局限于《关雎》《鹿鸣》两篇作品，而是上升到整个《诗三百》的层面进行讨论。他说："夫世人不学《诗》《书》，存仁义。"②又云："《诗》以仁义存亡。"《诗经》中所载之人世存亡皆系于仁义之道，《诗三百》皆体现了仁义之道。而仁义之道又关系着君臣、父子等人伦关系的建构与维持，关系着天下的治理，故其意义重大，所以陆贾要求以《诗》治世。

虽然早在春秋时期就有"《诗》《书》义之府"③的说法，但直接以仁义言诗者较少。郭店楚简《六德》篇云：

> 何谓六德？圣、智也，仁、义也，忠、信也。义者，君德也。……忠者，臣德也。……智也者，夫德也。……信也者，妇德也。……圣也者，父德也。……仁者，子德也。故夫夫、妇妇、父父、子子、君君、臣臣，六者各行其职，而谗陷无由作也。观诸《诗》《书》则亦在矣，观诸《礼》《乐》则亦在矣，观诸《易》《春秋》则亦在矣。④

---

① 何宁：《淮南子集释》，中华书局，2000年版，第1394页。
② 王利器：《新语校注》，中华书局，1986年版，第137页。
③ 孔颖达：《春秋左传正义》，北京大学出版社，1999年版，第501页。
④ 李零：《郭店楚简校读记》，北京大学出版社，2002年版，第130~131页。

《六德》认为父子、君臣、夫妇等人伦关系便是圣、智、仁、义、忠、信六德的体现，而这种人伦道德又载于《诗》《书》等六艺之中，这便是认为《诗经》中含有仁义等精神及与其相关联的人伦关系。此外，与《六德》属于同一时期的出土文献《语丛》云："思无疆，思无期，思无邪，思无不由义者。"① 饶宗颐认为此句摘自《鲁颂·駉》②，即《语丛》作者认为《駉》之情思皆合于"义"。这种观点与《六德》认为《诗》等六艺是"六德"的体现的观点是一致的。

　　据李学勤考证，出土郭店楚简的墓葬年代估计是公元前4世纪末，不晚于公元前300年③，这意味着《六德》等郭店楚简文献在公元前300年前后便在楚地传播。陆贾是楚人，据李鼎芳考证，陆贾大约生于公元前236年④，距《六德》入墓约60多年。而战国、秦汉时学术传播的地域性较强，因此作为楚人的陆贾是有可能读到《六德》一类的儒家著作的。

　　当然，陆贾的《诗》学观与《六德》也有不同，主要有两点：一是陆贾以"仁义"来总括父子、君臣等伦理关系，而《六德》中的"仁义"还只是单一的德目；二是陆

---

① 李零：《郭店楚简校读记》，北京大学出版社，2002年版，第149页。
② 饶宗颐：《诗言志再辨》，见《郭店楚简国际学术研讨会论文集》，湖北人民出版社，2000年版，第10页。
③ 李学勤：《先秦儒家的重大发现》，见《中国哲学》第二十辑，辽宁教育出版社，1999年版，第13页。
④ 李鼎芳：《陆贾〈新语〉及其思想论述——〈新语会校注〉代序》，载于《河南大学学报》（社会科学版），1980年第1期。

贾在以"仁义"言《诗》的基础上从诗的产生角度来探讨诗为什么具有仁义精神,进而将《诗》的编定和社会的治理结合起来,这些认识都是《六德》所不具有的。

## 第三节　诗生于道与诗言道

陆贾不仅认为《诗》具有仁义精神,而且对《诗》为什么具有仁义精神进行了探讨,其结论是他认为诗产生于仁义之道。

《新语·慎微》曰:

> 是以君子居乱世,则合道德,采微善,绝纤恶,修父子之礼,以及君臣之序,乃天地之通道,圣人之所不失也。故隐之则为道,布之则为文,诗在心为志,出口为辞,矫以雅僻,砥砺钝才,雕琢文彩,抑定狐疑,通塞理顺,分别然否,而情得以利,而性得以治。

王利器注引俞樾云:

> 谨按"文"衍之。"隐之则为道,布之则为诗",两句相对。"在心为志,出口为辞",则承诗而言。①

陆贾认为,君子居乱世则采善绝恶,修其父子、君臣之道,君子将隐藏于内心的"道"以文辞形式表现出来,

---

① 王利器:《新语校注》,中华书局,1986年版,第97~98页。

就是诗；并认为此"道"在心时为"志"，表现出来后便是诗文。就诗的产生方式而言，是诗生于道；就诗的表现内容而言，则是诗言道。而此"道"即父子、君臣之道，是采善绝恶之道、仁义之道，更是圣人所持守之道，即"天地之通道"。而诗就生于这种"道"，因此诗所表现的自然就是父子、君臣、采善绝恶等内容，具有了"正邪僻"，"砥砺钝才，雕琢文彩，抑定狐疑，通塞理顺，分别然否，而情得以利，而性得以治"的治世理人的功能。

此处陆贾在《诗》学史上第一次对诗的产生作了明确的论述，并言及诗的功能，体现出陆贾对传统的《诗》学观念的发展：一是诗的生成论的提出，二是对"诗言志"观念的发展。

首先是诗的生成论的提出。已知的传世文献中，《尚书·尧典》较早说到了"诗言志"①，结合其语境，可知它是就诗的功能而言的。郭店楚简《性自命出》云："《诗》《书》《礼》《乐》，其始出皆生于人。《诗》，有为为之也。"②此言诗是创作者因为某种具体作为而创作的，但没有具体说明诗产生的根源。这与其时学人对《诗》文内容本身不够重视有关。以《荀子》为例，全书引《诗》八十多次，所引诗句皆以断章取义的方式起旁证作用，没有诗句也不影响其观点的表达，诗文本身的内容不是重点。而对诗的产生原因的关注，其实质是对诗的文本内容

---

① 孔颖达：《尚书正义》，上海古籍出版社，2007年版，第106页。
② 李零：《郭店楚简校读记》，北京大学出版社，2002年版，第106页。

与本质特性的关注,以及在此基础上对《诗》的功能的重新认识,而这些都是战国时期的学人所忽视的。故陆贾这一诗的生成论之提出,也就预示着向《诗》文本回归的《诗》学时代的到来。

此外,我们还需注意的是,《礼记·乐记》中言及乐的生成缘由①,但这并不能说明诗也由此生成,因为《乐记》所强调的是"乐",不是"诗"。诗和乐关系虽然密切,但两者不能等同。

不仅如此,陆贾还提出诗源于道。此道乃父子、君臣等人伦之道,是"天地之通道",这便将诗置于天地之道的基础上,使"诗言道"理论具有了坚实的生成论基础,以《诗》治人伦也就合乎情理了。

其次是对"诗言志"的发展。《尚书》提出的"诗言志"之"志",主要是一种"政教礼乐价值意识"②,但其政教礼乐价值意识的具体内涵,在很长时间里未有明确的说明。到《礼记·乐记》才开始隐约地将"志"与"德"进行关联:

> 德者,性之端也。乐者,德之华也。金石丝竹,

---

① 孔颖达:《礼记正义》,北京大学出版社,2000年版,第1251页。此外,《礼记·孔子闲居》载孔子曰:"志之所至,诗亦至焉。诗之所至,礼亦至焉。礼之所至,乐亦至焉。乐之所至,哀亦至焉。哀乐相生。"它体现了诗的生成论。但据上博楚简《为民父母》,此段内容当作:"物之所至者,志亦至焉;志之所至者,礼亦至焉。礼之所至者,乐亦至焉;乐之所至者,哀亦至焉。哀乐相生,君子以正。"《孔子闲居》言"诗"内容当为后人所加,不能作为先秦时期孔子论诗的生成情况的资料使用。

② 熊良智:《战国楚简的出土与先秦"情"与"志"的再思考》,载于《社会科学研究》,2011年第2期。

乐之器也。诗，言其志也。歌，咏其声也。舞，动其容也。三者本于心，然后乐器从之。①

此言德是人性的根本，而音乐则是德的外在表现，心与性相关，诗所言之志则本于心。"诗言志"的"志"与"德"终于有了一点关系，但还不够明确，故接下来便说是"情深而文明"，又将"志"与"情"关联起来。荀子则进一步论述：

> 圣人也者，道之管也：天下之道管是矣，百王之道一是矣。故《诗》《书》《礼》《乐》之道归是矣。《诗》言是，其志也，《书》言是，其事也。②

荀子认为《诗》所言之"志"，即圣人之"道"，进一步说，则是《诗》言道。这就将《诗》与圣人、道关联起来了。但这里的"道"乃一宽泛概念，陆贾应该就是在此基础上，从诗的生成与本质角度提出了诗生于道、诗言道的《诗》学观，并将道的内涵进一步明确、充实为父子、夫妇、君臣等人伦之道。

## 第四节 《诗经》的编定

鉴于诗的仁义特性与功能，陆贾在《诗》学史上首次

---

① 孔颖达：《礼记正义》，北京大学出版社，2000年版，第1111~1112页。
② 梁启雄：《荀子简释》，中华书局，1983年版，第89页。

## 第一章　陆贾以《诗》治世的《诗》学

提出了孔子编《诗》以匡世的说法。

《新语》前后三次言及包括《诗》在内的五经六艺的编定，其《怀虑》曰：

> 夫子陈、蔡之厄，豆饭菜羹，不足以接馁……及闵周室之衰微，礼义之不行也，厄挫顿仆，历说诸侯，欲匡帝王之道，反天下之政……周流天下，无所合意……自□□□深授其化，以序终始，追治去事，以正来世，按纪图录，以知性命，表定六艺，以重儒术，善恶不相干，贵贱不相侮，强弱不相凌，贤与不肖不得相踰，科第相序，为万□□□而不绝，功传而不衰，《诗》《书》《礼》《乐》，为得其所，乃天道之所立，大义之所行也，岂以□□□哉耶？①

此处陆贾明确提出孔子"表定六艺"之说，其中包括孔子对《诗经》的编定。② 而且，我们还可以由"《诗》《书》《礼》《乐》，为得其所"一语，发现陆贾这一观点是

---

① 王利器：《新语校注》，中华书局，1986年版，第142页。
② 检阅史籍，不见先秦有用"表定"一词者，陆贾之后也较少见，但通过后来的文献对它的使用，可以明确其含义。如《三国志·吴书·吴主五子传》："嘉禾三年，权征新城，使登居守，总知留事。时年谷不丰，颇有盗贼，乃表定科令，所以防御，甚得止奸之要。"（中华书局，1959年版，第1364页）《南齐书·志·礼上》："永明二年，太子步兵校尉伏曼容表定礼乐。于是诏尚书令王俭制定新礼，立治礼乐学士及职局……因集前代，撰定五礼。"（中华书局，1972年版，第117~118页）前一"表定"可解作"制定""制作"，言孙登（用陆逊）制定法令以止奸。后一条材料又见载于《梁书·儒林列传》："卫将军王俭（与伏曼容）深相交好，令与河内司马宪、吴郡陆澄共撰《丧服义》，既成，又欲与之定礼乐。"（中华书局，1973年版，第663页）两条材料结合起来看，伏曼容"表定礼乐"即他与陆澄等编撰的《丧服义》。由此可知，"表定"一词包含制定、编撰之意。

对《论语》言孔子"自卫反鲁,然后乐正,《雅》《颂》各得其所"①的推衍,是由孔子之正乐而言及孔子编定《诗》等五经六艺的。孔子编定《诗》等六艺的目的则是"匡帝王之道,反天下之政",使"善恶不相干,贵贱不相侮,强弱不相凌,贤与不肖不得相踰,科第相序",使"天道""大义"得以伸张,这便是"圣人防乱以经艺"②。于是,孔子、六艺、大义、治世等便关联起来了。

《新语·道基》云:

> 于是先圣乃仰观天文,俯察地理,图画乾坤,以定人道……民知畏法,而无礼义;于是中圣乃设辟雍庠序之教,以正上下之仪,明父子之礼,君臣之义……后世衰废,于是后圣乃定五经,明六艺,承天统地,穷事察微,原情立本,以绪人伦,宗诸天地,纂修篇章,垂诸来世,被诸鸟兽,以匡衰乱。③

陆贾论述了"先圣""中圣""后圣"的功绩。在"后圣"的功绩方面,他认为因社会的衰退,礼义、纲纪不行于世,"后圣"乃"定五经"。"定"即"表定",目的是以之"绪人伦""匡衰乱"。而编定此五经的"后圣",据王利器先生分析,就是孔子。④此外,《新语·明诫》曰:

---

① 邢昺:《论语注疏》,北京大学出版社,1999年版,第118页。
② 王利器:《新语校注》,中华书局,1986年版,第29页。
③ 王利器:《新语校注》,中华书局,1986年版,第18页。
④ 王利器:"易道深矣,人更三圣,世历三古。"注:"韦昭曰:'伏羲、文王、孔子。'孟康曰:'《易·系辞》曰:易之兴,其于中古乎。'然则伏羲为上古,文王为中古,孔子为下古。"器案:三圣,即陆氏所谓先圣、中圣、后圣也。见《新语校注》,中华书局,1986年版,第9页。

## 第一章 陆贾以《诗》治世的《诗》学

> 圣人察物,无所遗失,上及日月星辰,下至鸟兽草木昆虫,□□□鹢之退飞,治五石之所陨,所以不失纤微。至于鸲鹆来,冬多麋,言鸟兽之类□□□也。十有二月陨霜不煞菽,言寒暑之气,失其节也。鸟兽草木尚欲各得其所,纲之以法,纪之以数,而况于人乎?①

此段文字言及《春秋》僖公十六年、僖公二十三年、僖公三十二年、昭公十五年、昭公十七年所载之事,以说明"圣人察物,无所遗失"。而自孟子以来,儒家学者皆言孔子作《春秋》,故这里的"圣人"即孔子。

陆贾在《新语·术事》中又说:

> 善言古者合之于今,能述远者考之于近。故说事者上陈五帝之功,而思之于身,下列桀、纣之败,而戒之于己,则德可以配日月,行可以合神灵,登高及远,达幽洞冥,听之无声,视之无形,世人莫睹其兆,莫知其情,校修五经之本末,道德之真伪,既□其意,而不见其人。②

此言"校修五经"与一德行高超的"说事者"有关,但"不见其人"。虽不知何人因何事而校正修订五经,但有一点是明确的,即先秦到汉初的文献里没有称孔子为"说事者"的记载。

---

① 王利器:《新语校注》,中华书局,1986年版,第155页。
② 王利器:《新语校注》,中华书局,1986年版,第37页。

由上述内容可知，陆贾提及的三条材料里，第一条明确说是孔子编定了《诗》等五经六艺；第二条说是"后圣"编定了《诗》等五经，此"后圣"可能是孔子；第三条则说是一不可知的"说事者"编定了《诗》等五经。虽然三条材料的观点不一致，但是陆贾提出了孔子编定《诗》等的说法，这在《诗》学史上具有重大意义。

出土文献《性自命出》也曾言及《诗》《书》的编定问题：

> 《诗》《书》《礼》《乐》，其始出皆生于人。《诗》，有为为之也。《书》，有为言之也。《礼》《乐》，有为举之也。圣人比其类而论会之，观其先后而逆顺之，体其义而节文之，理其情而出入之，然后复以教，教，所以生德于中者也。①

此言圣人将《诗》《书》等按照一定的类别和顺序编撰成册，以用于德教。但此处未言及《易》与《春秋》的编撰情况，亦未明确地说此"圣人"乃孔子。如果再进一步检阅与《性自命出》同时出土的《六德》等言及"圣人"的儒家文献，可以发现里面根本不曾言及孔子。故《性自命出》中编撰《诗》《书》的"圣人"与孔子无关。

但是如前所言，在公元前300前后流传于楚地的《性自命出》《六德》等儒家文献也有可能对楚人陆贾产生过影响。陆贾在《新语》中有关于孔子编定《诗》等的论述

---

① 李零：《郭店楚简校读记》，北京大学出版社，2002年版，第106页。

也能说明这一影响之存在。

因此,可以说在现存文献中,陆贾是最早明确提出孔子编定包括《诗经》在内的五经六艺这一观点的人,其言孔子编定《诗》以"绪人伦""匡衰乱"的观点,对汉代《诗经》学的功能定位有较大影响,故其在《诗经》学史上的重大意义不容忽略。

此外,与陆贾同一时代而稍晚的贾谊也提到了六艺的编定。《新书·六术》曰:

> 人虽有六行,细微难识,唯先王能审之,凡人弗能自志。是故必待先王之教,乃知所从事。是以先王为天下设教,因人所有,以之为训;道人之情,以之为真。是故内法六法,外体六行,以兴《书》《诗》《易》《春秋》《礼》《乐》六者之术以为大义,谓之六艺。令人缘之以自修,修成则得六行矣。①

贾谊认为包括《诗》在内的六艺是先王设教的产物,不是孔子编定的作品。这或许正反映出当时学界对孔子与六艺关系的不同认识。

但这是学术思想发展的正常体现。一种学术观点的提出与被接受是有一个过程的。到汉武帝时,随着思想大一统需要的出现,董仲舒在上汉武帝的策书中说:"臣愚以为诸不在六艺之科孔子之术者,皆绝其道,勿使并进。"②

---

① 贾谊撰,阎振益、钟夏校注:《新书校注》,中华书局,2000年版,第316页。

② 班固:《汉书》,中华书局,1962年版,第2523页。

他认为六艺之科即孔子之术,非孔子之术者皆罢之,从而形成六艺独尊、孔子独大之势。在这种学术背景下,司马谈延续了陆贾的孔子编定《诗经》的说法。《史记·太史公自序》载司马谈之言曰:

> 幽厉之后,王道缺,礼乐衰,孔子修旧起废,论《诗》《书》,作《春秋》,则学者至今则之。①

这里的"论《诗》《书》"之"论",当如司马迁所说的孔子"闵王路废而邪道兴,于是论次《诗》《书》"②之"论次",即编辑整理之义。司马谈也认为孔子编辑整理了《诗经》,但是如何整理、整理的标准是什么等,与陆贾一样,他还不曾言及。

司马迁也延续了这种孔子编定《诗经》的说法。司马迁云:

> 周室既衰,诸侯恣行。仲尼悼礼废乐崩,追修经术,以达王道,匡乱世反之于正。……垂六艺之统纪于后世。③

> 嗟乎!夫周室衰而《关雎》作,幽厉微而礼乐坏,诸侯恣行,政由强国。故孔子闵王路废而邪道兴,于是论次《诗》《书》,修起礼乐。……自卫返鲁,然后乐正,《雅》《颂》各得其所。④

---

① 司马迁:《史记》,中华书局,1959年版,第3295页。
② 司马迁:《史记》,中华书局,1959年版,第3115页。
③ 司马迁:《史记》,中华书局,1959年版,第3310页。
④ 司马迁:《史记》,中华书局,1959年版,第3115页。

"追修经术"即"论次《诗》《书》",也即依据一定的顺序编定《诗》《书》。此言在周室衰败、礼乐崩坏的情况下,孔子因为悯惜王道败坏而邪道兴起,于是编定了《诗》《书》等,其目的则是"达王道,匡乱世"。如将司马迁的两段文字与前面陆贾之言相较,我们认为司马迁是接受了陆贾的说法。

在延续陆贾提出的孔子编定包括《诗》在内的六艺的基础上,司马迁对之作出了更为翔实具体的论述。他在《孔子世家》中说:

> 古者诗三千余篇,及至孔子,去其重,取可施于礼义,上采契后稷,中述殷周之盛,至幽厉之缺。……三百五篇孔子皆弦歌之,以求合《韶》《武》《雅》《颂》之音。礼乐自此可得而述,以备王道,成六艺。①

于此,司马迁提出了孔子编定《诗经》的具体方式、标准等内容。他认为古时诗有三千多篇,孔子依据礼义的标准,按照历史先后顺序,去除重复的篇章,最后得到三百〇五篇;而且按照《韶》《武》《雅》《颂》之音的标准,对《诗三百》的音乐进行了校正;孔子编定《诗经》的目的是"备王道",也即"达王道,匡乱世",这里的"王道"是圣王治世之道,其实就是强调以《诗》治世。这一观点与陆贾也是一致的。

---

① 司马迁:《史记》,中华书局,1959年版,第1396~1397页。

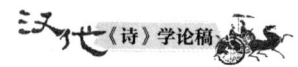

从此,源于陆贾的"孔子编定《诗》"之说,经司马迁发展为"孔子删《诗》"说,到唐初孔颖达始提出异议,进而成为《诗经》学史上的一大公案。

## 第五节 陆贾《诗》学的影响

陆贾以《诗》治世理念的落实情况已不可知,但体现其《诗》学思想的《新语》却受到了刘邦君臣的肯定。刘邦于高祖十二年(前195)过鲁,以太牢祀孔子,并接见《诗》学家浮丘伯、申公师徒等。高祖刘邦的重儒行为,特别是以天子至尊之身份祭祀孔子,与此前的轻儒行为形成了强烈的反差。这种变化当与陆贾的《新语》有关。不仅如此,班固在《高帝纪赞》中将《新语》与萧何等人的制度建设并提。故《新语》在两汉也应有一定的影响,而其中所体现的《诗》学思想亦然。

首先,陆贾的《诗》学理念改变了之前对《诗经》的定位。

先秦诸子中,法家主张焚灭《诗》《书》;道家以之为"先王之陈迹"[①]而无须学;墨子后学不及《诗》《书》;荀子认为"《诗》《书》故而不切"[②]。战国诸子多不甚重《诗》,认为《诗》缺乏实用性。他们的用《诗》方式主要

---

① 王夫之:《老子衍 庄子通 庄子解》,中华书局,2009年版,第204页。
② 梁启雄:《荀子简释》,中华书局,1983年版,第7页。

是引《诗》为证,其关注的重点不在于《诗》本身,而是其论说的观点,所引之诗只起旁证作用。

陆贾改变了诸子认为《诗》不切于世用的观点,而提出以《诗》治世的"致用"《诗》学观,他认为《诗》等六艺关涉人伦之道,具有"匡""绪"之效而合于治世之需,故"可以为法"①。在这种《诗》学观的影响下,董仲舒提出了"以《诗》为天下法"②的观点,将《诗经》作为处理天下各种事务的法则。从此,以《诗》来"经夫妇,成孝敬,厚人伦"成为汉人的《诗》学常识,并且以《诗》"处是非"③也成了汉人通《诗》致用的常态。

其次,陆贾首次从诗的生成论角度提出诗生于道、诗言道的观点,为汉代以《诗》致用的《诗》学理念提供了理论支撑。

最后,陆贾提出的"孔子编定《诗》"的说法影响了司马迁的"孔子删《诗》"说的提出,再经刘歆、班固、王充、郑玄等人的申述,进而形成《诗》学史上的一大公案。

---

① 王利器:《新语校注》,中华书局,1986年版,第44页。
② 苏舆:《春秋繁露义证》,中华书局,1992年版,第442页。
③ 班固:《汉书》,中华书局,1962年版,第3618页。

# 第二章　董仲舒与汉代"以《诗》为法"

汉代《诗》学的一个鲜明的特征便是"致用",如董仲舒等以《诗》断狱、韦玄成等以《诗》定礼、光武帝等据《诗》废后立后、王莽用《诗经》中的话语命名职官等。这些不同的用《诗》方式之共同特征便是董仲舒提出的"以《诗》为法",此"法"即法则、典范,"以《诗》为法"就是把《诗》或从《诗》中阐释出来的大义作为人们提出某些主张、采取某种措施或制定某种政策等的依据、法则与典范。这是一种与先秦以来的《诗》学有着明显差异的《诗》学观,它直接影响了汉人的《诗》学观与用《诗》方式。

本章主要就董仲舒的"以《诗》为法"及其对汉代《诗》学的影响进行讨论,具体从四个方面展开:一是董仲舒"以《诗》为法"的提出,二董仲舒对"以《诗》为法"的实践,三是讨论董仲舒"以《诗》为法"提出之缘由,四是讨论汉人对"以《诗》为法"的接受与应用。

# 第二章　董仲舒与汉代"以《诗》为法"

## 第一节　董仲舒"以《诗》为法"的提出

汉初陆贾一改荀子所谓的《诗》《书》不切于世用的观点，首先提出了以《诗》《书》治世的说法，即主张将《诗》《书》用于国家政治事务的处理。但具体如何用？陆贾没有给出明确的说明。而且单独就《诗》而言，也还没有形成一种自觉而明确的用《诗》理念。

服膺于陆贾的董仲舒①发展了这一用《诗》理念。他在《春秋繁露·祭义》中首次提出了"以《诗》为法"的观点。其文曰：

> 君子之祭也，躬亲之，致其中心之诚，尽敬洁之道，以接至尊，故鬼享之。……孔子曰："吾不与祭，如不祭。祭神如神在。"重祭事，如事生，故圣人于鬼神也，畏之而不敢欺也，信之而不独任，事之而不专恃。恃其公，报有德也；幸其不私，与人福也。其见于《诗》曰："嗟尔君子，毋恒安息。静共尔位，好是正直。神之听之，介尔景福。"正直者得福也，不正者不得福，此其法也。以《诗》为天下法矣，何谓不法哉？其辞直而重，有再叹之，欲人省其意也。而人尚不省，何其忘哉！孔子曰："书之重，辞之复。

---

① 王充在《论衡·案书篇》说："《新语》，陆贾所造，盖董仲舒相被服焉。"见张宗祥：《论衡校注》，上海古籍出版社，2010年版，第563页。

呜呼！不可不察也。其中必有美者焉。"此之谓也。①

　　文章主要讨论了君子对待祭祀的态度问题。董仲舒首先认为君子应该以真诚而恭敬的态度对待祭祀，然后引用孔子之言进一步说明孔圣人也是如此；而鬼神是公正无私的，那些公而无私的人会受到鬼神的福佑。他认为《小雅·小明》诗就体现了这点，即"嗟尔君子，毋恒安息。静共尔位，好是正直。神之听之，介尔景福"。此言君子不应长久地贪图安逸，当恭谨地对待自己的职事，多与正直者交往，这样就会得到神灵的福佑。然后董仲舒进一步阐述道："正直者得福也，不正者不得福，此其法也。"这就将《诗》义由君子交往的具体的某个"正直"之人延伸为更具普遍意义的"正直"的处世态度，而且说这就是人们应该遵守的法则。在此基础上，董仲舒提出了"以《诗》为天下法"的《诗》学观。这里可以从两个层次来理解：一是就其所引诗句而言，董仲舒认为此诗所体现的正直的处世态度，不仅应该是君子的法则，而且应该是天下人的法则；二是董仲舒认为不仅当以此诗为天下之法则，还应该以《诗三百》为天下的法则。

　　同时他也表达了对人们不以《诗》为法的疑惑与不满。从这种疑惑与不满的论述中，我们可以进一步确认"以《诗》为天下法"是董仲舒的创见。董仲舒从《诗》的语言特征和表达形式方面肯定了《诗》中必有大义存焉，是值得天下效法的。

---

① 苏舆：《春秋繁露义证》，中华书局，1992年版，第442页。

## 第二章　董仲舒与汉代"以《诗》为法"

这里还需说明的是,"以《诗》为天下法"之"下"字,有些版本作"子"。① 由于此字直接关系到对董仲舒《诗经》学的理解,所以不可不辨。笔者认为此处应当作"下",而不是"子"。考辨如下:

该段文字主要讨论的是君子的言行,而《春秋繁露》中的"君子"一词,主要指那些乐于"循理"而行的有德之士②,它与"贤"近,又曰"贤人君子",其为政,则可"三卿之位"③。它是一个集合名词,具有涵涉社会各个阶层的成员的可能性,但《春秋繁露》中绝无以"君子"指"天子"者。

而《小明》一诗,《毛诗序》说它讲的是"大夫悔仕于乱世也",三家《诗》无异议。④ 其中"嗟尔君子"一句,郑玄《毛诗笺》云:"谓其友未仕者也。"⑤ 即此"君子"为"未仕者",乃大夫之友,皆与"天子"无涉。而且"天子"二字也无法涵涉前面君子、孔子、圣人等内容,这在行文上无法与前面的内容形成逻辑关系。

在接下来对"以《诗》为天下法"的重要性的阐述里,董仲舒云:"有再叹之,欲人省其意也。而人尚不省,何其忘哉。"如果是就"天子"言,这里恐怕不当称

---

① 据钟肇鹏等云:"周本、王本、沈本、程本、王谟本、董笺本'下'作'子',宋本、大典本、殿本、卢本、凌本、苏本均作'下'。"(《春秋繁露校释》河北人民出版社,2005年版,第1021页)
② 王先谦:《汉书补注》,书目文献出版社,1995年版,第1145页。
③ 苏舆:《春秋繁露义证》,中华书局,1992年版,第219页。
④ 王先谦:《诗三家义集疏》,中华书局,1989年版,第743页。
⑤ 孔颖达:《毛诗正义》,北京大学出版社,1999年版,第803页。

"人"。

此外,《春秋繁露》中还有与"为天下法"相同或类似的句子。如《楚庄王》篇之"宋伯姬恐不礼而死于火,齐桓公疑信而亏其地,《春秋》贤而举之,以为天下法",又"孔子……是非二百四十年之中,以为天下仪表"。"为天下仪表"即为"天下法"。此外,《尚书纬》也有类似的说法,如"孔子求书,得黄帝玄孙帝魁之书……断远取近,定可以为世法者百二十篇","可以为世法"即"为天下法"。而遍检董仲舒以及《史记》《汉书》等汉人著作,无"为天子法"句式。

所以此句当作"以《诗》为天下法",而不当作"以《诗》为天子法";"子"乃"下"之讹。故有的学者将此说成是"以《诗》为天子法"是不准确的。①

由此可知,董仲舒在中国《诗》学史上首次提出了"以《诗》为天下法"的观点(本书简称为"以《诗》为法"),要求将《诗经》作为天下人言行的法则、典范。此一《诗》学观点的提出,将《诗》提升到了一个前所未有的高度——"天下法"。

## 第二节　董仲舒对"以《诗》为法"的实践

董仲舒不仅提出了"以《诗》为法"这一观点,还将

---

① 王洪军:《汉代博士文人群体与汉代文学》,中国社会科学出版社,2010年版,第221页。

## 第二章　董仲舒与汉代"以《诗》为法"

之运用于实践。如"以《诗》决狱",这见于董仲舒的《春秋决事》,其文曰:

> 时有疑狱,曰:甲无子,拾道旁弃儿乙,养之以为子。及乙长,有罪杀人,以状语甲,甲藏乙。甲当何论?仲舒断曰:"甲无子,振活养乙,虽非所生,谁与易之?《诗》云:螟蛉有子,蜾蠃负之。《春秋》之义,父为子隐。甲宜匿乙。诏:不当坐。"①

在此案件中,甲乙关系是关键点。乙乃弃儿,非甲亲子,于是甲乙两者间的父子关系在法理上便有可商酌之处。对此问题的处理,董仲舒依据《诗经·小宛》"螟蛉有子,蜾蠃负之"一句,认为螟蛉之子为蜾蠃所养而为蜾蠃之子②;然后据此断定作为他人弃子的乙为甲所养大成人,则自然为甲之子。如此,甲乙父子关系因《诗》而得以明确。甲之隐匿义子的行为动机便有了经典的依据,从而具有了合法性。再依据《春秋》"父为子隐"的原则,董仲舒肯定了甲隐匿乙的行为之合法性。

从这一处理案件的过程可以看出,董仲舒是以《诗经》作为认定甲乙父子关系的依据与法则的,这便是"以《诗》为法",即将《诗》作为处理现实事务的法则与典范。这与后面以《春秋》为法断案是同样的用法。而

---

① 王文锦点校,杜佑著:《通典》卷六十九,中华书局,1988年版,第1911页。

② 但这里需要注意的是,"螟蛉有子,蜾蠃负之",结合原诗句上下文,郑玄以为是"喻有万民不能治,则能治者将得之",也即以之比喻现在所拥有的政权将会被别人占有,故董仲舒是断章取义。

"诏:不当坐"一句,表明汉武帝对董仲舒这种以《诗》为法、用《诗》来作为处理现实政治事务的法则的肯定。

于此可以看到,这种以《诗》为法则,甚至将其当作法律来处理现实政治事务的情况,与此前的用《诗》方式有明显的不同,其意义不可忽视。

不仅如此,据《后汉书·应劭传》:"故胶西相董仲舒老病致仕,朝廷每有政议,数遣廷尉张汤亲至陋巷,问其得失。于是作《春秋决狱》二百三十二事,动以经对,言之详矣。"[①] 即言朝廷极为重视并采纳董仲舒以经决事的方式与结果,前后达二百三十二事。由于《春秋决狱》内容大多早已亡佚,难窥其全貌,但据此条材料,可以想见董仲舒以《诗》决事或许不止一次。而且这二百三十二事,在当时是受到汉武帝等朝野的肯定而作为治狱之典范来对待的。这必将对其时《诗经》学及其传播产生影响,此后陆续出现的以《诗》决狱现象应该就是源于此。

又,《春秋繁露·身之养重于义》云:

> 圣人事明义,以照耀其所暗,故民不陷。诗云:"示我显德行。"此之谓也。先王显德以示民,民乐而歌之以为诗,说而化之以为俗,故不令而自行,不禁而自止,从上之意,不待使之,若自然矣。……此大治之道也,先圣传授而复也。故孔子曰:"谁能出不由户,何莫由斯道也。"今不示显德行,民暗于义,不能炤;迷于道不能解,因欲大严憯以必正之,直残

---

① 范晔:《后汉书》,中华书局,1965年版,第1612页。

## 第二章　董仲舒与汉代"以《诗》为法"

> 贼天民而薄主德耳,其势不行。仲尼曰:"国有道,虽加刑,无刑也。国无道,虽杀之,不可胜也。"其所谓有道无道者,示之以显德行与不示尔。①

这段文字所引之诗出自《周颂·敬之》。据此诗上下文,此句乃言周王希望贤臣能够以显明之德行示道于他,此"我"乃周王自称②。董仲舒却不如此,他将诗句中的"我"解为人民,将"示"的主体解作"先王""圣人",于是此诗之所言则为先王以显明之德行治理人民,其结果便是人民"说而化之""从上之意,不待使之,若自然矣"。进而董仲舒又引孔子之语,说明诗句所言正是治民的"必由之道"。然后董仲舒指出其时之统治阶层不遵循《诗》义之法则,"不示显德行"于民,其结果必然是"其势不行",并引孔子之言,认为不法《诗》文所体现的先王以德治民之道,对于人民,即使"杀之,不可胜也"。

此处董仲舒引诗的目的,就是要求统治阶层取法《诗》文中所体现的治民之道以治理天下,这便是"以《诗》为法"。

又,《春秋繁露·循天之道》云:

> 天有两和以成二中……中者,天地之所终始也;而和者,天地之所生成也。夫德莫大于和,而道莫正于中。中者,天地之美达理也,圣人之所保守也。诗

---

① 苏舆:《春秋繁露义证》,中华书局,1992年版,第265~266页。
② 郑玄讲作周成王,见《毛诗正义》,北京大学出版社,1999年版,第1349页。

云:"不刚不柔,布政优优。"此非中和之谓与?是故能以中和理天下者,其德大盛,能以中和养其身者,其寿极命。①

董仲舒强调"中和"的作用,认为《商颂·长发》中所说的"不刚不柔"的"布政"②之举,便是"中和"之道的表现,于是单纯的义理通过其对所引诗句的诠释得以实现义理向政治措施的落实,进而在《诗》之示范下,董氏认为统治者当法《诗》以"中和"之道治天下。

由上面的事例,结合董仲舒提出"以《诗》为法"的材料,我们可以得到如下认识:

一是"以《诗》为法"就是指以《诗》或从《诗》中阐释出来的"义"为法则、依据,来提出某些观点或主张、处理某些事务、采取某种措施或制定某种政策等。总之,它指某种观点或行为的开展是以《诗经》为依据的。

二是董仲舒反复运用"以《诗》为法"的用《诗》方式,这表明他提出"以《诗》为法"不是偶然之举,而是一种明确的、自觉的行为。

三是董仲舒在运用"以《诗》为法"时,主要包括取法《诗》中处事之态度,如以《诗》中"正直"为法;将《诗经》作为处理现实政治事务的法则,如"以《诗》决狱";强调以《诗经》中所蕴含的历史政治经验作为各种

---

① 苏舆:《春秋繁露义证》,中华书局,1992年版,第444页。
② 《毛诗》作"敷政",见《毛诗正义》,北京大学出版社,1999年版,第1457页。

政治行为的法则，如强调取法《诗》中的仁政德治理念等。

四是这些取法于《诗》中的内容，有一些是诗文本身所具有的；有一些则不是，而是董仲舒断章取义的结果，即他通过对《诗》文有目的地阐释，从中发掘出诗文本身没有的，却是自己需要的、合乎道义的思想内容，并以之作为取"法"的对象。

五是董仲舒在行文中所称引的诗句及其逐层拓展性的阐释内容，不是在重复诗句之前的文意，而是构成该部分文章完整的文意之不可缺少的部分。也就是说，这种从《诗》中发掘"大义"以作为阐释的起点的做法与战国以来的引《诗》证事说理的方式不同。

## 第三节 董仲舒"以《诗》为法"提出的缘由

通过前面的论述，我们可以知道"以《诗》为法"是董仲舒的一个成熟而富有创见的《诗》学观。那么，董仲舒为什么会提出这一《诗》学理念呢？下面就此进行分析。

### 一、董仲舒的《春秋》学与"以《诗》为法"

董仲舒是《公羊》学大师，其思想主轴就是春秋公羊学，其影响的不仅是汉代《春秋》学，整个汉代学术皆受其《春秋》学影响，其《诗经》学亦然。

董仲舒的《春秋》学以孔子为受命之"王"。其文曰：

> 有非力之所能致而自至者，西狩获麟，受命之符是也。然后托乎《春秋》正不正之间，而明改制之义。①

此以"西狩获麟"作为孔子受命为王的符瑞。故郑玄《六艺论》说："孔子既西狩获麟，自号素王。"② 在孔子受天命为"王"的同时，他还受命作《春秋》。董仲舒曰：

> 故《春秋》应天作新王之事。③
> 《春秋》受命所先制者……所以应天也。④
> 仲尼之作《春秋》也……孔子曰："吾因其行事而加吾王心焉。"⑤

言孔子应天命而作《春秋》，在具体的创作上，是"上揆之天道，下质诸人情"⑥。因此《春秋》不仅是孔子"王心"的体现，而且还是"天志"的体现。

孔子作《春秋》的目的，是为后王确立王道大法。他说：

> 孔子作《春秋》，先正王而系万事，见素王之

---

① 苏舆：《春秋繁露义证》，中华书局，1992年版，第157页。
② 孔颖达：《春秋左传正义》，北京大学出版社，2000年版，第29页。
③ 苏舆：《春秋繁露义证》，中华书局，1992年版，第187页。
④ 班固：《汉书》，中华书局，1962年版，第2510页。
⑤ 苏舆：《春秋繁露义证》，中华书局，1992年版，第159页。卢文弨校："'乎'字当从后文作'吾'。"今从卢校。
⑥ 班固：《汉书》，中华书局，1962年版，第2515页。

## 第二章 董仲舒与汉代"以《诗》为法"

文焉。①

> 《春秋》论十二世之事,人道浃而王道备。法布二百四十二年之中,相为左右,以成文采。……是以人道浃而王法立。②

前者言孔子以《春秋》来体现其作为"素王"之王法③;后者说《春秋》记载了二百四十二年之事,其中布满了孔子的王法。故壶遂说孔子作《春秋》"当一王之法",便是此意。

因为《春秋》是孔子受天命所作的王道大法,所以董仲舒提出以《春秋》为天下之义法的观点。他说:

> 《春秋》,义之大者也……观其是非,可以得其正法。④

意思是说《春秋》中蕴含着丰富的"义",通过观察它的是非评判,可使读者认识到处理是非的正确法则。

董仲舒还以具体事例说明《春秋》可以为天下法。其《楚庄王》云:

> 宋伯姬疑礼而死于火,齐桓公疑信而亏其地,《春秋》贤而举之,以为天下法。⑤

---

① 班固:《汉书》,中华书局,1962年版,第2509页。
② 苏舆:《春秋繁露义证》,中华书局,1992年版,第32~33页。
③ 按,"文"即"法"。《史记·外戚世家》:"自古受命帝王及继体守文之君。"《索隐》曰:"守文犹守法也。"
④ 苏舆:《春秋繁露义证》,中华书局,1992年版,第12页。
⑤ 苏舆:《春秋繁露义证》,中华书局,1992年版,第6页。

即说宋共工的夫人伯姬,在其宫殿发生火灾时,因姆不在旁而守礼不出,结果死于火灾;齐桓公与鲁庄公的会盟中,因受鲁人曹刿武力威胁而被迫签署了归还为齐所占的鲁国领地的协议,回到齐国后齐桓公如约而行。所以董仲舒认为《春秋》对此二人是"贤而举之",并以之为天下之法则。

董仲舒不仅要求以《春秋》为法,还要求以六艺为法。他在元光元年(前134)的对策中说:

> 《春秋》大一统者,天地之常经,古今之通谊也。臣愚以为诸不在六艺之科孔子之术者,皆绝其道,勿使并进。邪辟之说灭息,然后统纪可一而法度可明,民知所从矣。①

这里董仲舒依据《春秋公羊传》的大一统观,向汉武帝提出罢黜百家,独尊儒术的要求。他认为六艺之科即孔子之术,两者是合二为一的。而体现孔子之术的"六艺"之独尊,便可实现"统纪可一而法度可明"。这就是认为"六艺"与"统纪""法度"有关,乃民之所宜遵从、效法者。这便是认为六艺皆法、皆可为天下法,而《诗》是"六艺"之一,所以也当可法。

正是在这种语境下,董仲舒提出了"以《诗》为天下法"的观点。如果再回头看前面谈到的董仲舒"以《诗》为法"的具体例子,可以发现其"以《诗》为法"的方式

---

① 班固:《汉书》,中华书局,1962年版,第2523页。

## 第二章 董仲舒与汉代"以《诗》为法"

与其以《春秋》为法的方式是一致的。

董仲舒不仅以《春秋》的性质、功能来定位《诗经》的性质与功能,以用《春秋》的方式来用《诗》,而且还用言《春秋》的方式与观点来言《诗》。

董仲舒认为《诗》的阐释特性、原则与《春秋》相通。其《春秋繁露·精华》云:

> 所闻《诗》无达诂,《易》无达占,《春秋》无达辞,从变从义,而一以奉人。①

此言《诗》的解释与《春秋》的解释特性是一样的,皆不是固定不变的,皆随具体情况而发生变化,但是这种变化并不是随意的,必须遵循儒家的价值原则,必须合乎"义"。这就是说,《诗》《春秋》的阐释特性、阐释原则皆有相同之处。鉴于这种情况,董仲舒常常以言《春秋》的方式、观点来言《诗》。

如前面董仲舒提出"以《诗》为天下法"一句后,他又说道:

> 其辞直而重,有再叹之,欲人省其意也。而人尚不省,何其忘哉!孔子曰:"书之重,辞之复。呜呼!不可不察也。其中必有美者焉。"此之谓也。②

此言诗文质朴而反复述说之、感叹之,目的是欲读者注意其中的深意,并感叹人们没有注意到这一点;而且引

---

① 苏舆:《春秋繁露义证》,中华书局,1992年版,第95页。
② 苏舆:《春秋繁露义证》,中华书局,1992年版,第442页。

孔子之言，再次强调文中反复述说之处必有深意存焉，故不可不察。

按，"孔子曰"一句，为何休注《公羊传》之"僖公四年：师在召陵，则曷为再言盟？喜服楚也"一句所引，徐彦疏曰："《春秋说》文。"① 即此文乃《春秋说》之文，也是言《春秋》者。对于董仲舒这段文字，苏舆注曰：

> "其辞"下至末，疑是他篇说《春秋》文。首止之会盟，葵丘之会盟，召陵之盟，皆再书焉，此书重之例也。稷之会，终之曰"成宋乱"……此复辞之例也。僖四年传："师在召陵，则曷为再言盟？喜服楚也。"何注引孔子语释之，与此同。

并明确地说："此是说《春秋》文。"②

据此，苏舆认为董仲舒"其辞"这一段文字皆是说《春秋》之文。而董仲舒提出"以《诗》为天下法"一段文字所引之《小明》之"嗟尔君子，无恒安息"的内容，在《小明》中是重章结构。因此，董仲舒所说的"其辞直而重，有再叹之"一语，也有针对《小明》中这两章诗句而言之意。但是，需要我们注意的是，董仲舒这里显然是在用解读《春秋》的话语与方式来解读《小明》诗文，所以才会认为诗中朴素的语言和极为普通的重章结构含有特殊的深意。

董仲舒类似的用解读《春秋》的方式来解读《诗经》

---

① 徐彦：《春秋公羊传注疏》，北京大学出版社，1999年版，第212页。
② 苏舆：《春秋繁露义证》，中华书局，1992年版，第442页。

## 第二章 董仲舒与汉代"以《诗》为法"

还有几例。如《玉杯》云:

> 且吾语盾有本,《诗》云:"他人有心,予忖度之。"此言物莫无邻,察视其外,可以见其内也。今案盾事而观其心,愿而不刑,合而信之,非篡弑之邻也。

对此,苏舆注云:"察外可以见内,即微可以知著,观往可以验来,征人可以通天。故太史公曰:'《春秋》推见以至隐。'"①

此处董仲舒讨论的是《春秋》所载之"赵盾弑君"一事。为了说明自己的观点,他引用了《小雅·巧言》的"他人有心,予忖度之"一句,解作"察视其外,可以见其内"之意;结合苏舆的注,我们便可以看出,董仲舒认为"他人有心,予忖度之"具有"见微知著"的意义。而"见微知著"便是司马迁所强调的《春秋》乃"推见以至隐"的典型的《春秋》解经法。也就是说,这里董仲舒是在以解《春秋》的方式来解《诗》。如此更可见其对《诗》与《春秋》关系的理解。

可见,董仲舒的《春秋》学已经全面渗透进其《诗》学之中,故在其《春秋》学的影响下,提出"以《诗》为法"的观点也是情理之事。

---

① 苏舆:《春秋繁露义证》,中华书局,1992年版,第41页。

## 二、董仲舒"以《诗》为法"的提出与先秦以《诗》为法的用《诗》方式有关

《诗》具有记录的功能,《管子·山权数》曰:"《诗》所以记物也。"① 即言《诗》乃记物事者。《郭店楚简·语丛》也说:"《诗》所以会古今之志也。"② 即说《诗》记载了古今人之志。孟子也说《诗》乃"王者之迹"的记载。因此不同时代的读《诗》者都可以从《诗》中找到其所需要的东西,特别是《诗》中包含的各种政治历史道德经验多有被先秦人所取法或以为鉴戒者。

据现存先秦文献的记载,早在周穆王之时,便已出现具有"以诗为法"性质的用诗现象了。如《国语·周语上》载:

> 穆王将征犬戎,祭公谋父谏曰:"不可。先王耀德不观兵。……是故周文公之《颂》曰:'载戢干戈,载櫜弓矢。我求懿德,肆于时夏,允王保之。'先王之于民也,懋正其德而厚其性,阜其财求而利其器用,明利害之乡,以文修之,使务利而避害,怀德而畏威,故能保世以滋大。"③

穆王将征犬戎,祭公谋父引周公所作之《周颂·时

---

① 黎翔凤:《管子校注》,中华书局,2004年版,第1310页。
② 饶宗颐:《诗言志再辨》,见《郭店楚简国际学术研讨会论文集》,湖北人民出版社,2000年版,第8页。
③ 《国语》,上海古籍出版社,1978年版,第1页。

## 第二章　董仲舒与汉代"以《诗》为法"

迈》以劝止之。祭公谋父认为《时迈》讲述了周武王在推翻商王朝后,将武器收藏起来,然后以德治国,使民怀德畏威,故能使其子孙世代保有天下。其实质就是建议穆王效法武王以德治民服人而不轻易伤害人民的治国方略。

据《周语上》载,周厉王专利,芮良夫也曾引《周颂·思文》《大雅·文王》以劝厉王当布利于民①,用法与此同。

《左传》也有类似的用《诗》方式。如襄公十一年载:

> 晋侯以乐之半赐魏绛……辞曰:"……诗曰:'乐只君子,殿天子之邦。乐只君子,福禄攸同。便蕃左右,亦是帅从。'夫乐以安德,义以处之,礼以行之,信以守之,仁以厉之,而后可以殿邦国,同福禄,来远人,所谓乐也。"②

此言魏绛因功勋卓著,晋侯以乐之半赐之,魏绛借辞退之际,引《诗》向晋侯劝谏。所引之诗句乃《小雅·采菽》,言君子有美德,可以助天子安天下、享福禄、来远人。然后魏绛通过诠释诗中的君子达到安邦国、享福禄、来远人的方式,从而向晋侯提出以仁、义、礼、智、乐治理国家的建议,其实质则是要求晋侯以《采菽》(义)为法。

此外《左传·僖公二十二年》《左传·成公二年》中也出现了此类用《诗》方式,分别引用了《小雅·正月》

---

① 《国语》,上海古籍出版社,1978年版,第12~13页。
② 杨伯峻:《春秋左传注》,中华书局,1990年版,第993~994页。

《大雅·文王》。

类似情况又见于《晏子春秋》内篇卷二所载齐景公以《王风·大车》为法而同意逢于何合葬其母于父墓之请。此外,《晏子春秋》卷五之三、卷七之六也有类似用法,涉及《大雅·旱麓》《大雅·大明》等诗文。

从以上材料可以看出,先秦时期也存在"以《诗》为法"的用《诗》现象,主要有以下特点:在文献记载上,主要见于历史文献,诸子著作极少;在时间上,主要出现在西周中后期到春秋时期,进入战国后则几乎没有这一用《诗》现象;在用《诗》内容上,以政治用《诗》为主,涉及治世理念(以仁义治国)、礼制(夫妇合葬)等;在用诗对象上,主要是在君臣之间开展;涉及《诗经》作品的解读上,主要以《诗》文本义为主,能够突破文本本义的只是个别现象,因此可以说是一种历史解读法,其实是在"以史(《诗》)为法",体现的是史(部分《诗》)的鉴戒作用。而且上述用《诗》例子多数为个别现象。

显然董仲舒是延续了前人的这种用《诗》方法,但他对这种用《诗》方式做了全面的推进。具体可以从以下几个方面来看:

一是在"以《诗》为法"的内容上,董仲舒也以政治行为为主,包括处世态度、德行修养、治国理念、直接以《诗》处理政治事务等,其涉及的面比先秦更宽广;

二是涉及用《诗》的人物方面,董仲舒强调以《诗》为天下法,而不只是用在君臣方面。

三是在对《诗》文的解读方面,董仲舒不仅直接取法

《诗》文本义,更为重要的是,他在"《诗》无达诂……从变从义"的阐释原则指导下,注重根据具体情况的变化,对《诗》文本作出扩展性阐释,从《诗》文中解读出超越了《诗》文本身的"义",并以之为法,这即是以《诗》、《诗》义为法;而这种情况在现存的先秦用《诗》材料中极少,只有上述魏绛引《诗》谏晋侯一条。

四是先秦时期还未形成明确的"以《诗》为法"的观念,其对"以诗为法"的运用,主要还是从"史鉴"的角度来开展的;董仲舒则是首次明确地提出这一观点,并用于实践。

所以,董仲舒从使用方式、领域、使用人员、《诗》文解读四个方面突破了先秦的"以《诗》为法"的用《诗》现象,进而形成系统的、全面的、自觉的"以《诗》为法"观,并明确提出了"以《诗》为法"的《诗》学主张。

由上述可知,董仲舒的"以《诗》为法"的提出缘由是多方面的,但主要还是受其《春秋》学影响所致。

但是,我们还需注意的是,董仲舒提出以《春秋》为法,这主要是董仲舒认为它是孔子的著作,是孔子有意识地为后世立法,故可法。但对于《诗》,董仲舒虽认为它是孔子之术,但《诗》之可"法"性与孔子具体有何关系?董仲舒却没有作明确的论述,而仅仅从阐释原则的角度对其提出"从义"的规范与要求而已。

## 第四节　汉人对"以《诗》为法"的接受与应用

由前述可知,董仲舒"以《诗》为法"是一种具有鲜明的致用特色的《诗》学观,它对汉代通经致用《诗经》观有重大的影响。接下来从两个方面来论述其影响:一是汉人对"以《诗》为法"的延续,二是分类论述汉人对"以《诗》为法"的具体实践情况。

### 一、汉人对"以《诗》为法"《诗》学观的接受

董仲舒"以《诗》为法"得到了学界的响应,特别是受到以汉武帝为代表的汉代帝王的推重,在他们的推动下,"以《诗》为法"的致用经学观受到后来学者不断的申述、发展。下面对此分别予以论述。

武帝尚儒,强调通经致用,这在元光元年(前134)的策问董仲舒等贤良文学的诏书中有所体现。其文云:

> 故广延四方之豪俊,郡国诸侯公选贤良修洁博习之士,欲闻大道之要,至论之极。……三代受命,其符安在?灾异之变,何缘而起?……子大夫明先圣之业,习俗化之变,终始之序,讲闻高谊之日久矣,其明以谕朕。……取之于术,慎其所出。乃其不正不直,不忠不极,枉于执事,书之不泄,兴于朕躬,毋

## 第二章 董仲舒与汉代"以《诗》为法"

悼后害。①

朕垂问乎天人之应，上嘉唐虞，下悼桀、纣，寖微寖灭寖明寖昌之道，虚心以改。今子大夫明于阴阳所以造化，习于先圣之道业，然而文采未极，岂惑乎当世之务哉？……今子大夫既已著大道之极，陈治乱之端矣……朕将亲览焉，子大夫其茂明之。②

讨论此段文字之前首先需要明确文中涉及的"贤良文学""先圣之业"的性质。据《史记·儒林列传》：

及今上即位，赵绾、王臧之属明儒学，而上亦向之，于是招方正贤良文学之士。自是之后，言《诗》于鲁则申培公……于赵自董仲舒。及窦太后崩，武安侯田蚡为丞相，绌黄老、刑名百家之言，延文学儒者数百人，而公孙弘以《春秋》白衣为天子三公，封以平津侯。③

首句言武帝老师王臧等为儒家学者，因而武帝也好儒，然后以"于是"一词说明"招方正贤良文学之士"的原因就在于武帝好儒，则所招之"贤良文学之士"应该主要就是儒学之士，再接下来便说申公、董仲舒等代表的儒学因此而兴。相应的则是武帝在窦太后崩后，黜百家之言而尊儒术，这进一步说明武帝元光元年（前134）所策问之"贤良文学"乃儒家学者。

---

① 班固：《汉书》，中华书局，1962年版，第2495~2498页。
② 班固：《汉书》，中华书局，1962年版，第2513~2514页。
③ 司马迁：《史记》，中华书局，1959年版，第3118页。

又《汉书·公孙弘卜式儿宽传》载：

> 元光五年，复征（公孙弘）贤良文学，菑川国复推上弘。……上策诏诸儒。制曰：盖闻上古至治，画衣冠，异章服，而民不犯；阴阳和，五谷登……麟凤在郊薮，龟龙游于沼，河洛出图书；……子大夫修先圣之术，明君臣之义，讲论洽闻，有声乎当世，敢问子大夫：天人之道，何所本始？

文中说"元光五年，征贤良文学"，而后说"上策诏诸儒"，即策问所招"贤良文学"，则贤良文学乃"诸儒"矣。武帝又说贤良文学乃"修先圣之术，明君臣之义，讲论洽闻"。儒家学者所习"先圣之术"也即"先圣之业"，自然是指董仲舒所谓的"六艺之道，孔子之术"，也即儒家经学。

由上面两条材料可知在窦太后死后，武帝所招之贤良文学乃儒家学者，而贤良文学所修的"先圣之术""先圣之业"等皆是指董仲舒所谓的"六艺之道，孔子之术"，也即儒家经学。

我们再看元光元年（前134）武帝策问的内容，其中值得注意的有两点：

一是要求贤良文学在回答策问时需"取之于术，慎其所出"，此"术"当即孔子之术，此乃武帝明确要求贤良文学应依据儒家经术来解决他策问的问题，还要避免"不正不直，不忠不极"等违背儒家伦理价值的回答。这其实就是董仲舒所提出的以《诗》《春秋》等六艺为法的经学观。这在董仲舒的对策中有鲜明的体现,如他常常依据《春秋》《论语》《诗经》来回答武帝的策问,便是对武帝这一要求的回应,也是对自己以六艺为法之主张的落实。

二是武帝在策问中提到了"三代受命,其符安在?灾异之变,何缘而起?"这就是关于阴阳灾异的问题。对此问题的回答,武帝要求"取之于术",即用儒家经术来讨论、解决。这一要求的提出,为我们解决武帝的通经致用经学观与董仲舒的关系提供了契机。

据《汉书·五行志上》载:

> 汉兴,承秦灭学之后,景、武之世,董仲舒治公羊春秋,始推阴阳,为儒者宗。①

又《汉书·翼奉传》班固赞曰:

> 汉兴推阴阳言灾异者,孝武时有董仲舒、夏侯始昌……察其所言,仿佛一端。假经设谊,依托象类。②

由此可知,董仲舒是汉代最早将灾异学说与《春秋》等经学相结合的经学家③,他开启了汉代以经学言灾异的传统。因此,汉武帝要求贤良文学以儒家经术来回答他关于阴阳灾异的想法应该是源于董仲舒以《春秋》言灾异的思想。

---

① 班固:《汉书》,中华书局,1962年版,第1317页。
② 班固:《汉书》,中华书局,1962年版,第3194~3195页。
③ 对于董仲舒将《春秋》学与灾异说的结合,陈侃理《董仲舒的〈春秋〉灾异论》(《文史》,2010年第2辑)有翔实的讨论,可以参看。

而董仲舒是景帝时的《春秋》博士,是武帝及其以前最权威的《春秋》学家①;他在景帝时便已在京都传授其《春秋》学②;而且据褚先生所补《史记·梁孝王世家》,武帝在景帝时得以保住皇位继承人的太子身份,《公羊春秋》起了重要作用。③再结合武帝在元鼎五年(前112)《征南粤诏》、太初四年(前101)《击匈奴诏》皆征引《公羊传》话语来看,我们可以确信武帝学过《公羊春秋》,而且深受董仲舒《春秋》学的影响,进而他的通经致用的经学观也当与董仲舒的影响有关。

武帝受董仲舒影响而倡导通经致用,多有其例。如前面所举董仲舒"以《诗》决狱"一例,结果是"诏曰:可",即说武帝认可了董仲舒的决狱方式与结果。这也可以说是武帝通经致用观的体现。而在元朔元年(前128)废陈皇后立卫皇后一事中,武帝诏书曰:

> 朕闻天地不变,不成施化;阴阳不变,物不畅茂。《易》曰:"通其变,使民不倦。"《诗》云:"九变复贯,知言之选。"朕嘉唐虞而乐殷周,据旧以鉴新,其赦天下,与民更始。④

武帝以《易》和逸诗为据,强调变更的重要性,进而以此废陈后立卫后。此即元光元年诏书中所谓的"取之于

---

① 司马迁:《史记·儒林列传》:"汉兴至于五世之闲,唯董仲舒名为明于《春秋》。"
② 周桂钿:《董学探微》,北京师范大学出版社,2008年版,第488~489页。
③ 司马迁:《史记》,中华书局,1959年版,第2091页。
④ 班固:《汉书》,中华书局,1962年版,第169页。

术"的用经方式。

又如在淮南王事件的处理上，武帝"使仲舒弟子吕步舒持斧钺治淮南狱，以《春秋》谊颛断于外，不请。既还奏事，上皆是之"①。此即武帝强调以《春秋》为法。类似的例子较多，兹不再举。

武帝以后的西汉帝王多有延续这一以《诗》等六艺为法的致用经学观。

宣帝"循武帝故事"②，也强调经学解决现实政治问题的功能。据《汉书·儒林传》载：

> 甘露元年……乃召《五经》名儒太子太傅萧望之等大议殿中，平《公羊》《谷梁》同异，各以经处是非。……议三十余事。望之等十一人各以经谊对，多从《谷梁》。③

又《汉书·夏侯胜传》载：

> 至（本始）四年夏，关东四十九郡同日地动……上……下诏曰："盖灾异者，天地之戒也。……曩者地震北海、琅邪，坏祖宗庙，朕甚惧焉。其与列侯、中二千石博问术士，有以应变，补朕之阙。"④

前一条材料言宣帝平《公羊》《谷梁》同异的方式就

---

① 班固：《汉书》，中华书局，1962年版，第1333页。
② 班固：《汉书》，中华书局，1962年版，第1928页；又见《汉书·王褒传》。
③ 班固：《汉书》，中华书局，1962年版，第3618页。
④ 班固：《汉书》，中华书局，1962年版，第3158页。

是"各以经处是非",结合残存的《石渠议奏》看,这个"以经处是非"的方式就是提出切于世用的问题,然后各经学家以经义来解决此问题。故萧望之等人的处理方式便是"以经谊对"。后一条则是要求以经学解决灾异问题。这种用经方式也就是武帝所谓的"取之于术"。

元帝、成帝等也延续了这一观念。据《汉书·贾捐之传》,元帝初元元年(前48),珠厓反。元帝召集大臣议用兵事,贾捐之反对用兵。元帝使王商等诘问捐之曰:

> 珠厓内属为郡久矣,今背畔逆节,而云不当击,长蛮夷之乱,亏先帝功德,经义何以处之?①

"经义何以处之"也即"以经处是非",就是用经义处理这些现实问题。

又《汉书·杜钦传》载:

> (成帝建始四年)有日蚀、地震之变。……其夏,上尽召直言之士诣白虎殿对策。策曰:"天地之道何贵?王者之法何如?《六经》之义何上?人之行何先?取人之术何以?当世之治何务?各以经对。"

成帝要求"直言之士""各以经对",就是要用经义来解决灾异、治世、取士等现实问题。

而王莽更甚,据《汉书·食货志》记载,王莽"每有所兴造,必欲依古得经文"②,则是事事皆以经为法。

---

① 班固:《汉书》,中华书局,1962年版,第2830页。
② 班固:《汉书》,中华书局,1962年版,第1179页。

## 第二章　董仲舒与汉代"以《诗》为法"

或许与谶纬、古文经学的兴起有关，东汉帝王如明帝、章帝等也多用《诗》《书》等，但整体上对通经致用的重视程度不如西汉帝王。检阅载籍，明确提到通经致用的只有汉灵帝。据《后汉书·蔡邕列传》，光和元年（178），妖异数见，灵帝特诏问蔡邕曰：

> 比灾变互生，未知厥咎，朝廷焦心，载怀恐惧。……以邕经学深奥，故密特稽问，宜披露失得，指陈政要，勿有依违，自生疑讳。具对经术，以皂囊封上。①

灵帝特别强调要蔡邕以经术回答他关于灾异的问题，这与汉武帝要求贤良文学以经术解决灾异问题同。

由以上论述可见，董仲舒的以《诗经》等六艺为法，以《诗经》等经义处理各种政治事务的通经致用观得到汉武帝等两汉帝王的响应、支持，在他们的努力下，以六艺为法的致用经学观逐渐深入人心，不断得到后来两汉学者的继承与发展。

下面就汉代学者对"以《诗》为法"《诗》学观的接受情况进行论述。

司马迁继承并发展了其师董仲舒"以《诗》为法"的观点。他在《太史公自序》中说：

> 周室既衰，诸侯恣行。仲尼悼礼废乐崩，追修经术，以达王道，匡乱世反之于正，见其文辞，为天下

---

① 范晔：《后汉书》，中华书局，1965年版，第1998页。

制仪法,垂六艺之统纪于后世。①

前面言及董仲舒以《春秋》为孔子所制之法,故可以法。但对于《春秋》之外的《诗经》等,虽然是孔子之术,但何以具有统纪、法度的功能特性,董仲舒并未作明确的说明。而此处司马迁则认为六艺皆是孔子为后世所制作的"仪法""统纪",也即王道大法,所以可以六艺为天下法。这就以孔子编撰制作六艺这一行为落实了孔子与六艺的关系,比董仲舒前进了一步。

具体就《诗》之可"法"而言,司马迁有更明晰的说法。他在《孔子世家》中提出了孔子"删《诗》"说:

> 古者诗三千余篇,及至孔子,去其重,取可施于礼义,上采契后稷,中述殷周之盛,至幽厉之缺……以备王道,成六艺。②

此"王道"即《春秋繁露·玉杯》所说的"《春秋》论十二世之事,人道浃而王道备。……是以人道浃而王法立"③中的"王法",也即前面所说的"仪法"、王道大法。此言孔子之时诗有三千多篇,孔子选取相关作品,去除重复的篇章,按"礼义"的标准,然后依据历史先后顺序进行编辑整理,从而使《诗》具有了王道大法的功能,并使《诗》成为六艺之一。

这就非常鲜明地揭示了一个问题,即《诗》所以可

---

① 司马迁:《史记》,中华书局,1959年版,第3310页。
② 司马迁:《史记》,中华书局,1959年版,第1936~1937页。
③ 苏舆:《春秋繁露义证》,中华书局,1992年版,第32~33页。

## 第二章　董仲舒与汉代"以《诗》为法"

法,就在于它具有王道大义的特性,而此"王法"特性来源于孔子对《诗经》的编定工作。这样便将《诗》之大义与圣人——素王——孔子紧密地关联起来,也就从根源上解决了《诗》义的来源与合"法"性的问题。这显然是对董仲舒"以《诗》为法"的发展。

据《汉书·武五子传》,昭帝时,昌邑王国多见怪异,王恶之,以问郎中令龚遂,龚遂曰:"大王诵诗三百五篇,人事浃,王道备,王之所行中诗一篇何等也?"① 其中"人事浃,王道备"乃称引董仲舒言《春秋》之语②,说《春秋》中人事、王法皆很完备。此处龚遂以之说《诗》,言昌邑王所诵之诗三百已具有完备的人事和王法,那么,王之所行又合于哪一篇诗呢?故颜师古注曰:"言王所行,皆不合法度。"

到元帝、成帝时期,汉代经学发展到了高峰,五经的典范与法则意义被反复强调。如对于汉成帝常常召见言祭祀与方术者,延续了董仲舒灾异之学的谷永上疏成帝说这些人是"背仁义之正道,不遵五经之法言"③,此即以"五经"为"法";扬雄说《诗》乃"法度所存"④,并说"诗人之赋丽以则"⑤,"诗人之赋"即《诗》中作品,"则",法也,此言《诗》可法则,与其所说的《诗》乃

---

① 班固:《汉书》,中华书局,1962年版,第2766页。
② 《说苑·至公篇》亦云:"夫子修《春秋》,人事浃,王道备,上通于天而麟至。"
③ 班固:《汉书》,中华书局,1962年版,第1260页。
④ 班固:《汉书》,中华书局,1962年版,第3575页。
⑤ 汪荣宝:《法言义疏》,中华书局,1987年版,第49页。

"法度所存"同义。而班彪论《史记》则云:"诚令迁依五经之法言,同圣人之是非,意亦庶几矣。"① 也认为包括《诗》在内的五经具有"法"之特性。

到西汉末年,受董仲舒思想影响的谶纬兴起,也延续了他"以《诗》为法"、以六艺为法的观点。如《春秋演孔图》说孔子"作法五经,运之天地,稽之图像,质于三王,施之四海"②,此言包括《诗》在内的"五经"乃孔子为天下所作之"法";《春秋演孔图》云:"圣人不空生,必有所制,以显天心。丘为木铎,制天下法。"③ 此亦上一条所谓孔子为"四海"制法之意。

进入东汉后,随着谶纬的盛行和朴实的古文经学的兴起,对《诗经》的致用功能也产生了一定影响,但"以《诗》为法"的观点仍被广泛认可,以至有人在其所取名字中都在强调"以《诗》为法"④。又如汉末会通今古文经学的郑玄亦反复强调"以《诗》为法"。他在《诗谱序》中言及诗的功能时说:"论功颂德所以将顺其美,刺过讥失所以匡救其恶,各于其党,则为法者彰显,为戒者著明。"即言《诗》具有"法""戒"之功效。郑玄释"雅"曰:"雅,正也,言今之正者,以为后世法。"⑤ 此言诗人

---

① 班固:《汉书》,中华书局,1962年版,第1325页。
② 安居香山、中村章八:《纬书集成》,河北人民出版社,1994年版,第583页。
③ 安居香山、中村章八:《纬书集成》,河北人民出版社,1994年版,第580页。
④ 如东汉《都乡孝子严举碑》之碑阴题名曰:"弟子文诗字宪伯。"即说有姓文名诗者,其字曰宪伯,意即以《诗》为宪也。
⑤ 孔颖达:《毛诗正义》,北京大学出版社,1999年版,第11页。

作《雅》诗的目的在于为后世法,等等。可见郑玄秉着《诗》乃孔子所定的王道大法的观点诠释《诗经》,强调以《诗》为法。郑玄的这些论述是对董仲舒"以《诗》为法"观点的进一步落实。

由以上论述可见,自董仲舒"以《诗》为法"的《诗》学观提出后,在其"儒宗"地位的影响下,在两汉历代帝王的推动下,不论是《鲁诗》学者(司马迁、刘向)、《齐诗》学者(班彪)、《毛诗》兼《韩诗》学者(郑玄),以及无法确知《诗》派的扬雄、谶纬《诗》学等皆认可并积极提倡董仲舒的"以《诗》为法"。因此可以说"以《诗》为法"已成为汉人在《诗经》学上的一种共识。

## 二、汉人对"以《诗》为法"的运用

如前所言,董仲舒提出的"以《诗》为法"得到两汉帝王与学者的认可,从而得到广泛的传播与运用。以下从以《诗》决狱、以《诗》定礼、以《诗》立后废后、据《诗》命名,以及汉代文学批评上的以《诗》为法等五个方面就汉代"以《诗》为法"的具体运用略作论述。

### (一)以《诗》决狱

"以《诗》决狱"指以《诗》文作为论罪断狱的依据,从而对案件作出相关的论断。汉代以《诗》论罪断狱始于董仲舒,此后不断得到运用。如《汉书》卷四十七《文三王传》载梁王立之案曰:

永始中,相禹奏立对外家怨望,有恶言。有司案验,因发淫乱事,奏立禽兽行,请诛。太中大夫谷永上疏曰:"臣闻'礼,天子外屏,不欲见外'也。是故帝王之意,不窥人闺门之私,听闻中冓之言。《春秋》为亲者讳。诗云'戚戚兄弟,莫远具尔'。今梁王年少,颇有狂病……傅致难明之事……污蔑宗室,以内乱之恶披布宣扬于天下,非所以为公族隐讳,增朝廷之荣华,昭圣德之风化也。臣愚以为……既已案验举宪,宜及王辞不服,诏廷尉选上德通理之吏,更审考清问,著不然之效,定失误之法,而反命于下吏,以广公族附疏之德,为宗室刷污乱之耻,甚得治亲之谊。"①

有司奏请诛梁王立,其罪在于梁王与其姑园子有奸情。对此,谷永称《大雅·行苇》之诗文以辩之。《毛诗·行苇序》曰:

> 《行苇》,忠厚也。周家忠厚,仁及草木,故能内睦九族,外尊事黄耇,养老乞言,以成其福禄焉。②

即此诗乃言和睦宗族之事。对于所引诗句"戚戚兄弟,莫远具尔",《毛传》曰:"戚戚,内相亲也。肆,陈也。"

《郑笺》云:"莫,无也。具犹俱也。尔谓进之也。王与族人燕,兄弟之亲,无远无近,俱揖而进之。"③

---

① 班固:《汉书》,中华书局,1962年版,第2216页。
② 孔颖达:《毛诗正义》,北京大学出版社,1999年版,第1079页。
③ 孔颖达:《毛诗正义》,北京大学出版社,1999年版,第1080页。

## 第二章　董仲舒与汉代"以《诗》为法"

《毛传》《郑笺》所言与《序》一致，即此诗句乃言王与族人相亲相爱、和睦共处之情形。而谷永称此诗文也在于明确并强调成帝与梁王间乃公族关系。将梁王之事与同宗的天子之亲情关联起来，然后在"为公族隐讳，增朝廷之荣华，昭圣德之风化"的基础上，论定梁王立之无罪，从而达到为梁王开脱罪责，免于治罪的目的。此即以《诗》治狱。

类似的以《诗》决狱的情况还有《汉书》卷六十八《霍光传》载杨敞等称引《大雅·抑》诗文给昌邑王定罪，从而废皇位；《汉书》卷七十《陈汤传》载刘向称《小雅》之《采芑》《六月》诗文以定陈、甘二人无罪而有功；《汉书》卷七十八《萧望之传》载萧望之子萧伋称《诗》辩其父无罪；《汉书》卷八十三《朱博传》载龚胜等十四人以《小雅·巧言》诗文定傅晏之罪；《汉书》卷八十八《儒林传》载王式以教昌邑王《诗》为由论己无罪；等等。

由以上论述可见，汉代以《诗》断狱主要有如下情况：一是以《诗经》为标准来判定某种定罪是否成立，如刘向条；二是依据《诗经》来为罪行的判决建立某种条件，使这种条件成为断罪之依据，如董仲舒和谷永条；还有直接以《诗》文作为定罪缘由的，如萧望之、昌邑王条等。

还有一点就是汉代以《诗》决狱现存七条材料，主要集中在西汉武帝、宣帝、元帝、成帝、哀帝时期，却未见东汉有此类用《诗》方式。这一情况可以呼应前面谈到的董仲舒提出通经致用经学观后，得到了武帝和宣帝等西汉帝王的大力推动与经学界的响应，而在东汉统治者对之重视程度却不如西汉，因此东汉对此类"以《诗》为法"的运用就相对少一些。

(二) 以《诗》定礼

以《诗》定礼是董仲舒之后"以《诗》为法"的一种重要形式，它是指以《诗》文为依据，来提出或制定某些礼制。如《汉书·郊祀志》载：

> 成帝初即位，丞相衡、御史大夫谭奏言："……天随王者所居而飨之，可见也。甘泉泰畤、河东后土之祠宜可徙置长安，合于古帝王。愿与群臣议定。"奏可……于是衡、谭奏议曰："陛下圣德，聪明上通，承天之大，典览群下，使各悉心尽虑，议郊祀之处，天下幸甚。……今议者五十八人，其五十人言当徙之义，皆著于经传，同于上世，便于吏民；八人不案经艺，考古制，而以为不宜，无法之议，难以定吉凶。太誓曰：'正稽古立功立事，可以永年，丕天之大律。'《诗》曰'毋曰高高在上，陟降厥士，日监在兹'，言天之日监王者之处也。又曰'乃眷西顾，此维予宅'，言天以文王之都为居也。宜于长安定南北郊，为万世基。"天子从之。①

此乃成帝初即位时，延续元帝时礼制改革的思潮，进行郊祀礼制的改革。丞相匡衡等认为甘泉泰畤、河东后土

---

① 班固：《汉书》，中华书局，1962年版，第1254~1255页。

## 第二章 董仲舒与汉代"以《诗》为法"

之祠不合于古礼,当于长安行郊祀之礼。在讨论此事的奏议中,充分体现了其时以《诗经》等儒家经典为法则的经学观念。如反对改革礼制的许嘉等人的立论因"不案经艺",匡衡便说这是"无法之议",故不可从。而匡衡等主张在长安南北郊行郊祀之礼的依据则是《周颂·敬之》和《大雅·皇矣》中的诗文。

对于"毋曰高高在上,陟降厥士,日监在兹"句,《郑笺》曰:"无谓天高又高在上,远人,而不畏也。天上下其事,谓转运日月,施其所行,日日瞻视,近在此也。"①

此言天时时皆在关注着帝王的言行,天并未远离帝王,意味着天与帝王同在。所以匡衡说"天之日监王者之处也",义也如是。而《皇矣》之诗句曰:"乃眷西顾,此维予宅。""予",今《毛诗》作"与"。对此诗句,《郑笺》曰:"乃眷然运视西顾,见文王之德,而与之居。言天意常在文王所。"

孔颖达《毛诗正义》曰:"维与之居,言天常居文王之所,使之为主,以定民也。"②

此言天抛弃了殷商,而归意于文王,故常居于文王之所,与文王同处,故匡衡说"天以文王之都为居也"。

此二诗皆言天不远离周王或文王,就汉成帝时言,意味着天当与成帝同处。那么祭祀上天则当于天所居之地进

---

① 孔颖达:《毛诗正义》,北京大学出版社,1999年版,第1348页。
② 孔颖达:《毛诗正义》,北京大学出版社,1999年版,第1019页。

行,而天居于成帝之所,故郊祀当于成帝所居的长安进行,具体就是长安南北郊。

由此可以看出,于长安南北郊行郊祀礼的提出,其依据之一便是《诗经》。

又《汉书·哀帝纪》载:

> 六月庚申,帝太后丁氏崩。上曰:"朕闻夫妇一体。诗云:'谷则异室,死则同穴。'昔季武子成寝,杜氏之殡在西阶下,请合葬而许之。附葬之礼,自周兴焉。'郁郁乎文哉!吾从周。'孝子事亡如事存。帝太后宜起陵恭皇之园。"遂葬定陶。发陈留、济阴近郡国五万人穿复土。①

按,哀帝本为定陶王,其得以成为皇位继承人的原因之一就是他能诵《诗》,并能说其义②,可见他熟悉《诗经》。建平二年(前5),丁太后崩,哀帝据《王风·大车》之诗将其生母丁后与恭皇合葬。

此外,汉代文献中涉及以《诗》定礼的材料还有不少,如《汉书·萧望之传》载黄霸等以《商颂·长发》定接待匈奴呼韩邪单于之礼,《汉书·韦贤传》载韦玄成等据《周颂·雝》定罢郡国庙制、据《清庙》罢衣冠出游礼,《汉书·郊祀志》载杜邺据《大雅·假乐》言郊祀之礼,又载王莽据《大雅·绵》《小雅·甫田》诗文立官稷等,《东观汉记·郊祀志》载东平王苍据《大雅》之《下

---

① 班固:《汉书》,中华书局,1962年版,第339页。
② 班固:《汉书》,中华书局,1962年版,第333页。

武》《假乐》定明德马皇后之庙位,《后汉书·张王种陈列传》载灵帝据《大雅·抑》定葬窦太后之礼等。

由上文称《诗》言礼、定礼的材料与相关分析,可以得到如下认识:

一是所称诗文的功能主要有三种:一种是诗文含有礼意但还不是明确的礼制者,如黄霸和灵帝等据诗言礼、定礼;一种是所称诗文含有明确的礼制内容,如韦玄成等据诗定罢郡国庙议、据《清庙》罢衣冠出游等礼制;第三种情况则是所称诗文为相关礼制的提出提供了条件,如东平王苍据诗定礼。

二是涉及的时间段上以西汉为主,东汉以诗定礼的情况少见;西汉则始于元帝,终于平帝时期。在内容上则主要与祭祀礼制相关。这一现象的出现主要有两个原因:其一,经学从宣帝后期、元帝、成帝时期开始兴盛,朝廷开始大量起用经学之士特别是《诗经》学者参政,如韦贤、蔡义、萧望之、匡衡等先后出任三公之职;同时元帝、成帝等也接受过很好的经学教育,敦好儒学。在这些君臣的努力下,《诗经》等经学兴盛起来。其二,元帝时开始出现了汉代礼制改革,而且这种改革主要以祭祀礼制为主。但是到了东汉,却没有出现像元帝、成帝、哀帝时期那样关于祭祀等礼制的激烈讨论。

(三)以《诗》立后、废后

汉代妃后之废立常依据《诗经》来开展。

首先,在立皇后方面,前面言及汉武帝之"以《诗》为法"时,据《汉书·武帝纪》举了元朔元年(前128)

依据逸诗废陈后而立卫后之事，此外还有一例。据《东观汉记》卷六载：

> 申贵人生孝穆皇帝，赵夫人为穆皇后，匽夫人生桓帝。帝既立，追谥赵夫人为穆皇后，匽夫人为博园贵人。和平元年，桓帝诏曰："博园匽贵人履高明之懿德，资淑美之嘉会，与天合灵，笃生朕躬，'欲报之德'，诗所感叹，今以贵人为孝崇皇后。"①

桓帝所谓"'欲报之德'，诗所感叹"指《小雅·蓼莪》之"父兮生我，母兮鞠我。拊我畜我，长我育我。顾我复我，出入腹我。欲报之德，昊天罔极"。此言父母拊我畜我，长我育我，故我欲报之。据此，桓帝以其生母匽氏为孝崇皇后，以报答其养育之恩。

其次，据《诗经》以废皇后方面也有两条材料。《后汉书·皇后纪上》载：

> 十七年，废皇后郭氏而立贵人。制诏三公曰："皇后怀执怨怼，数违教令，不能抚循它子，训长异室。宫闱之内，若见鹰鹯。既无《关雎》之德，而有吕、霍之风，岂可托以幼孤，恭承明祀。今遣大司徒涉、宗正吉持节，其上皇后玺绶。"②

此处光武帝说郭皇后"无《关雎》之德"。《关雎》之《毛序》曰：

---

① 吴树平：《东观汉记校注》，中华书局，2008年版，第217页。
② 范晔：《后汉书》，中华书局，1965年版，第406页。

## 第二章　董仲舒与汉代"以《诗》为法"

《关雎》，后妃之德也……是以《关雎》乐得淑女以配君子，忧在进贤，不淫其色。哀窈窕，思贤才，而无伤善之心焉，是《关雎》之义也。①

即说《关雎》言后妃品德贞淑，以得贤善之女，以配己之君子为乐，能和好众妾，而无伤善之心。光武帝以此为则，认为郭皇后德行与此相反，怀执怨怼，数违教令，专横于宫闱等，故废之。

又据《后汉书·皇后纪下》载，曹操假献帝之名，以《大雅·思齐》中大任、大姒之德行为衡量准则，废了伏皇后。

此外，《后汉书·应奉列传》还载应奉以《关雎》和《韩诗外传》为则，认为桓帝不当立出身卑贱的田氏为后，结果桓帝采纳了应奉之言。②

由上述可知，据《诗》立后或废后，所据诗文主要是言妃后德行的《关雎》《思齐》等作品。也就是说，这些诗篇已被汉代帝王们看作是妃后立身处世的典范，是衡量她们德才的准则，以至把《诗》作为废立妃后的依据、理由等。

（四）以《诗》命名

以《诗》命名主要是指汉人对于人名、职官名、行政机构职能、宫室名等多取材于《诗》文，以《诗》中文辞为其名称。于此中用《诗》方式，刘立志等学者已有详细

---

① 孔颖达：《毛诗正义》，北京大学出版社，1999年版，第4~21页。
② 范晔：《后汉书》，中华书局，1965年版，1608页。

讨论，本部分主要就学界关注得还不够的以《诗》文作为职官名、行政机构名等情况略作论述。

对于职官、区域职能以《诗》命名者，主要在王莽当政之时。《汉书·食货志》说王莽"每有所兴造，必欲依古得经文"，即其改革行事多依据经文来开展。如对于太守，班固说"莽以《周官》《王制》之文，置卒正、连率、大尹，职如太守"，即据《周官》《王制》进行职务、名称的设置。① 又如王莽说当时"州名及界多不应经"，于是他"以经义正十二州名分界"②。正是在这种情况下，出现了各种据《诗》设置机构、命名等行为。如《汉书·王莽传中》载王莽为太子置师友各四人，以"尚书令唐林为胥附，博士李充为奔走，谏大夫赵襄为先后，中郎将廉丹为御侮，是为四友"。"胥附"，王先谦《汉书补注》引周寿昌曰："胥附即疏附，胥疏一音。"③ 奔走、先后、御侮出自《大雅·绵》，此乃以《大雅·绵》中的诗文为职官名。

王莽还以《大雅·板》之诗文如惟城、惟宁、惟翰、惟屏、惟垣、惟藩等为区域职能命名。

此外，王莽认为"《诗》国十五，布遍九州岛"，进而据十五《国风》置十五部，并置庸部牧、曹部监等职官，

---

① 班固：《汉书》，中华书局，1962年版，第4137页。
② 班固：《汉书》，中华书局，1962年版，第4077页。
③ 王先谦：《汉书补注》，书目文献出版社，1995年版，第1711页。

对此阎步克有翔实考证,可参。①

此外,武帝"天汉"年号取材于《大雅·云汉》,汉章帝庙号曰"肃宗",乃取法于《周颂·清庙》之"于穆清庙,肃雝显相"②。

通过对汉代以《诗》命名材料的梳理,我们可以发现其主要出现在新莽时期和东汉,西汉极为少见。出现这种情况可能有两个原因。一是王莽的提倡,如前所论,王莽之变革多依经义而行,据《诗》文设置机构、命名等便是这种经学理念的显现。在王莽的提倡下,其时"朝臣论议,靡不据经"③,以《诗》命名的大量出现应该与此有关。二是《诗经》的广泛传播,从天子到平民,从朝廷官员到民间几岁的小孩皆熟悉《诗》文。④ 这两个原因结合起来,可能是东汉出现较多以《诗》命名现象的原因。

(五)汉代文学批评上的"以《诗》为法"

汉代文学批评中的"以《诗》为法"主要是指汉人往往把他们关于《诗经》的认识作为文学批评的标准,依《诗》(义)立论。这主要体现在汉代的辞赋批评方面。

司马迁评司马相如赋作时说:"相如虽多虚辞滥说,

---

① 阎步克:《诗国:王莽庸部、曹部探源》,载于《中国社会科学》,2004年第6期。
② 范晔:《后汉书》,中华书局,1965年版,第167页。
③ 班固:《汉书》,中华书局,1962年版,第4072页。
④ 如冯衍、班固皆九岁能诵《诗》,周燮十岁通《诗》,孟孝琚十二学《韩诗》,邓禹、崔骃十三通《诗》等。而《世说新语·文学》则载郑玄家婢女也通《诗》。

然其要归引之节俭,此与《诗》之风谏何异。"①

此即以《诗》之讽谏功能为典范来评论司马相如的作品。《史记·屈原贾生列传》则云:

> 《国风》好色而不淫,《小雅》怨诽而不乱。若《离骚》者,可谓兼之矣。上称帝喾,下道齐桓,中述汤武,以刺世事。明道德之广崇,治乱之条贯,靡不毕见。其文约,其辞微,其志洁,其行廉,其称文小而其指极大,举类迩而见义远。②

这段文字以《诗》的内容、风格与功能为标准来评论《离骚》。第一句认为《离骚》兼具《诗》之《风》《雅》之特性。此说虽出于淮南王刘安,表现的是刘安的"以《诗》为法"的文学观,但司马迁的引用也表明他对此说的认可。第二句论《离骚》反映了历史上的治乱盛衰得失,此与司马迁言孔子"删《诗》"取材之"上采契、后稷,中述殷周之盛,(下)至幽厉之缺"句式与目的一致。第三句及其后言《离骚》兼具道德与治乱之思想,具有"远""大"之"义""指",此即司马迁说经孔子删定的《诗》可"备王道"、成礼义之意。这便是以《诗》为法,据《诗》论《骚》的文学批评观。

扬雄认为《诗》乃"法度所存",故他坚持以《诗经》为法则,从文体形态、功能角度以《诗》论文。他说辞赋

---

① 司马迁:《史记》,中华书局,1959年版,第3073页。
② 司马迁:《史记》,中华书局,1959年版,第2482页。

## 第二章 董仲舒与汉代"以《诗》为法"

"体同《诗》《雅》"①，即认为辞赋之体制功能与《雅》同。这与他强调"诗人之赋丽以则，辞人之赋丽以淫"②的观点是一致的，也即要求赋体文学在形态与功能上当以《诗》为典范。

刘歆《七略》有"诗赋略"，认为歌诗和辞赋因其讽谏与可观风俗、考治绩等功能而为"古诗"之延续③，颇有认祖归宗之意。所以班固说："赋者，古诗之流也。"并认为刘向、王褒等创作的辞赋"亦《雅》《颂》之亚也"④。这都是从源流角度以《诗》论文、纳文于《诗》。⑤

不仅如此，班固《两都赋序》云：

> 言语侍从之臣，若司马相如……之属，朝夕论思，日月献纳。而公卿大臣御史大夫儿宽……等，时时间作。或以抒下情而通讽谕，或以宣上德而尽忠孝，雍容揄扬，著于后嗣，抑亦《雅》《颂》之亚也。故孝成之世，论而录之。盖奏御者千有余篇，而后大汉之文章，炳焉与三代同风。

熊良智先生就此曰：

> 所谓"孝成之世论而录之"，正是指向、歆父子奉诏校理图书，整理诗赋之事。这从"奏御者千有余

---

① 范文澜：《文心雕龙注》，人民文学出版社，1958年版，第46页。
② 汪荣宝：《法言义疏》，中华书局，1987年版，第49页。
③ 班固：《汉书》，中华书局，1962年版，第1756页。
④ 李善注：《文选》，中华书局，1977年版，第21页、22页。
⑤ 对此问题，熊良智师的《楚辞文化研究》有系统论述（巴蜀书社，2002年版，第184页）。

篇",与《诗赋略》所录"凡诗赋百六家,千三百一十八篇"对照可知。上古之孔子修《诗》《书》、与"汉室""先臣"校"诗赋"的精神一致,这才算是"稽之上古则如彼,考之汉室又如此"①。

这便是说,刘向、刘歆父子整理诗赋之事乃取法孔子编定《诗经》之行为。因此,熊良智先生经翔实的分析后说:"刘向、刘歆校理诗赋……正是说《诗赋略》的论而录之,是效法孔子整理《诗经》的传统、以'风''雅''颂'的类别进行分类。"具体而言,熊良智先生认为屈原赋之属为风体之赋,陆贾赋之属为雅体之赋,荀卿赋之属为颂体之赋。这就是说,《汉志·诗赋略》中赋体之分类义例乃取法于《诗》,而且熊良智先生分析后认为《诗赋略》中歌诗之分类亦是如此。

又,班固《离骚序》也以《诗经》为准则来批评屈原、《离骚》,其文曰:

> 且君子道穷,命矣。故潜龙不见是而无闷。《关雎》哀周道而不伤,蘧瑗持可怀之智,宁武保如愚之性,咸以全命避害,不受世患,故《大雅》曰:"既明且哲,以保其身。"斯为贵矣。今若屈原……忿怼不容,沉江而死,亦贬洁狂狷景行之士。多称昆仑冥婚宓妃虚无之语,皆非法度之政,经义所载。谓之兼

---

① 熊良智:《〈汉志·诗赋略〉分类义例新论》,载于《中州学刊》,2002年第3期。

## 第二章 董仲舒与汉代"以《诗》为法"

《诗》风雅,而与日月争光,过矣!①

班固批评屈原之行不合《关雎》哀而不伤、《大雅》之明哲保身的精神,同时认为屈原之《离骚》多言昆仑、冥婚等不见于经艺的话语,因而《离骚》也就不具有"兼《诗》风雅"的地位与特征。这些评论皆是以《诗经》为则。

王逸也依据《诗经》来批评《离骚》等。他认为屈原"独依诗人之义而作《离骚》,上以讽谏,下以自慰"②,即《离骚》在创作旨意上乃取法于《诗》,并且认为《离骚》在文章结构与话语组织上也是取法《诗经》,其文曰:

"帝高阳之苗裔",则"厥初生民,时惟姜嫄"也;"纫秋兰以为佩",则"将翱将翔,佩玉琼琚"也。③

前一句言《离骚》从结构上取法《诗》之《生民》,于篇首言其始祖,以突出其高贵的血统;第二句则从句法与内容上取法于《郑风·有女同车》篇。王逸还认为《离骚》在创作手法上借鉴了《诗经》的比兴手法,对此他在《离骚序》中说:

《离骚》之文,依《诗》取兴,引类譬谕,故善鸟香草,以配忠贞;恶禽臭物,以比谗佞……④

---

① 洪兴祖:《楚辞补注》,中华书局,1983年版,第50页。
② 洪兴祖:《楚辞补注》,中华书局,1983年版,第47~48页。
③ 洪兴祖:《楚辞补注》,中华书局,1983年版,第49页。
④ 洪兴祖:《楚辞补注》,中华书局,1983年版,第3页。

即认为《离骚》在创作手法上借鉴了《诗经》的"兴"的方法,通过"兴"的手法来达到其美刺的目的。

不仅如此,王逸在《楚辞·招隐士章句序》中更是直接将辞赋的类别说成是《诗经》的类别,其文曰:

> 《招隐士》者,淮南小山之所作也。昔淮南王安,博雅好古,招怀天下俊伟之士。自八公之徒,咸慕其德,而归其仁,各竭才智,著作篇章,分造辞赋,以类相从,故或称小山,或称大山。其义犹《诗》有《小雅》《大雅》也。

王逸认为八公之徒所作的被称为"小山""大山"之辞赋类名,与《诗经》之有《小雅》《大雅》同。对此,熊师认为:"这可以说是辞赋分类义例取法《诗经》分类的直接具体的例证。"①

至此,汉人从辞赋的篇章结构、句式句法、创作手法、创作主旨、作品分类、文体形态等全面据《诗》论文,以《诗》为则。《诗经》作为汉代文学的批评准则就此确立。

从上述材料可以看出,汉代"以《诗》为法"的用《诗》现象非常广泛,此处只列举了出现得比较多的五种情况,其他还有如据《诗》褒奖大臣、以《诗》为戒(包括戒小人谗言、后宫、外戚)等,兹不赘述。通过对这五类文献的清理,可以得到有如下认识:

---

① 熊良智:《〈汉志·诗赋略〉分类义例新论》,载于《中州学刊》,2002年第3期。

第一，在"以《诗》为法"的运用时代方面，整体上西汉盛于东汉。

第二，"以《诗》为法"的使用者有专门研究三家《诗》的学者和《毛诗》大师，还有政治家、历史学家、文学家以及帝王等。可见"以《诗》为法"不仅是《诗经》研究者的主张，还是两汉人的普遍认识。但如果再审视这些人的政治角色，则会发现他们主要是朝廷大臣和帝王。

第三，在"以《诗》为法"的内容上，从董仲舒较为偏重以其所阐释的《诗》之义理为法，逐渐发展到取法《诗》中包括人伦道德、君臣伦理、典章制度、礼仪法则等各个方面，其结果便是影响到汉代《诗》学阐释的伦理化、政教化、礼学化、历史化等。

第四，董仲舒以后的"以《诗》为法"常常具有时代特色，即由于社会时代不同，在"以《诗》为法"的具体运用上常体现出一些明显的时代特色。如"以《诗》定礼"主要盛行于西汉元帝、成帝、哀帝时期，那是因为这一时期在时王与经学家的推动下正在进行礼制改革. 因此这种用《诗》的时代特色或许可以提醒我们注意汉代《诗经》阐释的时代性，也就是说，现实的需要会对《诗经》的阐释产生影响，会生成一些与当时社会需要相关联的新的《诗》说，而这些新的"《诗》说"则是此前的《诗》学所不具有的。因而对汉代《诗》学，我们得从变动的角度去看。

第五，再回顾前面涉及的用《诗》例子，可以发现其

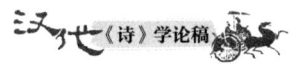

句式主要有两种：一是"诗曰……。今（或"故"，或省略"今"）……。"另一种是"《诗》不云乎……。"这两种句式的一个明显特征就是，诗句的位置往往摆在被关注的问题的前面，或说诗句之后出现的内容常常是在前面诗句的引导下提出来的，诗句的内容则常常与后面的问题的解决相关。如对先秦到汉初的典籍引《诗》情况作一回顾，可以发现从《孟子》《荀子》到《韩诗外传》的用《诗》情况有一共同的句式特征，即其行文多以"诗曰……，此之谓也"作结。在后者的句法中，所引之诗往往只是起一个旁证的作用，作为辅助材料使用，诗句本身不是目的和被关注的焦点，只是工具而已。从这一角度来看，我们便可以理解为什么从战国以来到汉初没有完整、系统的《诗经》文本诠释著作出现，因为《诗》的文本本身不是目的，因而文本字词的准确性也不重要，只要能达意即可。故战国至汉初所载之《诗》多异文，甚至同一篇文章中引用同一句诗也有出入，这在出土的简、帛《五行》中有明确的体现。但董仲舒的"以《诗》为法"却不如此，它是将《诗》的文本作为阐释的对象和起点，《诗》成了中心，成为意义的载体和源泉，成为被用来开发大义的宝矿，各种人伦道德、君臣伦理、典章制度、礼仪法则等都可以在《诗》里被发掘出来。也就是说，在先秦诸子那里，《诗》是意义的辅助者；而在董仲舒那里，《诗》就是"义"的源泉、就是"经"。所以，随着《诗》的角色的转变，与之相关的表达句式也发生了变化。这种转化的结果就是以《诗》为中心出现了各种各样的《诗》学阐释著作与流派。

## 小　结

通过论述，我们可以得出如下认识：

其一，董仲舒在"《诗》无达诂……从变从义"的阐释原则保证下的"以《诗》为法"的提出，是他在延续先秦用《诗》传统的基础上，在其《春秋》学影响下提出的一种新的《诗》学理念。

其二，董仲舒的"以《诗》为法"提出之后，得到了汉武帝等两汉帝王的支持与推广，并受到司马迁、龚遂、匡衡、谷永、扬雄、郑玄等两汉学者的响应，进而成了汉人用《诗》的一种典范，特别在政治方面的运用尤其广泛。

# 第三章　郑玄"以《诗》为法"研究

汉代注重通经致用。汉人首次明确提出用《诗》理念并产生重大影响的是董仲舒,他在《春秋繁露·祭义》中提出"以《诗》为天下法"(即本书之"以《诗》为法")的观点。董仲舒虽未就其内涵作出明确的阐述,但此一《诗》学观被汉人广泛接受,并用于现实事务的处理。但在很长一段时间里,汉代学者未能对此《诗》学理念作进一步的拓展。汉末郑玄在董仲舒"以《诗》为法"的基础上对之作了全面、系统的阐述;特别是从编《诗》角度对此《诗》学观的阐述,将"董仲舒的'以《诗》为法'"转变为"孔子的'以《诗》为法'",极大地发展了"以《诗》为法"的《诗》学观。郑玄还将之用于《诗》具体作品的诠释,将自己对桓、灵之世的现实关怀融入《诗》之大义,从而依托圣经贤传的至高地位,为现实世界再铸理想之范型。唐宋以来,郑玄"以《诗》为法"的观点得到如孔颖达、二程、朱熹等《诗》学者的普遍接受,成为《诗经》学史上的共识。

# 第一节 "以《诗》为法"的提出

董仲舒治《春秋》学,要求以《春秋》为法则、典范。他说:"孔子作《春秋》,先正王而系万事,见素王之文焉。"① 他认为孔子是"素王",并作《春秋》以体现其"素王"之文法。又说:"《春秋》论十二世之事,人道浃而王道备。法布二百四十二年之中,相为左右,以成文采。"② 他认为《春秋》记载了二百四十二年的历史,其中布满了孔子的王道大法。又说:"孔子……是非二百四十年之中,以为天下仪表。"③ 他认为孔子所著之《春秋》乃天下之仪法。

董仲舒不仅要求以《春秋》为法,还进而要求以六艺为法。他在元光元年(前134)的对策中说:"《春秋》大一统者,天地之常经,古今之通谊也。臣愚以为诸不在六艺之科孔子之术者,皆绝其道,勿使并进。邪辟之说灭息,然后统纪可一而法度可明,民知所从矣。"④ 他依据《春秋》大一统思想,向汉武帝提出罢黜百家、独尊儒术的要求。认为六艺之科即孔子之术;独尊体现孔子之术的"六艺",便可实现"统纪可一而法度可明"。董仲舒认为

---

① 班固:《汉书》,中华书局,1962年版,第2509页。
② 苏舆:《春秋繁露义证》,中华书局,1992年版,第32~33页。
③ 司马迁:《史记》,中华书局,1959年版,第3297页。
④ 班固:《汉书》,中华书局,1962年版,第2523页。

"六艺"与"统纪""法度"有关,乃民之所宜遵从、效法者。而《诗》是"六艺"之一,故也当为天下法。

《春秋繁露·祭义》曰:"故圣人于鬼神也……恃其公,报有德也;幸其不私,与人福也。其见于《诗》曰:'嗟尔君子,毋恒安息。静共尔位,好是正直。神之听之,介尔景福。'正直者得福也,不正者不得福,此其法也。以《诗》为天下法矣,何谓不法哉?"① 他认为圣人之于鬼神,相信他们会公正地报答有德行的人,希望他们会公正无私地给人带来福禄。《小雅·小明》诗文就体现了这点,即"嗟尔君子,毋恒安息。静共尔位,好是正直。神之听之,介尔景福"。此言君子不应长久地贪图安逸,当恭谨地对待自己的职事,多与正直者交往,这样就会得到神灵的福佑。然后董仲舒进一步阐述道:"正直者得福也,不正者不得福,此其法也。"这就将诗义由君子交往的某个具体的"正直"之人延伸为更具普遍意义的"正直"的处世态度,并强调说这就是人们应该遵循的法则。在此基础上,他提出了"以《诗》为天下法"的《诗》学观,就是要求把《诗》作为人们言行的依据、法则与典范,但"以《诗》为法"的内涵为何?董仲舒没有给出进一步的阐述。

董仲舒不仅提出了"以《诗》为法",还将之用于实践。如《春秋繁露·循天之道》云:

> 天有两和,以成二中……中者,天地之所终始

---

① 钟肇鹏等:《春秋繁露校释》,河北人民出版社,2005年版,第1021页。

也;而和者,天地之所生成也。夫德莫大于和,而道莫正于中。中者,天地之美达理也,圣人之所保守也。诗云:"不刚不柔,布政优优。"此非中和之谓与?是故能以中和理天下者,其德大盛,能以中和养其身者,其寿极命。①

他强调"中和"的作用,认为《商颂·长发》所言"不刚不柔"的"布政"②之举,便是"中和"之道的表现。于是单纯的义理通过他对所引诗句的诠释得以实现义理向政治措施的落实,进而在《诗》之示范下,董仲舒认为统治者当取法于《诗》,以"中和"之道治天下。董仲舒"以《诗》为法"的实践中最具代表性的则是"以《诗》决狱",对此笔者已有讨论,兹不赘述。③

作为儒宗的董仲舒之"以《诗》为法"的《诗》学观提出之后便为汉人所接受。如司马迁在《太史公自序》中说:

> 周室既衰,诸侯恣行。仲尼悼礼废乐崩,追修经术,以达王道,匡乱世反之于正。见其文辞,为天下制仪法,垂六艺之统纪于后世。④

司马迁认为六艺是孔子为后世所制作的王道大法,

---

① 苏舆:《春秋繁露义证》,中华书局,1992年版,第444页。
② 《毛诗》作"敷政",见《毛诗正义》,北京大学出版社,1999年版,第1457页。
③ 张华林、宦书亮:《论董仲舒与汉代以〈诗〉决狱》,载于《文艺评论》,2014年第2期。
④ 司马迁:《史记》,中华书局,1959年版,第3310页。

《诗》自然也属于此。就《诗》而言，司马迁有更明晰的论述，其文曰：

> 古者诗三千余篇，及至孔子，去其重，取可施于礼义，上采契后稷，中述殷周之盛，至幽厉之缺……以备王道，成六艺。①

"王道"含有董仲舒所说的"王法"之义。②此言《诗》具有王道大法的特性，而此特性是孔子编《诗》时所赋予的。

扬雄认为《诗》乃"法度所存"，并说"诗人之赋丽以则"③，"则"，法也。尤其值得注意的是，东汉章帝时举行的白虎观会议，更是经学界配合帝王意志，将《诗经》《春秋》等儒家经学上升为"国宪"的至高地位④，将以经为法的观念上升到国家意志的高度，极大地促进了"以《诗》为法"《诗》学观的传播。

汉人不仅接受了"以《诗》为法"的《诗》学观，同样也将之用于实际事务的处理。如以《诗》定礼便是"以《诗》为法"的一种重要表现形式，它是指依据《诗》文来制定某些礼制。如《汉书·哀帝纪》载：

> 六月庚申，帝太后丁氏崩。上曰："朕闻夫妇一

---

① 司马迁：《史记》，中华书局，1959年版，第1936~1937页。
② 《春秋繁露·玉杯》："《春秋》论十二世之事，人道浃而王道备。……是以人道浃而王法立。"苏舆：《春秋繁露义证》，中华书局，1992年版，第32~33页。
③ 汪荣宝：《法言义疏》，中华书局，1987年版，第49页。
④ 林存光：《中国政治思想通史·秦汉》，中国人民大学出版社，2014年版，第469页。

体。诗云：'谷则异室，死则同穴。'昔季武子成寝，杜氏之殡在西阶下，请合葬而许之。附葬之礼，自周兴焉。'郁郁乎文哉！吾从周。'孝子事亡如事存。帝太后宜起陵恭皇之园。"遂葬定陶。发陈留、济阴近郡国五万人穿复土。①

哀帝本为定陶王，其得以成为皇位继承人的原因之一就是他能诵《诗》，并能说其义②，可见他精于《诗经》。建平二年（5），丁太后崩，哀帝据《王风·大车》之诗将其生母丁后与恭皇合葬。

汉人还曾据《诗》以废皇后。《后汉书·皇后纪上》载：

> 十七年，废皇后郭氏而立贵人。制诏三公曰："皇后怀执怨怼，数违教令，不能抚循它子，训长异室。宫闱之内，若见鹰鹯。既无《关雎》之德，而有吕、霍之风，岂可托以幼孤，恭承明祀。今遣大司徒涉、宗正吉持节，其上皇后玺绶。"③

光武帝废除郭皇后的原因是认为皇后"无《关雎》之德"。《毛诗序》曰："《关雎》，后妃之德也……是以《关雎》乐得淑女以配君子，忧在进贤，不淫其色。哀窈窕，思贤才，而无伤善之心焉，是《关雎》之义也。"④ 光武

---

① 班固：《汉书》，中华书局，1962年版，第339页。
② 班固：《汉书》，中华书局，1962年版，第333页。
③ 范晔：《后汉书》，中华书局，1965年版，第406页。
④ 孔颖达：《毛诗正义》，北京大学出版社，1999年版，第4～21页。

帝以此为范型，认为郭皇后之德行与此相反，怀执怨怼，数违教令，专横于宫闱等，故废之。

郑玄"以《诗》为法"的《诗》学观便是在上述董仲舒"以《诗》为法"《诗》学观基础上的延续与发展。

## 第二节 郑玄"以经为法"的经学观

受董仲舒之后经学思想的影响，郑玄也以孔子为"素王"，并认为孔子制作五经以为后世之法，由此而行其"王"之职责。《论语·子罕》曰："子疾病，子路使门人为臣，病间，曰：久矣哉，由之行诈也。无臣而为有臣。"郑玄注曰："子路欲使诸弟子以臣礼葬大夫，君之礼葬孔子。"①《论语》载子路准备以卿大夫之礼葬孔子，而郑玄则诠释为以"君之礼葬孔子"，这说明郑玄是以孔子为素王的。

《论语·述而》载："子曰：天生德于予，桓魋其如予何？"郑玄注曰："天生德于予者，谓授我以圣性，欲使我制作法度。"②

《论语·八佾》："仪封人请见，曰：'君子之至于斯也，吾未尝不得见也。'从者见之。出，曰：'二三子何患

---

① 王素：《唐写本论语郑氏注及其研究》，文物出版社，1991年版，第106页。

② 王素：《唐写本论语郑氏注及其研究》，文物出版社，1991年版，第78页。

于丧乎？天下之无道也久矣，天将以夫子为木铎。'"郑注："木铎，施政教时所振。言天将命夫子制作法度，以号令于天下。"①

在郑玄的这两条注文中，"圣人"是一天人之际的存在，他能够感受天命，沟通天人，为天下制作法度，即删定《诗经》《春秋》等六经。"仪封人请见"一句，刘宝楠注曰："夫子不得位行政，退而删《诗》《书》，正礼、乐，修《春秋》，是亦制作法度也。"②

郑玄关于孔子治经作法的思想也体现在其《春秋》学思想上，其在《六艺论·春秋论》中曰："孔子既西狩获麟，自号素王，为后世受命之君制明王之法。"③ 即言孔子西狩获麟之后，自命为"素王"，并通过著《春秋》的方式为后世君王制作法典。其《驳五经异义·获麟》曰："玄之闻也……孔子时，周道衰亡，已有圣德，无所施用，作《春秋》以见志。其言可从，以为天下法。"④ 也强调以《春秋》为天下之法则、典范。

《春秋·僖公二十四年》："冬，天王出居于郑。"《公羊传》："王者无外，此其言出何？不能乎母也。"徐彦《疏》曰："正以襄王之母于今仍在，亦非继母，与《左氏》异也。"郑氏《发墨守》云："圣人制法，必因其事，

---

① 王素：《唐写本论语郑氏注及其研究》，文物出版社，1991年版，第22～23页。
② 刘宝楠：《论语正义》，中华书局，2007年版，第135页。
③ 孔颖达：《春秋左传正义》，北京大学出版社，1999年版，第25页。
④ 孔颖达：《礼记正义》，北京大学出版社，1999年版，第704页。

非虚之。"① 郑玄《发墨守》乃针对何休《公羊墨守》而作，是郑玄《春秋》学之体现。此"圣人制法"即郑玄以孔子所作之《春秋》为天下之大法，并认为其所言之事必有所据，绝非虚假之言，故可法。

郑玄也认为《尚书》乃孔子所定之法典。其《六艺论》曰："孔子求《书》，得黄帝元孙帝魁之书，迄于秦穆公，凡三千二百四十篇。断远取近，定可以为世法者，百二十篇。以百二篇为《尚书》，十八篇为《中侯》，以为去三千一百二十篇，以上取黄帝元孙，以为不可依用。"② 郑玄从文献编定的角度，认为《尚书》与纬书《尚书中侯》皆为孔子所编，而孔子编撰此书是为天下制定法典。郑玄《尚书序赞》亦云："孔子撰《尚书》，尊而命之曰**《尚书》。尚者，上也，盖言若天书然。"** 郑玄将《尚书》上升为天书的层次，虽有承继纬书之说的一面③，但也表明郑玄对《尚书》至高法典地位的认可。

## 第三节　郑玄之"以《诗》为法"

郑玄不仅强调《春秋》《尚书》的法典特性与功能，要求以之为法，也强调将《诗经》作为个体言行、国家政教的典范，要求下至臣民，上至人君皆"以《诗》为法"。

---

① 徐彦：《春秋公羊传注疏》，北京大学出版社，1999年版，第248页。
② 孔颖达：《尚书正义》，北京大学出版社，1999年版，第11页。
③ 耿天勤：《郑玄志》，山东人民出版社，2003年版，第125页。

## 第三章　郑玄"以《诗》为法"研究

这一理念主要体现在他对相关经学文献的诠释中,并且是他长期坚持的《诗》学观点。

《论语·述而》:"子所雅言,《诗》《书》执礼,皆雅言也。"郑玄注:"雅者,正也。读先王典法,不可有所避讳。"① 郑玄认为《诗》《书》是先王之典法,故可以为法。这是对《诗经》之典法性质极为清楚的表述。

《论语·泰伯》:"兴于诗,立于礼,成于乐。"郑玄注:"兴,起也。起于诗者,谓始发志意。志意既发,乃有法度。有法度,然后心平性正也。"② 此乃郑玄释"兴于诗"之意。言修身当先学《诗》,《诗》可以兴发学者之志意,进而促进其心性平正。这是从心性修养角度论"以《诗》为法"。

《周礼》曰:"教六诗:曰风,曰赋,曰比,曰兴,曰雅,曰颂。"郑玄注曰:"风,言贤圣治道之遗化也……雅,正也,言今之正者,以为后世法。"③ 郑玄认为风诗所言乃圣贤政治之遗化,而雅诗所言皆合乎礼义规范者,故皆可为后世之法则、典范。郑玄对风、雅之诗内容与功能的诠释,其实皆是在强调"以《诗》为法"。这是郑玄从政治礼义规范角度论"以《诗》为法"。

又《郑志》载郑玄之言曰:"风也,小雅也,大雅也,

---

① 王素:《唐写本论语郑氏注及其研究》,文物出版社,1991年版,第78页。
② 王素:《唐写本论语郑氏注及其研究》,文物出版社,1991年版,第95页。
③ 贾公彦:《周礼注疏》,北京大学出版社,1999年版,第610页。

颂也，此四者人君行之则为兴，废之则为衰。"① 此言人君依《诗》而行则国兴，否则国衰。郑玄极大地彰显了《诗经》乃兴衰之所由的重要性，故人君必须以《诗》为法。

郑答张逸云："文王承先公之业，积修其德，以致风化。述其美以为之法。能行其本，则致末应，既致其应，设以为法，是其不实致也。"② 此段文字当出于《郑志》。而郑玄、张逸之问答，当是就《毛诗序》关于《麟趾》《关雎》《驺虞》与《鹊巢》之应而言的。郑玄认为《周南》《召南》之诗称述周文王伟大之功业，是后世周人所效法的典范，这是郑玄就具体作品强调"以《诗》为法"了。

郑玄《诗谱序》："《虞书》曰：'诗言志，歌永言，声依永，律和声。'然则《诗》之道放于此乎！有夏承之，篇章泯弃，靡有子遗。迩及商王，不风不雅。何者？论功颂德所以将顺其美，刺过讥失所以匡救其恶，各于其党，则为法者彰显，为戒者著明。"对于此段文字，孔颖达《毛诗正义》曰："此论周室不存商之风、雅之意。风、雅之诗，止有论功颂德、刺过讥失之二事耳。党谓族亲。此二事各于己之族亲，周人自录周之风、雅，则法足彰显，戒足著明，不假复录先代之风、雅也。"③ 结合孔颖达之阐述，可知郑玄从《诗经》编定的角度认为周人存录周之

---

① 孔颖达：《毛诗正义》，北京大学出版社，1999年版，第19页。
② 孔颖达：《毛诗正义》，北京大学出版社，1999年版，第13页。
③ 孔颖达：《毛诗正义》，北京大学出版社，1999年版，第6页。

## 第三章 郑玄"以《诗》为法"研究

风、雅之诗，目的就是以这些诗歌作为他们或遵从或回避的法则、典范。

郑玄《诗谱序》曰："五霸之末，上无天子，下无方伯，善者谁赏？恶者谁罚？纪纲绝矣。故孔子录懿王、夷王时诗，讫于陈灵公淫乱之事，谓之变风、变雅。以为勤民恤功，昭事上帝，则受颂声，弘福如彼；若违而弗用，则被劫杀，大祸如此。吉凶之所由，忧娱之萌渐，昭昭在斯，足作后王之鉴，于是止矣。"① 对此，孔颖达《正义》曰："'违而不用'，谓不用《诗》义。则'勤民恤功，昭事上帝'是用《诗》义也。互言之也。用《诗》则吉，不用则凶。'吉凶之所由'，谓由《诗》也。"郑玄又是从"孔子删《诗》"的角度告诫人君之政治言行须以《诗》为法，从《诗》而行；认为从之则吉，不从则凶。

郑玄《商颂谱》曰："自后政衰，散亡商之礼乐。七世至戴公时，当宣王，大夫正考父者，校商之名颂十二篇于周太师，以《那》为首，归以祀其先王。孔子录《诗》之时，则得五篇而已，乃列之以备三颂，著为后王之义，监三代之成功，法莫大于是矣。"② 郑玄仍从《诗经》编定的角度立论，认为孔子编录《商颂》入《诗》，在于使三《颂》所载的前代君王之政教言行成为后世君王之典范，仍是强调"以《诗》为法"。

由以上论述可见，郑玄的经学思想有明确的以经为法

---

① 孔颖达：《毛诗正义》，北京大学出版社，1999年版，第9页。
② 孔颖达：《毛诗正义》，北京大学出版社，1999年版，第1430页。

的取向,郑玄反复地从整体《诗》学层面上强调"以《诗》为法"的《诗》学理念。从郑玄的论述中,我们可以看到他从道德心性修养、政治礼义规范、国家政治治理、前代帝王的政教历史经验等方面细化了"以《诗》为法"的内涵。特别值得注意的是,郑玄在《毛诗谱》中论及"以《诗》为法"时,主要从《诗经》的编定角度进行论述,认为"以《诗》为法"是孔子编《诗》的目的之一。这是对司马迁之说的发展,更是将董仲舒之"以《诗》为法"转变为"孔子之'以《诗》为法'"。这些皆是郑玄对"以《诗》为法"《诗》学观的推进。而且从上述反映此《诗》学观的文献材料(《周礼注》《论语注》《毛诗谱》)来看,"以《诗》为法"的《诗》学观为郑玄所长期坚持。①

## 第四节　郑玄"以《诗》为法"与其《诗经》诠释

郑玄不仅从理念上提倡"以《诗》为法",还将之用于《诗》文本的诠释。他在对诗文作笺注时,"将自己的

---

① 黄以周曾考郑玄注述之先后云:"以著述而论,先注《周官》,次《礼记》,次《礼经》,次《古文尚书》,次《论语》,次《毛诗》,最后乃注《易》。"(黄以周《儆季文钞》卷四《答郑康成学业次第问》,见詹亚园、韩伟表主编《黄以周全集》第10册,上海古籍出版社,2014年版,第592~593页)清人丁晏:"郑君注《礼》在前,《论语》次之,笺《诗》又次之。"(《汉郑君年谱》中平元年,颐志斋丛书本)

理想熔铸在了经典的诠释之中"①，从而依托圣经贤传的至高地位，为现实世界再铸理想之范型，为汉末彷徨于黑暗世界的人们点燃了一盏思想的明灯。

如《小雅·桑扈》："君子乐胥，受天之祜。"《毛传》曰："胥，皆也。"《郑笺》云："胥，有才知之名也。祜，福也。王者乐臣下有才知文章，则贤人在位，庶官不旷，政和而民安，天予之以福禄。""胥"，《毛传》释为"皆"。郑玄不从《毛传》，而释之为"才知之名"，从而将诗文诠释为人君当用贤智有才之人，并强调贤者在位的巨大政治效应。如此诠释诗文，虽"益出于经文之外"，但表现了郑玄"叹息痛恨于桓、灵也"②。身处桓、灵之世的郑玄面对主昏臣聩的局面，希望通过对诗文的诠释，一方面树立理想的君明臣贤、政和民安的政治范型，另一方面也"借此讽刺灵帝亲小人、远贤人，制造党锢之祸，追害仁人志士的黑暗政治"③。

又《小雅·桑扈》："不戢不难，受福不那。"《毛传》："戢，聚也。不戢，戢也。不难，难也。那，多也。不多，多也。"《郑笺》云："王者位至尊，天所子也。然而不自敛以先王之法，不自难以亡国之戒，则其受福禄亦不多也。"《毛传》重在释词，郑玄不从《毛传》，而是借对此

---

① 刘毓庆、郭万金：《从文学到经学：先秦两汉诗经学史论》，华东师范大学出版社，2009年版，第459页。
② 陈澧：《东塾读书记》，生活·读书·新知三联书店，1998年版，第108页。
③ 刘成德：《郑玄笺诗寄托感伤时事之情》，载于《兰州大学学报》，1990年第1期。

段诗句的诠释强调天子至尊至高,应该以先王之法自敛,以前代亡国之诫自警,才能长享福禄、永保君位。这就将诗文大义指向了其自身所处的汉末朝政,告诫桓、灵君臣们当以《诗》为法、以史为鉴。这也是他在《诗谱序》中说"吉凶之所由,忧娱之萌渐"的道理。①

《小雅·小宛》:"中原有菽,庶民采之。"《毛传》:"中原,原中也。菽,藿也,力采者则得之。"《郑笺》曰:"藿生原中,非有主也,以喻王位无常家也,勤于德者则得之。"② 郑玄从诗文中诠释出王位无常家,勤于德者则得之的惊人大义,这显然是在借《诗》劝诫当政者。

《小雅·小宛》:"螟蛉有子,蜾蠃负之。"《毛传》曰:"螟蛉,桑虫也。蜾蠃,蒲卢也。负,持也。"《郑笺》云:"蒲卢取桑虫之子,负持而去,煦妪养之,以成其子。喻有万民不能治,则能治者将得之。"《毛传》长于字词训诂,而郑玄则揭橥"万民不能治,则能治者将得之",警告当政者,如不能安治万民,则有德而能治者将取代刘氏王朝。故陈澧就郑玄此注曰:"盖痛汉室将亡而曹氏将得之也。"③ 说的是郑玄通过对《小宛》的诠释,以《诗》(义)讽谏时王,冀其"以《诗》为法",重兴政教。

---

① 刘成德:《郑玄笺诗寄托感伤时事之情》,载于《兰州大学学报》,1990年第1期。
② 孔颖达:《毛诗正义》,北京大学出版社,1999年版,第744页。
③ 陈澧:《东塾读书记》,生活·读书·新知三联书店,1998年版,第108页。

## 第三章 郑玄"以《诗》为法"研究

两汉后戚干政特别严重①,桓、灵时期亦然,于是女性伦理便进入经学家的视野。郑玄就曾通过对《诗经》的诠释,建构了经典的女性伦理范型,以之作为对现实社会的回应。

如《召南·采蘋》:"于以采蘋?南涧之滨。于以采藻?于彼行潦。"《郑笺》云:"妇人之行,尚柔顺,自洁清,故取名以为戒。"② 郑玄认为此诗乃言大夫妻应具备柔顺、絜清的人格品行。《卫风·氓》:"女之耽兮,不可说也。"《郑笺》云:"至于妇人无外事,维以贞信为节。"③ 他强调女性无室家之外的事务(更无论政事),唯应专力于贞信之德。《小雅·斯干》:"无非无仪,唯酒食是议,无父母诒罹。"《郑笺》云:"仪,善也。妇人无所专于家事。有非,非妇人也;有善,亦非妇人也。妇人之事,惟议酒食尔,无遗父母之忧。"④ 此即认为妇人不应干预家政,而应唯酒食是务。

可见,郑玄借对《诗经》的诠释,要求女性"以贞信为节""唯酒食是务",而且强调妇人"无外事""无所专于家事",言妇人不应干预家国之事。

由上述内容可知,郑玄通过对《诗》的笺注,将自己对现实世界的关怀融入其所解释的《诗》之大义、圣人之

---

① 范晔:《后汉书》卷十《皇后纪》:"东京皇统屡绝,权归女主,外立者四帝,临朝者六后,莫不定策帷幄,委事父兄,贪孩童以久其政,抑明贤以专其威。"(中华书局,1965年版,第401页)
② 孔颖达:《毛诗正义》,北京大学出版社,1999年版,第73页。
③ 孔颖达:《毛诗正义》,北京大学出版社,1999年版,第231页。
④ 孔颖达:《毛诗正义》,北京大学出版社,1999年版,第691页。

微言中，使其成为人们或循或逆的法则，也使其《诗》学诠释具有了现实指向性，从而实现经典与现实的融契。

## 第五节　郑玄"以《诗》为法"《诗》学观的影响

作为汉代《诗》学之集大成者，郑玄的《诗》学观得到后代学者的认可，在魏晋南北朝时期，《郑笺》几乎处于与《毛传》并尊的地位。唐代孔颖达作《毛诗正义》，继承了《毛传》《郑笺》之说，并接受了郑玄的"以《诗》为法"《诗》学观。

孔颖达《毛诗正义》释《诗序》"雅者，正也"一句曰："诗之所陈，皆是正天下大法，文、武用诗之道则兴，幽、厉不用诗道则废。"① 此言《诗》具有"正天下大法"的特性，故可法。孔颖达在《大雅·棫朴》的《正义》中也说"诗为《大雅》，莫非王法"②，强调了《诗》的"王法"特性。

《毛诗正义》释"《麟之趾》，《关雎》之应也"一句曰："此篇本意，直美公子信厚似古致麟之时，不为有《关雎》而应之。大师编之以象应，叙者述以示法耳。……又使天下无犯非礼，乃致公子信厚，是公子难化于天下，岂其然乎！明是编之以为示法耳。"③ 孔颖达从

---

① 孔颖达：《毛诗正义》，北京大学出版社，1999年版，第17页。
② 孔颖达：《毛诗正义》，北京大学出版社，1999年版，第1000页。
③ 孔颖达：《毛诗正义》，北京大学出版社，1999年版，第60页。

## 第三章　郑玄"以《诗》为法"研究

《诗经》编定的角度论述选编《麟之趾》的目的在于"示法"。

《毛诗正义》释《小雅·伐木序》云:"其亲亲以下,因说王者立法,且明次篇之义。'亲亲以睦',指上《常棣》燕兄弟也。'友贤不弃,不遗故旧',即此篇是也。《常棣》虽周公作,既内之于治内之篇,故为此次以示法,是比篇皆有义意。"① 孔颖达认为圣人编录《伐木》《常棣》二诗,是以此二诗示"亲亲以睦""友贤不弃,不遗故旧"之法。

两宋时期,也有不少学者延续郑玄"以《诗》为法"之说。如程颐曰:"《二南》之诗,盖圣人取之以为天下国家之法,使邦家乡人皆得歌咏之也。"② 程颐又曰:"《诗》之美刺,圣人取其止乎礼义者,以为法于后世。"③ 王安石《答韩求仁书》曰:"盖序《诗》者不知何人,然非达先王之法言者,不能为也。"④ 朱熹《答吕伯恭》云:"圣人删录,取其善者以为法,存其恶者以为戒,无非教者。"⑤

由上述文献可知,郑玄拓展后的"以《诗》为法"的《诗》学观已为唐宋以来学者所广泛接受,是《诗》学史上之共识。

---

① 孔颖达:《毛诗正义》,北京大学出版社,1999年版,第576页。
② 王孝鱼:《二程集》,中华书局,1981年版,第72页。
③ 王孝鱼:《二程集》,中华书局,1981年版,第580页。
④ 《王文公文集》,上海人民出版社,1974年版,第77页。
⑤ 朱杰人:《朱子全书》第27册,上海古籍出版社、安徽教育出版社,2002年版,第241页。

# 第四章　司马迁"孔子删《诗》"说研究

孔子删《诗》问题是《诗》学史的基本问题。相关论争自唐代以来从未停止，其焦点为孔子是否删《诗》，肯定孔子删《诗》与否定孔子删《诗》的双方皆有其合理的依据与不足。对此学界已有翔实的论述，此不赘述。本书不直接分析孔子是否删《诗》，而是讨论"孔子删《诗》"这一说法是如何形成的，它的渊源何在，提出的依据是什么等。目前学界对这些问题的关注还不够①，因此对孔

---

① 目前学界言及此一问题的有以下论著和文章：金德建认为孔子所做的只是去掉《诗经》里重复的篇章而不是删《诗》，并认为王充最早提到孔子删《诗》，但还不够明确（参见金德建《司马迁所见书考》，上海人民出版社，1963年版，第31~33页）。朱金华的《司马迁的孔子删〈诗〉说》（《南都学坛》，2011年第2期）、韩宏韬的《孔子删〈诗〉公案发生考》（《社会科学论坛》，2011年第11期）都对孔子删《诗》说的渊源作了梳理。其中朱文认为司马迁的孔子删《诗》说源于其父司马谈，韩文则认为司马迁的孔子删《诗》说源于孔子"正乐"与《庄子·天运篇》言及的"丘治《诗》《书》《礼》《乐》《易》《春秋》六经"一事，同时该文将第一个直言"删《诗》"者归于汉末魏晋的《汉书叙传》作者项岱。陈桐生在《史记与诗经》（人民文学出版社，2000年版）中辟专章讨论孔子删《诗》说的形成，将这一说法放到战国秦汉文化大背景下进行考察，认为孔子删《诗》说是战国秦汉间儒家学者对孔子形象再塑造的结果（参见陈桐生《礼化诗学》，学苑出版社，2009年版，第227~228页），但认为由于史料缺乏，无法清晰地描绘出这一说法形成的大致轮廓。这些探讨都是有益的，特别是陈桐生的分析，全面而深刻，对笔者颇有启发。

删《诗》说的形成过程进行梳理，或许会对认识这一公案有所帮助。

本章由四部分构成：一是对司马迁之前关于孔子编定《诗经》的讨论；二是讨论司马迁的孔子删《诗》观的提出缘由；三是《论语谶》与孔子删《诗》说的确立；四是讨论孔子删《诗》说的学术意义。

## 第一节　司马迁之前关于《诗经》编定的讨论

**一、先秦传世文献不言孔子编定《诗经》**

在《论语》里，孔子多次言及《诗》，强调用《诗》。如：

> 子曰："诵《诗》三百，授之以政，不达；使于四方，不能专对；虽多，亦奚以为？"①
>
> 子曰："小子何莫学乎《诗》？《诗》可以兴，可以观，可以群，可以怨。迩之事父，远之事君，多识于鸟兽草木之名。"②
>
> 子曰："《诗》三百，一言以蔽之，曰：'思

---

① 邢昺：《论语注疏》，北京大学出版社，1999年版，第173页。
② 邢昺：《论语注疏》，北京大学出版社，1999年版，第237页。

无邪。"①

据《左传》记载,鲁襄公(前572—542)、鲁昭公(前541—510)时期是各诸侯国赋诗言志的高峰期,此一时期也是孔子(前551—479)生活的时期。在这样的形势下,强调学而优则仕的私塾教师孔子按照当时用《诗》"专对""事君"的惯例,要求弟子学《诗》致用,也是情理之事。而且孔子曾反复言及"《诗》三百",这表明在当时《诗》已有一个完整、通用的版本。

此外,孔子还言及"正乐"事。他说:"吾自卫反鲁,然后乐正,雅、颂各得其所。"② 言其时礼坏乐崩,孔子游说诸侯以兴周道而不果,于鲁哀公十一年(前484)返鲁正乐,使雅乐、颂乐各得其所。此处之雅颂是就乐言的,不是就《诗》言的;雅诗和颂诗之乐可能属于雅、颂之乐,但不能说雅、颂之乐即雅、颂之诗,不能将两者等同。如《大戴礼记·投壶》曰:"凡雅二十六篇。其八篇可歌,歌《鹿鸣》《狸首》《鹊巢》《采蘩》《采苹》《伐檀》《白驹》《驺虞》;八篇废,不可歌;七篇《商》《齐》,可歌也;三篇间歌。《史辟》《史义》《史见》《史童》《史谤》《史宾》《拾声》《叡挟》。"王树楠曰:"《史辟》《史义》,此下十六字当在'废不可歌'下。"③ 孙诒让曰:"雅谓雅

---

① 邢昺:《论语注疏》,北京大学出版社,1999年版,第14页。
② 邢昺:《论语注疏》,北京大学出版社,1999年版,第118页。
③ 转引自黄怀信:《大戴礼记汇校集注》,三秦出版社,2005年版,第1337页。

## 第四章 司马迁"孔子删《诗》"说研究

声,对下商齐为宋齐方音言之,非《诗》之大小雅也。"①这表明雅乐中既有《鹿鸣》之类的《雅》诗,还有《鹊巢》《伐檀》等《风》诗,以及《史辟》等逸诗。故不能说雅乐之歌诗皆为《雅》诗。故孔子之正雅颂之乐不能说成是正雅颂之诗。而且在《论语》等文献中,孔子也常是《诗》、乐分论,他对《诗》、乐的区别是明确的。

《论语》中,孔子还言及《书》《易》《礼》等。但以言《诗》次数最多,这表明孔子与《诗经》关系密切,但未言他与《诗》有编撰关系。

《墨子·公孟篇》里公孟子说"孔子博于《诗》《书》,察于礼乐",但墨子认为《诗》乃"先王之书"②,而此"先王"主要是尧、舜、禹、汤、文、武等"圣王",那么这"先王之书"的编定,似乎也与孔子无关。

孟子说孔子是圣人之"集大成也者"③。对于孔子与《诗》《春秋》的关系,他说:

> 王者之迹熄,而《诗》亡,《诗》亡然后《春秋》作。晋之《乘》,楚之《梼杌》,鲁之《春秋》,一也。"其事则齐桓、晋文,其文则史。"孔子曰:"其义则丘窃取之矣。"④

---

① 孙诒让:《札迻》,齐鲁书社,1989年版,第1255页。
② 此外,墨子在《三辩》《尚同中》《兼爱下》《天志下》等篇中也认为《大雅》《周颂》等皆是"先王之书"。见吴毓江:《墨子校注》,中华书局,2006年版,第63页、119页、176页、317页、334页。
③ 孙奭:《孟子注疏》,北京大学出版社,1999年版,第269页。
④ 孙奭:《孟子注疏》,北京大学出版社,1999年版,第226页。

孟子认为《诗》行于"王者之迹"盛行的时代，随着"王者之迹"的消亡，《诗》亦"亡"了，孔子这才作了《春秋》以继之。由此可知，孟子认为《诗》在孔子之前便已存在了。

《庄子·天运篇》谈到孔子治六经：

> 孔子谓老聃曰："丘治《诗》《书》《礼》《乐》《易》《春秋》六经，自以为久矣，孰知其故矣；以奸者七十二君，论先王之道而明周、召之迹，一君无所钩用……"老子曰："……夫六经，先王之陈迹也。"①

"治"有研习之意。② 此段言孔子长期研习六经，熟悉其中的道理，并以之游说诸侯国君；而老聃则以六经为先王之"陈迹"，似言六经早在"先王"之时便已存在了，还轮不到孔子来编撰。

从上述内容可知，先秦的传世文献皆未言及《诗经》编定之事，更无孔子编定《诗经》的论述。

## 二、《性自命出》：圣人与《诗》《书》之编定

20 世纪 90 年代以来的出土文献《性自命出》首次言

---

① 刘文典：《庄子补正》，安徽大学出版社、云南大学出版社，1999 年版，第 426 页。
② 如《周礼·春官·大宗伯》："治其大礼。"郑玄注："治，犹简习也。"《史记·儒林列传》："清河王太傅辕固生者，齐人也，以治《诗》，孝景时为博士。""董仲舒，广川人也。以治《春秋》，孝景时为博士。"《史记·龟策列传》："褚先生曰：臣以通经术，受业博士，治《春秋》。"这些"治"都当作研习讲，与《庄子·天运》言孔子治六经之"治"同。从孔子紧接着说的"自以为久矣，孰知其故矣"一语来看，也当如此讲。某些学者将此"治"讲作"整理"，不确。

## 第四章 司马迁"孔子删《诗》"说研究

及《诗》《书》的编撰情况。其云:

> 《诗》《书》《礼》《乐》，其始出皆生于人。《诗》，有为为之也。《书》，有为言之也。《礼》《乐》，有为举之也。圣人比其类而论会之，观其先后而逆顺之，体其义而节文之，理其情而出入之，然后复以教，教，所以生德于中者也。①

此处首先论述了《诗》《书》等的产生情况，然后才言及它们的编定。说圣人将《诗》《书》《礼》《乐》依据一定的类别、按照先后顺序和义理标准作选择汇集，从而编撰成册。这就提出了圣人编撰《诗》《书》《礼》《乐》的观点，但还未提及《易》与《春秋》。其编定《诗》等经典的目的与德行教育有关，这与《性自命出》作为强调心性的子思学派著作②之特征是一致的。但作为孔子孙子的子思（或其后学）并未明确说此"圣人"乃孔子。而郭店楚简中的儒家文献言及"圣人"者有6处。如:

> 禹以人道治其民，桀以人道乱其民。桀不易禹民而后乱之，汤不易桀民而后治之。圣人之治民，民之道也。……莫不有道焉，人道为近。③

> 古者圣人廿而冒，卅而有家，五十而治天下，七十而致政。四肢倦惰，耳目聪明衰，禅天下而授贤，

---

① 李零:《郭店楚简校读记》，北京大学出版社，2002年版，第106页。
② 李学勤认为《性自命出》属于《汉书·艺文志》著录的《子思子》，见《中国哲学》第二十辑，辽宁教育出版社，1999年版，第15页。
③ 李零:《郭店楚简校读记》，北京大学出版社，2002年版，第139页。

退而养其身。①

夫圣人上事天，教民有尊也。下事地，教民有亲也。时事山川，教民有敬也。亲事祖庙，教民孝也。大学之中，天子亲齿，教民弟也。先圣与后圣，考后而甄先，教民大顺之道也。②

以上三条分别见于《尊德义》和《唐虞之道》。其中《尊德义》言"圣人"为以道"治民"者，结合全段内容，此"圣人"当指禹、汤等；《唐虞之道》的第一条材料之"圣人"为"治天下"并"禅天下而授贤"者，不可能是孔子；第二条之"圣人"乃"教民"者，但此段整体句式为"圣人……，教民……"，而且句中出现了"天子……，教民……"句式，可知此"圣人"为"天子"，与孔子无关。此外，《五行篇》曾泛言"圣人"之能力；《成之闻之》两次言及"圣人"皆就其德行言，未言其具体身份③；而从"教"的角度来看，《性自命出》中"论会"《诗》《书》以教民的"圣人"与《唐虞之道》中"教民"的"圣人"较为接近。如果再检校这几篇涉及"圣人"的儒家文献，可以发现里面根本不曾言及孔子。故《性自命出》所言编撰《诗》《书》之"圣人"与孔子无关。

因此，现在能够见到的先秦文献中，虽然出现了圣人编撰《诗经》等儒家经典的说法，但文献中的圣人与孔子

---

① 李零：《郭店楚简校读记》，北京大学出版社，2002年版，第95页。
② 李零：《郭店楚简校读记》，北京大学出版社，2002年版，第95页。
③ 分别属于《五行》《成之闻之》，见李零：《郭店楚简校读记》，北京大学出版社，2002年版，第79页、122页。

无关。进一步说,孔子整理编定《诗》《书》等文献的说法当出现于先秦之后。

### 三、陆贾《新语》:孔子"表定六艺"

汉初,陆贾首次提出了孔子整理编定《诗》等五经六艺的观点。他在《新语》中前后三次言及《诗》等五经六艺的编定。《新语·怀虑》云:

> 夫子陈、蔡之厄,豆饭菜羹,不足以接馁,二三子布弊褞袍,不足以御寒……及闵周室之衰微,礼义之不行也,厄挫顿仆,历说诸侯,欲匡帝王之道,反天下之政,身无其立,而世无其主,周流天下,无所合意,大道隐而不舒,羽翼摧而不申,自□□□深授其化,以序终始,追治去事,以正来世,按纪图录,以知性命,表定六艺,以重儒术,善恶不相干,贵贱不相侮,强弱不相凌,贤与不肖不得相踰,科第相序,为万□□□而不绝,功传而不衰,《诗》《书》《礼》《乐》,为得其所,乃天道之所立,大义之所行也,岂以□□□戚耶?①

《新语·道基》曰:

> 于是先圣乃仰观天文,俯察地理,图画乾坤,以定人道。……于是百官立,王道乃生。……民知畏法,而无礼义;于是中圣乃设辟雍庠序之教,以正上

---

① 王利器:《新语校注》,中华书局,1986年版,第142~143页。

下之仪，明父子之礼，君臣之义，使强不凌弱……后世衰废，于是后圣乃定五经，明六艺，承天统地，穷事察微，原情立本，以绪人伦，宗诸天地，纂修篇章，垂诸来世，被诸鸟兽，以匡衰乱……乃调之以管弦丝竹之音，设钟鼓歌舞之乐，以节奢侈，正风俗，通文雅。①

《新语·术事》曰：

善言古者合之于今，能述远者考之于近。故说事者上陈五帝之功，而思之于身，下列桀、纣之败，而戒之于己，则德可以配日月，行可以合神灵，登高及远，达幽洞冥，听之无声，视之无形，世人莫睹其兆，莫知其情，校修五经之本末，道德之真伪，既□其意，而不见其人。②

《怀虑》篇说周室衰微，礼义不行，孔子"厄挫顿仆，历说诸侯"，以期"匡帝王之道，反天下之政"，但其志不得行。于是他才"表定六艺"以使"善恶不相干，贵贱不相侮，强弱不相凌，贤与不肖不得相踰，科第相序"。显然，这些内容与《性自命出》所言有差异。《道基》篇中的"后圣"即孔子③，陆贾认为因社会的衰退，礼义、纲

---

① 王利器：《新语校注》，中华书局，1986年版，第18页。
② 王利器：《新语校注》，中华书局，1986年版，第37页。
③ 王利器："易道深矣，人更三圣，世历三古。"注："韦昭曰：'伏羲、文王、孔子。'孟康曰：'《易·系辞》曰："易之兴，其于中古乎"。然则伏羲为上古，文王为中古，孔子为下古。'"器案：三圣，即陆氏所谓先圣、中圣、后圣也。见《新语校注》，中华书局，1986年版，第9页。

纪不行于世，孔子乃"定五经"，"定"即"表定"，目的是以之"绪人伦""匡衰乱""节奢侈，正风俗，通文雅"。而《诗经》是五经六艺之一，故这两条材料皆涉及孔子对《诗经》的编定情况。《术事》篇中"校修五经"之"校"乃校订，"修"有编撰义，故"校修五经"指对五经进行校订编撰。而"校修五经"之人则为一"说事者"，言一不可知的"说事者"不知为何目的而编定《诗》等五经。

《怀虑》和《道基》明确说明孔子曾经编定过包括《诗经》在内的五经六艺，《术事》则含有一些不确定的因素，因为现存先秦到汉初的文献里似乎没有称孔子为"说事者"的记载。但最关键的是，孔子编定《诗经》等的说法被陆贾提出来了，这在《诗经》学史上具有重大意义。①

那么，陆贾为什么会提出孔子编定《诗》等五经六艺呢？下面从四个方面进行论述。

第一，这是对《性自命出》篇圣人编定《诗》《书》说的继承与发展。

与《性自命出》同时出土的还有《六德》，其中言及《诗》等六艺与仁义的关系。其文云：

> 何谓六德？圣、智也，仁、义也，忠、信也。……义者，君德也。……忠者，臣德也。……智也者，夫德也。……信也者，妇德也。……圣也者，

---

① 按，对于陆贾关于孔子编定《诗》等五经六艺的论述，可参考本书相关论述，此处从简。

父德也。……仁者，子德也。故夫夫、妇妇、父父、子子、君君、臣臣，六者各行其职，而谗陷无由作也。观诸《诗》《书》则也在矣，观诸《礼》《乐》则也在矣，观诸《易》《春秋》则也在矣。①

此言与父、子、君、臣、夫、妇六种角色相应的是圣、智、仁、义、忠、信等六种德行，只要父、子、君、臣、夫、妇等各司其职，则父、子、君、臣、夫、妇关系融洽，而且这在《诗》等六艺中均有体现。

此外《六德》又说：

仁，内也。义，外也。礼乐，共也。内立父、子、夫也，外立君、臣、妇也。②

父、子、夫、妇、君、臣之德行及其形成的伦常关系又可以"仁义"概括。那么，体现了"六德"的《诗》《书》，实际上体现的是"仁义"。这便是认为《诗经》等六艺中含有仁义精神及与其相关联的人伦关系。

所以郭店楚简《语丛》云："思无疆，思无期，思无邪，思无不由义者。"③饶宗颐先生认为此语出自《鲁颂》④，即作者认为《駧》之情思皆合于"义"。这种观点与《六德》认为《诗》等六艺是"六德"也即"仁义"的体现这一观点是一致的。

---

① 李零：《郭店楚简校读记》，北京大学出版社，2002年版，第130~131页。
② 李零：《郭店楚简校读记》，北京大学出版社，2002年版，第131页。
③ 李零：《郭店楚简校读记》，北京大学出版社，2002年版，第149页。
④ 饶宗颐：《诗言志再辨》，见《郭店楚简国际学术研讨会论文集》，湖北人民出版社，2000年版，第10页。

## 第四章 司马迁"孔子删《诗》"说研究

对于六艺，陆贾也有类似的认识。《新语·道基》云：

> 百姓以德附，骨肉以仁亲，夫妇以义合，朋友以义信，君臣以义序……《春秋》以仁义贬绝，《诗》以仁义存亡……《书》以仁叙九族，君臣以义制忠。①

可见，在以"仁义"来概括父、子、君、臣、夫、妇关系这点上，陆贾与《六德》的观点相同。不仅如此，陆贾与《六德》一样，皆认为《诗》等六艺体现了"仁义"之道。因此可以说陆贾与《六德》关于六艺特性的认识有一致之处。

如果将陆贾的《新语·道基》与《性自命出》结合起来看，可以发现两者都说是"圣人"编定了《诗》《书》等；在编定方式上，《性自命出》是"理其情而出入之"，陆贾则言"原情立本"；在编定目的上，《性自命出》说是用于道德培养，陆贾也认为《诗》等的编撰与道德人伦有关。因此，陆贾这条材料与《性自命出》所言有一定的相似性。

而据李学勤考证，出土郭店楚简的墓葬年代估计是公元前4世纪末，不晚于公元前300年。② 这意味着《性自命出》《六德》等郭店楚简文献在公元前300年前后应该在楚地已有传播。陆贾是楚人，据李鼎芳考证，陆贾大约

---

① 王利器：《新语校注》，中华书局，1986年版，第30页。
② 《中国哲学》第二十辑，辽宁教育出版社，1999年版，第13页。

生于公元前 236 年①，距《性自命出》等入墓约 60 多年。而战国秦汉时学术传播的地域性较强，楚人陆贾是有可能读到《性自命出》类著作的。结合《新语》与《性自命出》《六德》在《诗》《书》的编定与其特性认识上的相似性，我们有理由相信陆贾关于孔子编定《诗》等五经六艺的观点曾受《性自命出》等楚地儒家文献的影响。

第二，受孔子"正乐"说法的影响。

《论语》云：

> 子曰：吾自卫反鲁，然后乐正，雅、颂各得其所。②

此言"吾自卫反鲁"隐含着一背景，即孔子游说诸侯以兴周道，历尽曲折，若丧家之犬，但不成功，只好于哀公十一年（前 484）返鲁正乐。《论语》中孔子"正乐"的背景与行为，与陆贾言及孔子"表定六艺"的背景、遭遇情况一致。而且，我们还可以由陆贾所说的"《诗》《书》《礼》《乐》，为得其所"一句，发现这一说法是对孔子"正乐"一句的推衍。因此在一定程度上可以说陆贾的"孔子表定六艺说"是受了"孔子正乐说"的影响。

第三，受"孔子作《春秋》"说的影响。

现存文献中最早说孔子作《春秋》的是孟子。《孟子·滕文公下》曰：

---

① 李鼎芳：《陆贾〈新语〉及其思想论述》，载于《河南大学学报》，1980 年第 1 期。

② 邢昺：《论语注疏》，北京大学出版社，1999 年版，第 118 页。

## 第四章 司马迁"孔子删《诗》"说研究

世道衰微，邪说暴行有作，臣弑其君者有之，子弑其父者有之。孔子惧，作《春秋》。《春秋》，天子之事也。是故孔子曰："知我者其惟《春秋》乎！罪我者其惟《春秋》乎！"……昔者禹抑洪水，而天下平；周公兼夷狄，驱猛兽，而百姓宁；孔子成《春秋》，而乱臣贼子惧。①

王者之迹熄而《诗》亡，《诗》亡然后《春秋》作。晋之《乘》、楚之《梼杌》、鲁之《春秋》，一也。其事则齐桓、晋文，其文则史。孔子曰："其义则丘窃取之矣。"②

孟子说孔子作《春秋》的背景是周室衰微、"邪说"与"暴行"盛行。"暴行"即"臣弑其君者""子弑其父者"，说的是孔子时父子、君臣等道德伦常关系的颠覆；孟子没具体说明"邪说"，但从其接下来批评杨朱、墨翟之说是"无君""无父"，可知此"邪说"也当与父、子、君、臣等道德伦常有关。在此背景下，孔子作《春秋》以维持其时之道德伦常。孔子采用各国《春秋》中的平常史料，然后借《诗》之"义"，使"事""义"结合而成孔氏《春秋》，使"乱臣贼子"惧，故赵岐说孔子作《春秋》是"正纲纪"。③

陆贾精熟《春秋》，《新语》涉及《春秋》的材料甚

---

① 孙奭：《孟子注疏》，北京大学出版社，1999年版，第178页。
② 孙奭：《孟子注疏》，北京大学出版社，1999年版，第226页。
③ 孙奭：《孟子注疏》，北京大学出版社，1999年版，第178页。

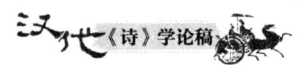

多。如《新语·道基》云:"《春秋》以仁义贬绝。"① 而陆贾是以"仁义"来概括君、臣、父、子、夫、妇等伦常关系的,"以仁义贬绝"即言陆贾认为《春秋》以人伦道德作为褒贬之准则。《新语·道基》:"伯姬以义建至贞。"此乃襄公三十年(前543)事,《春秋》三传皆载。陆贾认为伯姬守义不出而死于火灾,是"贞"的表现,是合乎妇人之"义"的。陆贾这种强调道德伦常的《春秋》学观与孟子是一致的。

比较孟子提出的孔子作《春秋》的观点与陆贾说孔子"定五经"的论述,可以发现两者言及的背景皆为"周室衰微",主要目的皆是"绪人伦""匡衰乱",只是陆贾说得更为具体、全面。

由此可以断定陆贾提出的孔子编定《诗》等五经的说法当是受到孟子的孔子作《春秋》说的影响。

除上述原因之外,陆贾提出的孔子编定《诗》的说法还与汉初的社会现实与陆贾对《诗》的仁义特性、匡世功能的认识有关。② 但是,陆贾何以说孔子是《周易》《尚书》《礼》的编定者,由于材料的缺乏与笔者能力的限制,只好存疑,以俟博考。

由以上论述可知,在现存先秦文献中,没有关于孔子编撰《诗经》的记载。汉初时,陆贾首次提出了孔子编撰《诗经》在内的五经六艺的说法,而编撰的目的在于以

---

① 王利器:《新语校注》,中华书局,1986年版,第30页。
② 见本书第一章。

《诗》治世。但从现存的汉初文献来看，此说还未得到学界的响应。

## 第二节　司马迁"孔子删《诗》"说的提出

汉武帝罢黜百家，独尊儒术。在这种学术背景下，陆贾提出的孔子编撰五经六艺的说法得到了当时学者的呼应，如司马谈在临终时对司马迁说道：

> 幽厉之后，王道缺，礼乐衰，孔子修旧起废，论《诗》《书》，作《春秋》，则学者至今则之。①

司马谈将陆贾所说的"周室衰废，礼义不行"具体化为"幽厉之后，王道缺，礼乐衰"，将陆贾言及的"表定六艺"讲作"修旧起废，论《诗》《书》，作《春秋》"。"修旧起废"是就礼乐而言的，"论《诗》《书》"的"论"，当如司马迁在《史记·儒林列传》里所说的"孔子……于是论次《诗》《书》"之"论次"，乃排列叙次②之义。司马谈具体谈到了孔子编定《诗经》一事，而且"论次"意义上的"论"似乎比陆贾的"表定"更具有"编排"的意味。

但是如何编排整理，其标准、目的是什么，司马谈未

---

① 司马迁：《史记》，中华书局，1959年版，第3295页。
② 张须：《释〈史记〉中"论"字》，载于《国文月刊》，1948年2月，第64期。又见于《张煦侯文史论集》，安徽师范大学出版社，2018年版，第59~62页。

曾言及。

司马迁延续了陆贾、司马谈的说法。他在《史记·儒林列传》里说：

> 嗟乎！夫周室衰而《关雎》作，幽厉微而礼乐坏，诸侯恣行，政由强国。故孔子闵王路废而邪道兴，于是论次《诗》《书》，修起礼乐。……自卫返鲁，然后乐正，《雅》《颂》各得其所。①

又于《史记·太史公自序》中说：

> 周室既衰，诸侯恣行。仲尼悼礼废乐崩，追修经术，以达王道，匡乱世反之于正，见其文辞，为天下制仪法，垂六艺之统纪于后世。②

《太史公自序》说孔子"追修经术"，即言孔子晚年"周游反鲁，用世之心已淡，乃留情于古典籍之整理"③。此与陆贾所说的"校修五经"义同，也即"论次《诗》《书》"。两条材料皆是说在周室衰败、礼乐废坏的情况下，孔子因为悯惜王道败坏、邪道兴起，于是有了编辑整理《诗》《书》等行为。

将这两段文字与前面陆贾之言孔子"表定六艺"一段文字相比较，我们可以发现二人对孔子编定整理六经的时

---

① 司马迁：《史记》，中华书局，1959年版，第3115页。
② 司马迁：《史记》，中华书局，1959年版，第3310页。按，"追修经术"，泷川资言《史记会注考证》曰："枫本，追作退。"但《白虎通·五经》说孔子"自卫反鲁，自知不用，故追定五经，以行其道"，故作"追"是。
③ 钱穆：《孔子传》，生活·读书·新知三联书店，2002年版，第99页。

## 第四章 司马迁"孔子删《诗》"说研究

代背景、个人处境、目的等论述多有一致之处,甚至对这几点的表达顺序都一样。再结合司马迁曾经"读陆生《新语》书十二篇"①,并在著《史记》时采用了《楚汉春秋》中的史料②的情况,我们有理由相信司马迁提出的孔子编定整理六经的观点是接受了陆贾的说法。同时,此一观点在司马迁这里又有了进一步的发展:孔子编定《诗》《书》等不仅只是匡世,还有"为天下制仪法"、为后世垂"统纪"之意。这又与陆贾不同。

不仅如此,在论述孔子"表定六艺"的具体内容上,司马迁作了更为翔实具体的论述。孔子编定《诗经》一事是司马迁阐述的重点之一,他通过对孔子整理编定《诗经》的具体化阐述,将之概括为"删《诗》"行为。

司马迁在《史记·孔子世家》中说:

> 古者《诗》三千余篇,及至孔子,去其重,取可施于礼义,上采契后稷,中述殷周之盛,至幽厉之缺,始于衽席,故曰:"《关雎》之乱以为《风》始,《鹿鸣》为《小雅》始,《文王》为《大雅》始,《清庙》为《颂》始。"三百五篇孔子皆弦歌之,以求合《韶》《武》《雅》《颂》之音。礼乐自此可得而述,以备王道,成六艺。③

此即"孔子删《诗》"说。司马迁认为孔子编《诗》

---

① 司马迁:《史记》,中华书局,1959 年版,第 2705 页。
② 班固:《汉书》,中华书局,1962 年版,第 2737 页。
③ 司马迁:《史记》,中华书局,1959 年版,第 1936~1937 页。

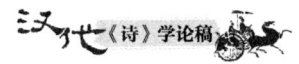

方式乃"去其重,取可施于礼义,上采契后稷,中述殷周之盛,至幽厉之缺"等,这比《性自命出》所言更为明确、具体。而孔子编《诗》的目的则是通过选编与商周之起始、兴盛、衰败相关的诗篇,以示盛衰之历史,以备王道等。此"王道"即《太史公自序》所言孔子修经术乃"为天下制仪法,垂六艺之统纪于后世"之"仪法""统纪",它将孔子编《诗》之目的上升到孔子为天下制仪法的高度。那么,司马迁何以能提出"孔子删《诗》"说呢?下文将从两方面予以讨论:第一,从"孔子删《诗》"的方式与目的角度论司马迁"孔子删《诗》"说的提出;第二,孔子"王"化与司马迁"孔子删《诗》"说的提出。

## 一、从编《诗》方式与目的论司马迁"孔子删《诗》"说的提出

(一)"删诗"方式与司马迁"孔子删《诗》"说的提出

1. "去其重"的"删诗"方式

现存文献中未见到在司马迁之前有人提出"去其重"这一文献编撰方式,司马迁是最先明确提出"去其重"这种"删诗"方式的。

不仅如此,司马迁还认为孔子也以此法作《春秋》。《史记·十二诸侯年表·序》云:

孔子……西观周室,论史记旧闻,兴于鲁而次《春秋》,上记隐,下至哀之获麟,约其辞文,去其烦

## 第四章 司马迁"孔子删《诗》"说研究

重,以制义法,王道备,人事浃。①

"去其烦重"指孔子编著《春秋》时删除那些烦杂和重复的材料,以使其具有义法的功能。

孔子作《春秋》的方式,现存文献中最早见于《孟子·离娄下》:

> 王者之迹熄而《诗》亡,《诗》亡然后《春秋》作。晋之《乘》、楚之《梼杌》、鲁之《春秋》,一也。其事则齐桓、晋文,其文则史。孔子曰:"其义则丘窃取之矣。"②

孟子认为孔子所著之《春秋》与《乘》等史书的性质相同,孔子只是取其义而已。但孔子如何取其义,如何处理齐桓、晋文等史料,孟子不曾言及。

陆贾也没有提到孔子编著《春秋》的方式。汉代最先言及孔子编著《春秋》方式的是董仲舒。《汉书·董仲舒传》载其言曰:

> 孔子作《春秋》,上揆之天道,下质诸人情。参之于古,考之于今。③

又《春秋繁露·俞序》:

> 仲尼之作《春秋》也,上探正天端王公之位,万民之所欲,下明得失,起贤才,以待后圣。故引史

---

① 司马迁:《史记》,中华书局,1959年版,第509页。
② 孙奭:《孟子注疏》,北京大学出版社,1999年版,第226页。
③ 班固:《汉书》,中华书局,1962年版,第2515页。

记，理往事，正是非，见王公，史记十二公之间，皆衰世之事。①

此言孔子作《春秋》的方式是揆度了天道人情，参考了古今人事，并引据了古代历史文献记录。显然这与孟子的观点不同，它是董仲舒的新见。

再将董仲舒与司马迁两人关于孔子作《春秋》的方式进行比较，可以发现董仲舒提出的"参之于古""引史记，理往事"等较为笼统的方式，被其弟子司马迁发展为"论史记旧闻，兴于鲁而次《春秋》，上记隐，下至哀之获麟，约其辞文，去其烦重，以制义法"。其中"论史记旧闻"一语便足以概括董仲舒的观点；然后司马迁具体论及"作《春秋》"的方式，说孔子以鲁国史书为基础而作《春秋》，并按照上起于鲁隐公，下讫于鲁哀公获麟之年的编年方式组织材料；而且特地简其辞文，删去重复之处，以制定义法。因此司马迁的观点比董仲舒更为具体，也更具有历史编撰方法、历史时代与历史兴衰等史学意识。这也说明"去其重"这一编著《春秋》的方式是司马迁首次提出来的。

司马迁极为推重《春秋》。《史记·太史公自序》曰：

> 先人有言："自周公卒五百岁而有孔子。孔子卒后至于今五百岁，有能绍明世、正《易传》，继《春秋》、本《诗》《书》《礼》《乐》之际?"意在斯乎！

---

① 苏舆：《春秋繁露义证》，中华书局，1992年版，第159页。

## 第四章 司马迁"孔子删《诗》"说研究

意在斯乎！小子何敢让焉。①

此言《史记》乃继孔子之《春秋》而作。而且在《太史公自序》中，司马迁将《春秋》与《诗》《书》等五经并论，但他认为《春秋》是"王道之大者""万物之散聚皆在《春秋》""《春秋》者，礼义之大宗也"等，将《春秋》推崇到无以复加的地步。由此可知，司马迁是以《春秋》为六艺之首的。

如再将司马迁的"孔子删《诗》"说与"孔子作《春秋》"两个观点作一比较，可以发现两者论述孔子编撰文献的方式、目的等的言说模式与内容极为相似。

因此，笔者认为司马迁说孔子以"去其重"的方式"删诗"的观点与他关于孔子以"去其烦重"方式作《春秋》的观点有关，而且这一编撰方式是由司马迁首先提出来的。

2. "上采……，中述……，（下）至……"的编《诗》方式

司马迁认为孔子将所选诗篇依据时间先后顺序排列而成《诗》，他在《史记》中还谈到其他文献的编撰情况。如：

> 孔子明王道，干七十余君，莫能用，故西观周室，论史记旧闻，兴于鲁而次《春秋》，<u>上记隐</u>，<u>下至哀之获麟</u>。②

---

① 司马迁：《史记》，中华书局，1959年版，第3296页。
② 司马迁：《史记》，中华书局，1959年版，第509页。

乃因史记作《春秋》，上至隐公，下讫哀公十四年，十二公。据鲁，亲周，故殷，运之三代。约其文辞而指博。①

孔子之时，周室微而礼乐废，《诗》《书》缺。追迹三代之礼，序《书传》，上纪唐虞之际，下至秦缪，编次其事。……故《书传》《礼记》自孔氏。②

赵孝成王时，其相虞卿上采《春秋》，下观近势，亦著八篇，为《虞氏春秋》。③

余于是因秦记，踵《春秋》之后，起周元王，表六国时事，讫二世，凡二百七十年，著诸所闻兴坏之端。④

罔罗天下放失旧闻……略推三代，录秦汉，上记轩辕，下至于兹，著十二本纪，既科条之矣。⑤

由上述材料可知，司马迁认为孔子编撰《春秋》《尚书》等儒家经典时也是依据历史先后顺序来选择排列相关材料的，这与孔子编撰《诗》的方式相同；此外他还认为战国时期的历史文献和他的《太史公书》采用的也是这种编撰方式。

然而反观司马迁同时或之前的现存文献，皆无言及如此文献编撰方式者。这种编撰方式却被司马迁反复用来描

---

① 司马迁：《史记》，中华书局，1959年版，第1943页。
② 司马迁：《史记》，中华书局，1959年版，第1935~1936页。
③ 司马迁：《史记》，中华书局，1959年版，第510页。
④ 司马迁：《史记》，中华书局，1959年版，第687页。
⑤ 司马迁：《史记》，中华书局，1959年版，第3319页。

述他自己与之前的文献编撰情况。因此，我们认为这种依据历史先后顺序排列材料的文献编撰法是司马迁在对前人文献编撰方式的认识基础上，结合自己编撰《太史公书》的实践经验提出来的。虽然前人也按照这种方式编撰文献，但他们还没有形成这种文献编撰方法的自觉，因此也就无法明确地将其上升到方法论的高度。

因此，本书认为司马迁提出的孔子将相关诗篇依据历史先后顺序进行排列的编撰方式正是他自己的文献编撰学之体现。

由上可知，"孔子删《诗》"方式其实是司马迁文献编撰学之体现。

（二）"删诗"目的与司马迁"孔子删《诗》"说的提出

司马迁在《史记》中提到的"孔子删《诗》"的目的，可以概括为观历史盛衰、见微知著和成王道义法三点。

1. 观历史盛衰之道

司马迁认为孔子在诗篇的选择上，最早选的是与商周始祖契、后稷有关的诗篇，然后选择了反映商周兴盛时期的作品，最后选择了反映西周末年厉王、幽王时期衰败情况的诗篇。司马迁认为孔子所编之《诗》具有反映商周的兴起、强盛以及衰败这一历史过程的功能，可以据此了解商周"兴坏之端"①、终始之道。

而这种编撰方式及其所具有的体现历史终始、盛衰之

---

① 司马迁：《史记》，中华书局，1959年版，第687页。

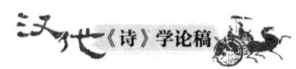

道的功能正是司马迁反复强调的。其《史记·十二诸侯年表·序》曰：

> 儒者断其义，驰说者骋其辞……于是谱十二诸侯，自共和讫孔子，表见《春秋》《国语》学者所讥盛衰大指著于篇，为成学治古文者要删焉。①

司马迁批评了各家学者对待《春秋》等历史的态度，特别批评儒家学者和游说之士不能综合考察这些历史之盛衰终始。因此他才用表格的形式将周召共和到孔子逝世这段时间里《春秋》《国语》所载的历史事件按先后顺序排列出来，以之显示历史盛衰终始之大指。

在《六国年表·序》中，司马迁云：

> 太史公读《秦记》，至犬戎败幽王，周东徙洛邑，秦襄公始封为诸侯，作西畤用事上帝，僭端见矣。……秦始小国僻远，诸夏宾之，比于戎翟，至献公之后常雄诸侯。……学者牵于所闻，见秦在帝位日浅，不察其终始，因举而笑之，不敢道，此与以耳食无异。悲夫！余于是因《秦记》，踵《春秋》之后，起周元王，表六国时事，讫二世，凡二百七十年，著诸所闻兴坏之端。后有君子，以览观焉。②

此乃以秦之盛衰终始为例，强调不应割断历史而孤立地看待国家之兴亡，并说这种孤立地看待历史的态度无异

---

① 司马迁：《史记》，中华书局，1959年版，第511页。
② 司马迁：《史记》，中华书局，1959年版，第685～687页。

## 第四章 司马迁"孔子删《诗》"说研究

于"耳食"。他认为应该考察秦国盛衰、终始情况,故以表格的形式,按照历史时间先后顺序来反映之。

说得更具体的则是《太史公自序》:

> 罔罗天下放失旧闻,王迹所兴,原始察终,见盛观衰,论考之行事,略推三代,录秦汉,上记轩辕,下至于兹,著十二本纪,既科条之矣。……为《太史公书》。①

司马迁说《太史公书》按照上起黄帝、下至汉武帝之时的时间顺序来叙述相关历史,目的则是考察这段历史的盛衰终始之道。这就是他所谓的"罔罗天下放失旧闻"以"稽其成败兴坏之纪"②。这也是司马迁作《史记》的宗旨之一——"通古今之变"。

因此,描述"孔子删《诗》"情况的"上采契、后稷,中述殷周之盛,至幽厉之缺"一语,所体现的其实是司马迁自己的历史文献编撰思想,是司马迁在自己的史学基础上提出的"删诗"方式与目的。而在现存司马迁之前的文献中,还未见到关于孔子编《诗》以观盛衰终始之道的材料。

2. 见微知著——"四始"

司马迁认为"孔子删《诗》"的结果之一便是"《关雎》之乱以为《风》始,《鹿鸣》为《小雅》始,《文王》为《大雅》始,《清庙》为《颂》始",此即《诗经》学史

---

① 司马迁:《史记》,中华书局,1959年版,第3319页。
② 萧统:《文选》,中华书局,1977年版,第581页。

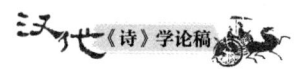

上的"四始"。

但据现存文献,司马迁之前不见有直接以"四始"言《诗》者。先秦文献中虽多有孔子等言及《关雎》《鹿鸣》《文王》《清庙》的材料,但也无从"始"的角度论之者。

贾谊始以"始"言《关雎》:

> 《易》曰:"正其本,而万物理。失之毫釐,差以千里。"故君子慎始。《春秋》之元,《诗》之《关雎》,《礼》之冠、婚,《易》之《乾》《坤》,皆慎始敬云尔。①

此言《诗》以《关雎》为始篇,表现了重"始"的精神,但这一说法还比较模糊。此后,《韩诗外传》也言及《关雎》之"始"义:

> 子夏问曰:"《关雎》何以为《国风》始也?"孔子曰:"《关雎》至矣乎!……大哉《关雎》大哉!《关雎》之道也。万物之所系,群生之所悬命也。……夫六经之策,皆归论汲汲,盖取之乎《关雎》。《关雎》之事大矣哉!……天地之间,生民之属,王道之原,不外此矣。"子夏喟然叹曰:"大哉《关雎》,乃天地之基也。"②

此言《关雎》之道乃"万物之所系",是"王道之原""天地之基",故为《国风》之始。但此"道"具体为何、

---

① 阎振益、钟夏:《新书校注》,中华书局,2000年版,第390页。
② 屈守元:《韩诗外传笺疏》,巴蜀书社,1996年版,第435页。

## 第四章 司马迁"孔子删《诗》"说研究

《关雎》诗文具体是如何体现此"道"的等问题则不可知。

司马迁在论述"四始"时虽也没有言及"始"的具体含义,但可以"《关雎》之乱以为《风》始"为例来进行探析。司马迁在《史记》中屡言《关雎》,这有助于我们认识他强调《关雎》为《国风》之"始"的原因。其文曰:

> 夫周室衰而《关雎》作,幽厉微而礼乐坏,诸侯恣行,政由强国。①

> 自古受命帝王及继体守文之君,非独内德茂也,盖亦有外戚之助焉。……周之兴也以姜原及大任,而幽王之禽也淫于褒姒。故《易》基乾坤,《诗》始《关雎》,《书》美釐降,《春秋》讥不亲迎。夫妇之际,人道之大伦也。②

> 太史公读春秋历谱牒,至周厉王,未尝不废书而叹也。曰:呜呼,师挚见之矣!纣为象箸而箕子唏。周道缺,诗人本之衽席,《关雎》作。仁义陵迟,《鹿鸣》刺焉。③

《史记·儒林列传》言《关雎》之作与厉幽时期王道衰微、朝政败坏有关。《史记·外戚世家》言《关雎》与幽王荒淫而亡国见擒之事有关,《诗经》以之为始表明了其对人伦之重视。《史记·十二诸侯年表·序》中"纣为

---

① 司马迁:《史记》,中华书局,1959年版,第3115页。
② 司马迁:《史记》,中华书局,1959年版,第1967页。
③ 司马迁:《史记》,中华书局,1959年版,第509页。

象箸而箕子唏"一事，又见于《韩非子·说林上》，韩非以为"箕子唏"的原因是"圣人见微以知萌，见端以知末，故见象箸而怖，知天下不足也"①，即此有见始知末、见微知著之意；而"周道缺……《关雎》作"紧接着"纣为象箸而箕子唏"而言，可知司马迁认为《关雎》之作与厉幽时的现实状况有关，结合前面两条材料，这个现实状况指幽王沉溺女色、荒废国政，即诗人首先在周幽王"衽席"之事、"夫妇之际"上窥到周德始衰之迹象，预知周将败亡，故为此而作《关雎》一诗。这便是司马迁在《史记·天官书》中所强调的"未有不先形见而应随之者"的见微知著的思维方式。而此一观点又与"孔子删《诗》"所涉及的"至幽厉之缺，始于衽席，故曰'关雎之乱以为风始'"是一致的。

正是由于《关雎》具有见微知著的功能，司马迁认为"孔子删《诗》"时才将之列为《国风》之始。②如此《关雎》便担负起以其"始"而见历史之衰的作用。

对《关雎》具有见微知著功能的历史解读也为汉代学者所延续。刘向《列女传》曰："周之康王夫人晏出朝，《关雎》豫见。"③班固曰："《关雎》之见微。"④《后汉书》

---

① 陈奇猷：《韩非子新校注》，上海古籍出版社，2000年版，第481页。
② 此处司马迁之言《关雎》看似与贾谊《新书·胎教》所言相似，其实两者有差别。司马迁是将《关雎》纳入"周之兴也以姜原及大任，而幽王之禽也淫于褒姒"的西周盛衰历史语境下而言的，这与贾谊和《大戴礼记》只是强调《关雎》与夫妇人伦之始有关不同。而这一变化正显示出司马迁对《关雎》的新解读。
③ 张涛：《列女传译注》，山东大学出版社，1992年版，第123页。
④ 班固：《汉书》，中华书局，1962年版，第2683页。

载杨赐之言曰:"康王一朝晏起,《关雎》见机而作。"①

同样,对于《鹿鸣》一诗,司马迁认为是因仁义始陵迟,诗人才作之以讽刺,故《鹿鸣》也就具有见微知著之功能,被编为《小雅》之始。再结合蔡邕《琴操》所说的"王道衰,君志倾,留心声色……不能厚养贤者……大臣昭然独见,必知贤士幽隐,小人在位,周道凌迟,必自是始。故弹琴以讽谏……故曰《鹿鸣》"②,即诗人始见君王留恋声色,不能养贤,而知周道将衰,故作《鹿鸣》以刺之,这与司马迁之说是一致的。

至于《文王》和《清庙》何以为"始",司马迁言之甚少,故无法确考。姑且以《国风》和《小雅》之"始"义——见微知著——以见"四始"之义。

此外,司马迁在《史记·天官书》中也曾言及"四始",此"四始"虽非《诗》之"四始",却可为我们理解《诗》之"四始"提供一个视角。其文曰:

> 凡候岁美恶,谨候岁始。岁始或冬至日,产气始萌。腊明日,人众卒岁,一会饮食,发阳气,故曰初岁。正月旦,王者岁首;立春日,四时之始也。四始者,候之日。③

此言天官以岁之"四始"(即冬至日、腊明日、正月旦和立春日)占候一年的美恶情况,这也是以小见大、以

---

① 范晔:《后汉书》,中华书局,1965年版,第1776页。
② 吉联抗:《琴操》,人民音乐出版社,1990年版,第2页。
③ 司马迁:《史记》,中华书局,1959年版,第1340页。

微见著的思维方式。故《天官书》中的"四始"及其思维方式可能与《诗》之"四始"有一定的关系。

由上论述可知,"四始"说乃言《关雎》《鹿鸣》等具有见微知著的功能,故"孔子删《诗》"时将它们列为类之始。而这一观点并非出于孔子,乃司马迁自己《诗》学思想的体现。

3. 成王道仪法

司马迁认为"孔子删《诗》"的第三个目的是使《诗经》具有成王道仪法的功能。他认为孔子通过"删诗"而赋予《诗经》以仪法的特性,进而使其成为天下之仪法。此说与先秦学人的《诗》观不同,这是司马迁在董仲舒的"以《诗》为天下法""以《春秋》为法"乃至以六艺为法经学观影响下提出来的《诗》学观。

由上可知,"孔子删《诗》"是司马迁在对战国以来历史文献的编撰进行总结的基础上,结合自己的实践而提出的一套文献编撰方式,也是司马迁自己的文献编撰思想与《诗》学思想的体现。因此我们认为,《史记》中的"孔子删《诗》"说是司马迁在陆贾等前人提到的孔子整理《诗经》等文献的观点的基础上,结合自己的文献学、《诗》学思想而提出来的。

## 二、孔子"王"化与司马迁"孔子删《诗》"说的提出

司马迁认为孔子"删《诗》"的结果是使《诗》具有了王道大法之功用,而其隐含的前提则是孔子已具有了

## 第四章 司马迁"孔子删《诗》"说研究

"王"的身份,"删《诗》"则是孔子履行"王职"的结果,这明显与《性自命出》和陆贾之说不同。下面就从孔子以"王"者身份"删《诗》"立法这一观点的生成过程来梳理司马迁"孔子删《诗》"说的提出。

孟子以孔子为尧、舜、汤、文王等圣王的继任者①,他认为孔子作《春秋》是在履行天子之职责,而且孔子因此悖于名实而忧虑,并将孔子作《春秋》与大禹治水、周公安周同等看待,已将孔子与此二圣王并列。

荀子认为孔子可以为"先王",其《解蔽篇》曰:

> 孔子仁知且不蔽,故学乱术足以为先王者也。一家得周道,举而用之,不蔽于成积也。故德与周公齐,名与三王并;此不蔽之福也。②

此言孔子之道周全,德齐周公,名并三王,故足以为"先王"。其中"一家得周道,举而用之"一句,王先谦认为指孔子作《春秋》行天子事。故荀子此观点沿袭了孟子。如此,从孟子到荀子,孔子不仅被看作圣人,而且因作《春秋》而渐渐拥有了"王"的身份。

陆贾说"后圣"编定了五经,他不直言"孔子",而曰"后圣",并与"先圣""中圣"对举。据王利器先生的解释,先圣、后圣即伏羲、文王,此以孔子与二圣王并提。郭店楚简《唐虞之道》言及"后圣",并说他是"教

---

① 《孟子·尽心下》:"由尧、舜至于汤,五百年有余岁……由汤至于文王,五百有余岁……由文王至于孔子,五百有余岁。"

② 王先谦:《荀子集解》,中华书局,1988年版,第393页。

民"的"天子"。《孟子·离娄下》载孟子之言:"先圣后圣,其揆一也。"① 此"后圣"指自孟子以来,孔子渐渐具有了"王"的身份色彩。因此陆贾以"后圣"言孔子,也含有以孔子为"王"之意。

明确以孔子为"王"的是淮南王刘安。《淮南子·主术训》曰:

> 尧、舜、禹、汤、文、武,皆坦然天下而南面焉。……成、康继文、武之业……择善而后从事焉。由此观之,则圣人之行方矣。孔子之通,智过于苌宏,勇服于孟贲,足蹑郊菟,力招城关,能亦多矣。然而勇力不闻,伎巧不知,专行教道,以成素王,事亦鲜矣。《春秋》二百四十二年,亡国五十二,弑君三十六,采善锄丑,以成王道,论亦博矣。……然为鲁司寇,听狱必为断,作为《春秋》,不道鬼神,不敢专已,夫圣人之智,固已多矣,其所守者有约。②

上文先将孔子与尧、舜、禹、文、武、成、康诸圣王并列,然后以孔子作《春秋》、为鲁司寇断狱等事,说孔子虽有智、勇,但行事极简约,专行教道,成为素王。这是现存文献中最早提出孔子为"素王"者,而其为"素王"的原因之一就在于他坚持"守约"、清虚自守。故此"素王"乃就孔子具有道家的处世态度与行为而言。这与《庄子·天道》中谈到的"玄圣素王"一语的内涵是一

---

① 孙奭:《孟子注疏》,北京大学出版社,1999年版,第213页。
② 何宁:《淮南子集释》,中华书局,1998年版,第695~697页。

致的。

《淮南子·道应训》云：

> 孔丘、墨翟，无地而为君，无官而为长，天下丈夫女子，莫不延颈举踵而愿安利之者。①

此借惠孟之口，言孔子因其道无地而王，并受天下人首肯。但从这段文字的整体看，这里所说的孔子之道乃老子的"以柔克刚"之道。

《淮南子》明确了孔子作为"王"的身份，并首次提出孔子乃"素王"，但它强调的是孔子"守约""守柔"的处世态度与行为，是对孔子的道家化。

明确从儒家立场言孔子为"王"或"素王"者，始于董仲舒。他在对汉武帝策问时说：

> 孔子作《春秋》，先正王而系万事，见素王之文焉。②

又《春秋繁露》曰：

> 仲尼之作《春秋》也……孔子曰："吾因其行事而加乎王心焉。"③

董仲舒认为孔子之"王"位乃受命于天。《春秋繁露》曰：

> 有非力之所能致而自至者，西狩获麟，受命之符

---

① 何宁：《淮南子集释》，中华书局，1998年版，第841页。
② 班固：《汉书》，中华书局，1962年版，第2509页。
③ 苏舆：《春秋繁露义证》，中华书局，1992年版，第159页。

是也。然后托乎《春秋》正不正之间，而明改制之义。①

此以"西狩获麟"作为孔子受命为王的符瑞。故郑玄在《六艺论》中说："孔子既西狩获麟，自号素王。"②

在孔子受天命为"王"的同时，他还受命作《春秋》。董仲舒《春秋繁露》曰：

> 故《春秋》应天作新王之事。③
> 《春秋》受命所先制者……所以应天也。④

上述材料皆言孔子应天命作《春秋》。孔子在具体的创作上，"上揆之天道，下质诸人情"⑤，因此《春秋》不仅是孔子"王心"的体现，而且还是"天志"的体现。《春秋》之"义"根源于天，也因此具有无上权威。

孔子作《春秋》，是以其"王"的身份"立新王之

---

① 苏舆：《春秋繁露义证》，中华书局，1992年版，第157页。
② 孔颖达：《春秋左传正义》，北京大学出版社，2000年版，第29页。
③ 苏舆：《春秋繁露义证》，中华书局，1992年版，第187页。
④ 班固：《汉书》，中华书局，1962年版，第2510页。
⑤ 班固：《汉书》，中华书局，1962年版，第2515页。

道"①，即为后王确立王道大法②，所以《春秋繁露》说：

> 《春秋》论十二世之事，人道浃而王道备。法布二百四十二年之中，相肍左右，以成文采。……是以人道浃而王法立。③

说《春秋》记载了二百四十二年之事，其中布满了孔子的王法。故壶遂说孔子作《春秋》"当一王之法"。郑玄《六艺论》说孔子受命后，"为后世受命之君制明王之法"④。

因为《春秋》是孔子受天命所作的王道大法，所以董仲舒提出以《春秋》为天下之义法。《春秋繁露》说：

> 《春秋》，义之大者也……观其是非，可以得其正法。⑤

---

① 苏舆：《春秋繁露义证》，中华书局，1992年版，第28页。
② 虽然汉初延续了秦法，但反秦酷法治国；文、景时期以黄老治国。故在元光五年（前130）武帝以张汤、赵禹条定法令之前，很少有关于帝王制法的论述。董仲舒之前的儒家思想中也缺乏强调帝王制法方面的论述。但这却是法家与秦王朝极其重视的行为。如《韩非子·守道》："圣王之立法也，其赏足以劝善。"《睡虎地秦墓竹简·语书》："是以圣王作为法度，以矫端民心，去其邪僻，除其恶俗。"《史记·秦始皇本纪》载《会稽刻石》："秦圣临国，始定刑名，显陈旧章。"《泰山刻石》："皇帝临位，作制明法。"《之罘刻石》："大圣作治，建定法度，显著纲纪。"皆强调帝王之立法行为，这当与秦始皇统一天下有关。而董仲舒深受法家思想的影响［孔庆明《秦汉法律史》（陕西人民出版社，1992年版，第187～196页）及钟肇鹏《董仲舒与汉代儒学》（《传统文化与现代化》1995年第2期）对此有论述］，因此他提出的孔子以"王"的身份作《春秋》为后王立法的说法，或也与上述内容有关。此外，这与自墨子以来多言先王有制作《诗》《书》《春秋》的权力也当有一定的关系。
③ 苏舆：《春秋繁露义证》，中华书局，1992年版，第32～33页。
④ 孔颖达：《春秋左传正义》，北京大学出版社，2000年版，第29页。
⑤ 苏舆：《春秋繁露义证》，中华书局，1992年版，第12页。

董仲舒说《春秋》中蕴含了丰富的"义",通过观察它的是非评判,可以使读者认识到处理是非的正确法则,并认为《春秋》是"文约而法明也"①。

对此,董氏在《春秋繁露》中就具体事例云:

> 宋伯姬疑礼而死于火,齐桓公疑信而亏其地,《春秋》贤而举之,以为天下法。②

宋共公的夫人伯姬因守礼不出而死于火灾,齐桓公重信义而归还为其所占的鲁国土地。董仲舒认为孔子在《春秋》中对此二人是"贤而举之",并以之为天下之法则。

董仲舒不仅要求以《春秋》为法,还要求以《诗》为天下法。

《春秋繁露·祭义》云:

> 君子之祭也,躬亲之,致其中心之诚,尽敬洁之道,以接至尊,故鬼享之。……重祭事,如事生,故圣人于鬼神也,畏之而不敢欺也,信之而不独任,事之而不专恃。恃其公,报有德也;幸其不私,与人福也。其见于《诗》曰:"嗟尔君子,毋恒安息。静共尔位,好是正直。神之听之,介尔景福。"正直者得福也,不正者不得福,此其法也。以《诗》为天下法矣,何谓不法哉?③

董仲舒先讨论了君子祭祀应有之态度,然后引用《小

---

① 苏舆:《春秋繁露义证》,中华书局,1992年版,第3页。
② 苏舆:《春秋繁露义证》,中华书局,1992年版,第6页。
③ 苏舆:《春秋繁露义证》,中华书局,1992年版,第442页。

## 第四章 司马迁"孔子删《诗》"说研究

雅·小明》中的诗句,强调君子当恭谨地对待自己的职事,爱好正直的品德。这就将讨论的重点由祭祀态度延伸到君子对待自己职事的正确态度上来。董仲舒还说这种正直、恭谨地对待自己职事的态度就是法则,人们应该效法。他进而提出"以《诗》为天下法"的《诗》学理念,要求将《诗经》作为天下之法则。

不仅如此,《汉书·董仲舒传》还载有元光元年(前134)他的对策:

> 臣愚以为诸不在六艺之科孔子之术者,皆绝其道,勿使并进。邪辟之说灭息,然后统纪可一而法度可明,民知所从矣。①

董仲舒认为六艺之科即孔子之术,两者是合二为一的;而独尊体现孔子之术的"六艺",便可实现"统纪可一而法度可明"。他认为"六艺"与"统纪""法度"有关,乃民之所遵从与效法者。这便是认为六艺皆法、皆可为天下法。与之相对的便是儒家之外的诸子百家不足法,故其没有存在的必要。

现在的问题是,董仲舒虽然认为六艺乃孔子之道,也即王道,但《诗》《书》等是如何成为并体现孔子之道的,董仲舒并没有作出详细的解释。司马迁解决了这个问题。

司马迁在陆贾关于孔子编定五经六艺说的基础上,结合董仲舒的孔子观、《春秋》学、《诗经》学,对孔子编定

---

① 班固:《汉书》,中华书局,1962年版,第2523页。

五经六艺的情况作了进一步的阐述,进而提出"孔子删《诗》"说,并从根源上解决了以《诗》等五经六艺为法的可能性问题。

司马迁关于孔子编定《春秋》的论述,前文已有列举,为便于讨论,再次罗列。

> 孔子明王道,干七十余君,莫能用,故西观周室,论史记旧闻,兴于鲁而次《春秋》,上记隐,下至哀之获麟,约其辞文,去其烦重,以制义法,王道备,人事浃。①

> 世以混浊莫能用,是以仲尼干七十余君无所遇……西狩获麟,曰:"吾道穷矣。"故因史记作《春秋》,以当王法。②

这两条材料表明司马迁的《春秋》学继承了董仲舒的观点。第一条说"孔子……次《春秋》……王道备,人事浃",也即《春秋繁露·玉杯》所说的"《春秋》论十二世之事,人道浃而王道备。……是以人道浃而王法立"③。第二条言因"西狩获麟",孔子作《春秋》以当王法,而董仲舒最先将获麟与孔子作《春秋》关联起来,他认为获麟是孔子受命之符瑞,然后孔子才借《春秋》制王法,以履行其王职。显然,司马迁延续了这一说法。司马迁反复说孔子"明王道"、孔子作《春秋》使"王道备""王道之

---

① 司马迁:《史记》,中华书局,1959年版,第509页。
② 司马迁:《史记》,中华书局,1959年版,第3115页。
③ 苏舆:《春秋繁露义证》,中华书局,1992年版,第32～33页。

## 第四章 司马迁"孔子删《诗》"说研究

大者""以当王法""当一王之法"等,并将孔子传记纳入"世家"类,这都表明司马迁是将孔子当作"王"来看待的,认为其《春秋》具有"王法"的特性。

虽然司马迁关于孔子作《春秋》的论述来源于董仲舒,但两者间也有不同之处:董仲舒认为孔子之《春秋》乃受天命而作,《春秋》之"义"根源于天;司马迁则认为《春秋》中的王道义法根源于孔子对相关史料"去其烦重"的编撰行为。

下面我们再看司马迁关于孔子"删《诗》"的论述。司马迁在《史记·孔子世家》中说:

> 古者《诗》三千余篇,及至孔子,去其重,取可施于礼义,上采契后稷,中述殷周之盛……故曰《关雎》之乱以为《风》始……以备王道,成六艺。

"去其重"即言孔子作《春秋》时的"去其烦重""取可施于礼义"等,说的是孔子通过对相关作品按照礼义的标准进行选取与排列,以使编成的《诗》具有孔子所赋予的特殊"义法",进而可当"王法"("备王道"),"为天下仪表"。这表明《诗》的王道义法源于孔子对《诗》的编定工作。这样便将《诗》之义与孔子紧密地关联起来,也使《诗》"义"具有了合"法"性。

故司马迁认为孔子编定《诗经》是在履行其"王职",为后人"制法","孔子删《诗》"是孔子为"王"的结果。

孔子编定《书》《礼》等的缘由,从"为天下制仪法,垂六艺之统纪于后世"之言看,当与其对《春秋》《诗》

的编撰相近。

由上讨论，可知司马迁的"孔子删《诗》"说直接源于董仲舒的《春秋》学，而从先秦两汉学术史看，司马迁的"孔子删《诗》"说则是孔子"王"化的结果。

## 小 结

经过从文献编定与孔子"王"化两个方面的讨论，我们对司马迁"孔子删《诗》"说的提出缘由得出如下认识：

第一，司马迁认为，在已有材料的基础上，以"采""取""删"的方式选择相关篇目或内容，并按一定的顺序或标准进行编排，这不仅是孔子编撰《诗》等六经的方式，也是从战国至汉初文献整理编撰的共同方式，更是他自己编撰整理文献的方式。

第二，司马迁认为孔子对《诗》等六经的编撰、战国历史文献的编撰以及他自己对《史记》的编撰，皆有以之观盛衰、终始之意，即"原始察终，见盛观衰"①"通古今之变"②。孔子在周室衰微、王道败坏的情况下，为了王道的再现和为后世制"法"而编撰整理《诗》等六经，因此《诗经》等既有史学文献的性质，又具有体现王道、拨乱匡世与为天下之"义法"的功能。③ 这些内容则是战国历史文献、汉初的律令、兵书文献等所不具有的。

第三，从司马迁对前人和他自己的文献整理情况、战

---

① 司马迁：《史记》，中华书局，1959年版，第3319页。
② 《报任安书》，见萧统：《文选》，中华书局，1977年版，第581页。
③ 司马迁的这种认识，可能与其授于董仲舒的《公羊》学思想有关。

国子书的著述、诗赋作品创作等的论述中，我们可以看到他在反复使用"采""取""删""王道""盛衰""终始""上……，下……""著""作"等词汇，这就表明司马迁对各种文献的编辑整理与著述方式、目的等已经形成了较为明确的认识。

第四，司马迁的"孔子删《诗》"的说法是他在继承陆贾关于孔子编定《诗经》一说的基础上，再结合自己从事文献整理的实践经验与自己对战国以来文献编撰整理情况的认识而提出来的。

第五，司马迁的"孔子删《诗》"说受董仲舒的《春秋》学影响，也是先秦以来儒、道、法等诸子学术思想融合、发展的结果。

## 第三节 《论语谶》与"孔子删《诗》"说的确立

《史记》在昭、宣时期已传播开来。据学者研究，《盐铁论》曾多次称引、节括《史记》原文。此后刘向、扬雄、班固、王充等在著述中也多称引、评论《史记》，褚少孙、冯商、扬雄、刘歆、史岑、段肃等则补写《史记》，延笃等则注解《史记》，甚至汉代一些帝王如光武帝、明帝等将《史记》或部分篇章赏赐给大臣。这些都促进了《史记》在汉代的传播。

随着《史记》的广泛流布，"孔子删《诗》"说也逐渐为两汉学者所接受。如刘歆《七略》云：

> 孔子纯取周诗，上采殷，下取鲁，凡三百五篇。遭秦而全者，以其讽诵，不独在竹帛故也。①

刘歆在延续司马迁"孔子删《诗》"说的同时，将孔子"取周诗"的方式、目的作了简化处理。刘歆对相关"删诗"细节进行"简化"表述而不担心其表达效果，这本身就表明司马迁"孔子删《诗》"说已为学界所广泛接受。此后班固在《白虎通》中也说：

> 孔子居周之末世，王道陵迟，礼乐废坏，强陵弱，众暴寡。……闵道德之不行，故周流应聘，冀行其道德。自卫反鲁，自知不用，故追定五经，以行其道。②

班固以"追定五经"一语将孔子编定《诗经》一事道出，但是他仍未明确提出"删诗"一语。

细微的变故发生在王充那里，他在《论衡》中说：

> 《诗经》旧时亦数千篇，孔子删去重复，正而存三百篇。③

> 孔子，周世多力之人也。作《春秋》，删五经，秘书微文，无所不定。④

---

① 班固：《汉书》，中华书局，1962年版，第1708页。
② 陈立：《白虎通疏证》，中华书局，1994年版，第445页。
③ 黄晖：《论衡校释》，中华书局，1990年版，第1129页。
④ 黄晖：《论衡校释》，中华书局，1990年版，第582页。

## 第四章 司马迁"孔子删《诗》"说研究

王充延续了司马迁的观点①,并将司马迁所说的孔子对《诗》之"去其重"讲作"删去重复",还将"删《诗》"扩展为"删五经"。"秘书微文"表明王充的"孔子删《诗》"观受谶纬学影响。

《论衡·实知》云:"孔子将死,遗谶书。"②"谶书",《太平御览》卷七〇六即作"秘书"。又据《郑志》,张逸问《礼注》中《书说》为何?郑玄答云《尚书纬》,并说"当为注时,时在文网中,嫌引秘书。故诸所牵图谶,皆谓之说云"③,也是以"秘书"指图谶。

孔子定"秘书微文"一类说法又多出于谶纬文献,如《尚书纬》云:

> 孔子求书,得黄帝玄孙帝魁之书,迄于秦穆公,凡三千二百四十篇。断远取近,定可以为世法者百二十篇,以百二篇为《尚书》,十八篇为《中候》。④

《中候》是纬书,此言《中候》十八篇为孔子编定。《孝经钩命决》:

> 邱乃授帝图,摄秘文。⑤

---

① 《论衡》中提到司马迁的地方共有四十三处,对《史记》多有推崇。见张大可等:《史记研究集成》第十三卷,华文出版社,2005年版,第35~36页。
② 黄晖:《论衡校释》,中华书局,1990年版,第1069页。
③ 孔颖达:《礼记正义》,北京大学出版社,2000年版,第361页。按,本条材料不从北大整理本的标点。
④ 孔颖达:《尚书正义》,上海古籍出版社,2007年版,第12页。安居香山、中村璋八:《纬书集成》,河北人民出版社,1994年版,第390~391页。
⑤ 安居香山、中村璋八:《纬书集成》,河北人民出版社,1994年版,第1011页。

言孔子传授图谶,编撰谶纬秘文。

《尚书考灵曜》:

> 卯金出轸,握命孔符。

郑玄注:"卯金,刘字之别。轸,楚分野之星。符,图书。刘所握天命,孔子制图书。"① 此言孔子制作图谶。而《孝经右契》曰:

> 制作《孝经》,道备,使七十人弟子,向北辰星而磬折,使曾子抱《河》《洛》事北向,孔子衣绛单衣,向星而拜。告备于天曰:"《孝经》四卷,《春秋》《河》《洛》凡八十一卷,谨已备。"天乃洪郁起,白雾摩地,赤虹自上下,化为黄玉,长三尺,上有刻文。孔子跪受而读之曰:"宝文出,刘季握。卯金刀,在轸北。字禾子,天下服。"②

《孝经右契》说《孝经》《春秋》《河图》《洛书》皆为孔子所作。

对于《论衡·实知篇》中所言孔子遗言一事,王充曰:"此皆虚也。案神怪之言,皆在谶记,所表皆效图书。"王充认为孔子遗言实出于谶纬。所以桓谭说:"谶出《河图》《洛书》,但有兆朕而不可知,后人妄复加增依托,

---

① 安居香山、中村璋八:《纬书集成》,河北人民出版社,1994年版,第356页。
② 安居香山、中村璋八:《纬书集成》,河北人民出版社,1994年版,第1001页。

称是孔子，误之甚也。"① 这说明西汉末年就已流行着孔子编撰谶纬的说法，其目的是利用孔子来提高谶纬的可信度与权威性。因而我们认为王充提出的"秘书微文"由孔子所定的说法，当来源于谶纬之言。

而王充将陆贾所说的孔子"定五经"说成是"删五经"，将司马迁所说的"去其重复"说成"删去重复"，可能也受到了谶纬的影响。因为《论语谶》就说："（孔子）自卫反鲁，删《诗》《书》，修《春秋》。"② 而《白虎通义·辟雍篇》便已言及《论语谶》③，这说明《论语谶》在东汉初即已为经学界所接受。也就是说，《论语谶》至迟在东汉初便明确地提出了"孔子删《诗》"的观点。

然而我们遍检安居香山等编定的《纬书集成》，发现现存纬书中言及孔子编撰《诗》《书》的材料只有两条，一条如上《论语谶》之言，另一条见于《史记·伯夷列传》之《索隐》：

> 《书纬》称孔子求得黄帝玄孙帝魁之书，迄秦穆公，凡三千三百三十篇，乃删以一百篇为《尚书》，十八篇为《中候》。今百篇之内见亡四十二篇，是《诗》《书》又有缺亡者也。④

---

① 朱谦之：《新辑本桓谭新论》，中华书局，2009 年版，第 18 页。
② 萧统：《文选》，中华书局，1977 年版，第 611 页。安居香山、中村璋八：《纬书集成》，河北人民出版社，1994 年版，第 1084 页。
③ 《白虎通》："《论语谶》曰：'五帝立师，三王制之。'"见陈立：《白虎通疏证》，中华书局，1994 年版，第 255 页。
④ 司马迁：《史记》，中华书局，1959 年版，第 2121 页。安居香山、中村璋八：《纬书集成》，河北人民出版社，1994 年版，第 390~391 页。

但这一条又为《尚书正义》所引:

> 郑作《书论》,依《尚书纬》云:"孔子求书,得黄帝玄孙帝魁之书,迄于秦穆公,凡三千二百四十篇。断远取近,定可以为世法者百二十篇,以百二篇为《尚书》,十八篇为《中候》。"以为去三千一百二十篇,以上取黄帝玄孙,以为不可依用。①

从行文方式看,郑玄所引当为原文,其中"以为去三千一百二十篇"一句正是对引文的解释。但从司马贞《史记索隐》所言《尚书纬》的方式看,当是转述。这便是说,《索隐》中言及的孔子"乃删以一百篇"之"删"字是司马贞为行文简便而改写的,它不是《尚书纬》的原文。所以现存纬书材料里言及"孔子删《诗》"者,只有《论语谶》这一条材料。从《论衡》中反复引用谶纬文献②和当时谶纬的地位看,王充受其影响也合乎情理。至此,"孔子删《诗》"说便被明确地提出来了。

但《论语谶》为什么会用"删《诗》"来描述孔子编定《诗经》的情况呢?虽然只是一条孤立的、缺乏语境的材料,但它的出现应该有一个与之相关的时代学术背景。这便涉及《论语谶》产生的时代问题。

张衡说谶纬乃"成、哀之后,乃始闻之"③,而《后

---

① 黄怀信:《尚书正义》,上海古籍出版社,2007年版,第12页。
② 吴从祥:《从〈论衡〉看王充与谶纬之关系》,载于《西南交通大学学报》,2010年第1期。
③ 范晔:《后汉书》,中华书局,1965年版,第1912页。

## 第四章　司马迁"孔子删《诗》"说研究

汉书·张纯列传》云:"纯以圣王之建辟雍,所以崇尊礼义,既富而教者也。乃案七经谶、明堂图……欲具奏之。"① 李贤注:"《七经》谓《诗》《书》《礼》《乐》《易》《春秋》及《论语》也。"而此事发生在建武二十六年(50),因此,《论语谶》可能成书于汉平帝到建武二十六年之间。在这段时间里,有一个显著的学术现象:删减章句。章句学自宣帝石渠阁会议之后得到快速发展,章句内容日益繁多。其中小夏侯《尚书》学者秦延君"增师法至百万言"②,说《尧典》篇目两字达十万言,"曰若稽古"二三万言③,已经到了不得不删减的地步。据《论衡·效力篇》载:

> 王莽之时,省《五经》章句,皆为二十万,博士弟子郭路夜定旧说,死于烛下,精思不任,绝脉气减也。④

此言王莽时,太学组织对五经之章句作了整体性的删减,以致博士弟子累死烛下,这或许正说明当时删减章句之急迫性。此后,特别是光武帝时期,不断出现对各经章句进行删减之事。《后汉书·桓荣列传》载:

> 初,荣受朱普学章句四十万言,浮辞繁长,多过其实。及荣入授显宗,减为二十三万言。⑤

---

① 范晔:《后汉书》,中华书局,1965年版,第1196页。
② 班固:《汉书》,中华书局,1962年版,第3605页。
③ 朱谦之:《新辑本桓谭新论》,中华书局,2009年版,第38页。
④ 黄晖:《论衡校释》,中华书局,1990年版,第583页。
⑤ 范晔:《后汉书》,中华书局,1965年版,第1256页。

《后汉书·显宗孝明帝纪》载:"显宗孝明皇帝……十九年立为皇太子,师事博士桓荣,学通《尚书》。"汉明帝在建武十九年(43)立为太子,从桓荣学《书》,则桓荣删减欧阳《尚书》章句也当在此年,此后其子桓郁仍对欧阳《尚书》章句进行了删减。

此外,光武帝曾令钟兴删减《颜氏春秋》章句以授太子①;樊鯈则在建武二十年(44)后删定《公羊严氏春秋》章句②;伏黯于新莽、光武时期改定《齐诗》章句,可能也是删减章句③;在新莽至光武期间,孔奇曾作《春秋左氏删》一书④;建武二年(26),光武帝令尹敏博校图谶,蠲去对其统治不利的内容⑤。光武帝中元元年(56),因《五经》章句烦多,还下诏书删减之。

从上述内容看,《论语谶》产生的时代是一个从帝王到经学家都在强调删减《诗》《书》章句的时代,而"删××"作为一个文献整理术语,也被反复使用,故《论语谶》中"删《诗》《书》"一词的出现可能与此有关。

在光武帝、明帝、章帝的提倡下,"儒者争学图纬"⑥,以至"言五经者,皆凭谶为说"⑦,谶纬的一些理念对经学产生了重大影响,再结合光武帝以来不断删减章

---

① 刘汝霖系此事于建武二十年(44)(《汉晋学术编年》,华东师范大学出版社,2010年版,第272页)。
② 范晔:《后汉书》,中华书局,1965年版,第1099页。
③ 范晔:《后汉书》,中华书局,1965年版,第2571页。
④ 范晔:《后汉书》,中华书局,1965年版,第1125页。
⑤ 范晔:《后汉书》,中华书局,1965年版,第2558页。
⑥ 范晔:《后汉书》,中华书局,1965年版,第1911页。
⑦ 范晔:《后汉书》,中华书局,1965年版,第941页。

## 第四章 司马迁"孔子删《诗》"说研究

句的文献整理行为,《论语谶》首次提出的"孔子删《诗》"这一观点便被学界接受。如班固《汉书叙传》叙其修《艺文志》一目云:

> 虙羲画卦,书契后作,虞夏商周,孔纂其业,纂《书》删《诗》,缀《礼》正《乐》,象系大《易》,因史立法。①

王逸《楚辞章句序》曰:

> 昔者孔子睿圣明哲,天生不群,定经术,删《诗》《书》,正《礼》《乐》,制作《春秋》,以为后王法。②

《风俗通义·穷通篇》:

> 孔子……自卫反鲁,删《诗》《书》。③

这三条材料皆言及"孔子删《诗》"事,特别是《风俗通义》,其言几乎等同于《论语谶》之言。

此外,《乙瑛碑》④《史晨碑》⑤等后汉碑刻文献中也言

---

① 班固:《汉书》,中华书局,1962年版,第4244页。
② 洪兴祖:《楚辞补注》,中华书局,1983年版,第47页。
③ 王利器:《风俗通义校注》,中华书局,2010年版,第315页。
④ 《乙瑛碑》:"孔子作《春秋》,制《孝经》,(□□)《五经》。"翁方纲《两汉金石记》认为缺字当作"删定",高文从之。参见高文:《汉碑集释》,河南大学出版社,1997年版,第170页。
⑤ 《史晨碑》:"自卫反鲁……删定《六艺》。"参见高文:《汉碑集释》,河南大学出版社,1997年版,第326页。

及孔子"删五经""删六经",甚至有的直接就说孔子作五经①。至此,"孔子删《诗》"说已完全确立,直到唐代孔颖达提出质疑。

## 第四节　司马迁"孔子删《诗》"说的学术意义

由上可知,"孔子删《诗》"说的提出,意味着孔子与《诗》由先秦的研习、传授关系转变成删定乃至"作"的关系。至此,《诗》就从一部"汇古今之志"的"先王之书"转变成了孔子"礼义"思想的载体、"王道""大义"之渊薮。《诗》成了"经",并发挥着"经"的功效。下面笔者就"孔子删《诗》"说在汉代学术史上的意义略作论述。

### 一、孔子与《诗》义的关系成了判断《诗》学价值的依据

在汉代今古文经学之争中,某经学与孔子的关系成了衡量该经价值的重要标准。如在《左传》与《公羊》《谷梁》之争中,范升认为《左传》出于左丘明,与孔子无关;而陈元对范升的反驳则是认为《左传》直接出于孔子,并且攻击说《公羊》《谷梁》与孔子关系不明。

---

① 《春秋演孔图》:"作法五经,运之天地,稽之图像,质于三王,施之四海。"荀悦《申鉴·时事》:"仲尼作经,本一而已。"所以廖平《今古学考》说今文经皆孔子所作,也是有渊源的。

《毛诗》与三家《诗》之争亦然，皆谓自家《诗》义出于孔子，以此确立自身的合法性。如《汉书·艺文志》，《毛诗》自谓子夏所传，而子夏乃孔门四科之一的"文学"代表，此无异于说《毛诗》及其经学大义亦出自孔子，故郑玄说《毛诗序》乃"子夏所为，亲授圣人，足自明矣"。

## 二、汉人常借孔子之名以言《诗》

"孔子删《诗》"说使孔子成了《诗经》最权威的解读者，汉代学者便常借孔子之名以言《诗》。

如司马迁在论述"孔子删《诗》"时说：

> 《关雎》之乱以为《风》始，《鹿鸣》为《小雅》始，《文王》为《大雅》始，《清庙》为《颂》始。①

司马迁认为"四始"乃"孔子删《诗》"的产物，其中寓有孔子的特殊用意。②

郑玄则借孔子编定《诗经》一事提出系列《诗》学观。其《诗谱序》云：

> 文、武之德，光熙前绪……其时《诗》，风有《周南》《召南》……故皆录之，谓之《诗》之正经。……孔子录懿王、夷王时诗，讫于陈灵公淫乱之事，谓之变风、变雅。……吉凶之所由，忧娱之萌

---

① 司马迁：《史记》，中华书局，1959年版，第1936～1937页。
② 对于"四始"的解读，可参陈桐生：《史记与诗经》，人民文学出版社，2000年版，第105～114页。

渐，昭昭在斯，足作后王之鉴，于是止矣。①

郑玄认为《诗》之"正""变"，是孔子在编定《诗经》时，根据诗篇涉及的时代与相关王、侯之德行作出的界定，以此来美善刺恶，并以之作为后王之法诫。

至于"二南"之外的南国之诗不载于《诗》，郑玄说那是因其时"徐及吴、楚僭号称王，不承天子之风"②，乃夷狄之也，故孔子不录其诗。而《商颂》五篇载于《诗》，郑玄认为孔子录之以为后王之成法。③总之，郑玄自己对《诗经》的诠释多借孔子之名。

对《诗》单篇作品的诠释，汉人也常附会于孔子定《诗》之殊意，其中对《关雎》的诠释最具代表性。如匡衡说：

> 孔子论《诗》④以《关雎》为始，言太上者民之父母，后夫人之行不侔乎天地，则无以奉神灵之统而理万物之宜。故《诗》曰："窈窕淑女，君子好逑。"言能致其贞淑……⑤

即说《关雎》表现了后夫人贞淑之德、不贰之操，故孔子在编定《诗经》时，将之列于《诗》之首篇，以示重

---

① 孔颖达：《毛诗正义》，北京大学出版社，1999年版，第6~9页。
② 孔颖达：《毛诗正义》，北京大学出版社，1999年版，第15页。
③ 孔颖达：《毛诗正义》，北京大学出版社，1999年版，第1430页。
④ 这里的"论"，不是议论，而是编定，王逸《楚辞章句叙》："且诗人怨主刺上，曰：'呜呼小子，未知臧否，匪面命之。言提其耳！'风谏之语，于斯为切。然仲尼论之，以为《大雅》。"（见洪兴祖：《楚辞补注》，中华书局，1983年版，第49页）两"论"同义。
⑤ 班固：《汉书》，中华书局，1962年版，第3342页。

之。张超《诮青衣赋》则云：

> 周渐将衰，康王晏起。毕公喟然，深思古道，感彼《关雎》，德不双侣。但愿周公，好以窈窕，防微诮渐，讽谕君父。孔氏大之，列冠篇首。①

此言《关雎》乃毕公有感于周康王缠绵于后妃以至怠于政务而作，以之防微杜渐。而这一点为孔子所看重，故在编定《诗经》时列之于篇首。这些对《诗》义的阐发皆借孔子之名，此即刘勰在《文心雕龙·史传》中所说的"附圣以居宗，然后诠评昭整"②。但刘勰所论《关雎》之义与先秦文献所载孔子之言《关雎》的内容不同。

## 三、以《诗》为仪法

司马迁提出，孔子通过"删《诗》"，使《诗》合乎礼义的标准，具备了王道大法的特征与功能，进而达到了"为天下制仪法"③的目的。随着"孔子删《诗》"说的传播，《诗》成了人们言行的仪则、典范。如汉元帝时，长安风俗奢靡，匡衡为此上疏云：

> 诗曰："商邑翼翼，四方之极；寿考且宁，以保我后生。"此成汤所以建至治，保子孙，化异俗而怀鬼方也。今长安天子之都，亲承圣化，然其习俗无以异于远方，郡国来者无所法则，或见侈靡而放效之。

---

① 徐坚等：《初学记》，中华书局，2004年版，第465页。
② 范文澜：《文心雕龙注》，人民文学出版社，1958年版，第286页。
③ 司马迁：《史记》，中华书局，1959年版，第3310页。

此教化之原本，风俗之枢机，宜先正者也。

颜师古注曰：

> 《商颂·殷武》之诗也。商邑，京师也。极，中也。言商邑之礼俗翼翼然可则傚，乃四方之中正也。王则寿考且安，以此全守我子孙也。①

匡衡于此认为汉元帝当效法成汤，从最高统治者自身做起，改善京师礼俗，以化及天下。这便是他所说的"道德之行，由内及外，自近者始，然后民知所法"。

又如汉宣帝好辞赋，多用辞赋家，其臣下多有反对者，对此宣帝说道：

> 辞赋大者与古诗同义，小者辩丽可喜。辟如女工有绮縠，音乐有郑卫，今世俗犹皆以此虞说耳目，辞赋比之，尚有仁义风谕，鸟兽草木多闻之观。②

此言部分辞赋因合于《诗》义，具有《诗》之讽喻功能，故有不可小觑之价值；而且借用孔子评《诗》之语，说辞赋还可如《诗》一样丰富知识。此即以《诗》为评论辞赋之准则。类似的例子在《汉书》《后汉书》中极多，兹不赘述。

由此可见，"孔子删《诗》"说的学术意义在于，通过孔子以"礼义"为标准的"删"《诗》行为，确立了孔子与《诗》的关系，从而使《诗》成为"经"。这便使《诗》

---

① 班固：《汉书》，中华书局，1962年版，第3335页。
② 班固：《汉书》，中华书局，1962年版，第2829页。

在经学诠释方面,以礼义为指归,成为日常言行与文学批评等方面的准则、常法。

## 小 结

先秦无"孔子删《诗》"之说,郭店楚简《性自命出》提到圣人编定《诗经》,但此圣人非孔子。汉初陆贾是现存文献中最早明确提出孔子编定《诗经》的人。司马迁在陆贾、司马谈、董仲舒等人的影响下,结合其文献整理的实践经验与他对战国以来文献编撰情况的认识,将孔子编撰《诗经》的说法具体化为"古者诗三千余篇,及至孔子,去其重"等。此说已有"孔子删《诗》"之意,但直到西汉末东汉初,《论语谶》才首次明确地说出了"孔子删《诗》",并被王充等东汉学者继承。于是,"孔子删《诗》"说便确定下来,并对汉代《诗》学、政治、伦理、文学、文论等产生了较大影响。

# 第五章 郑玄与"孔子删《诗》"说

作为《诗》学史上的公案之一,"孔子删《诗》"说自司马迁提出之后,即被广泛接受,逐渐成为学者《诗经》研究之基础。而"孔子删《诗》"说被接受的过程则是一个不断被诠释、拓展的过程,也是一个不断被质疑的过程。在这一过程中,"孔子删《诗》"说也逐渐由《诗》文献之编定问题演化为经学诠释问题(历代《诗》学家常借"孔子删《诗》"以阐发自己的《诗》学思想,借圣立言)。而目前学界还未关注到作为《诗》学意义生成方式与依托的"孔子删《诗》"说。学界主要关注作为《诗》文献编定的"孔子删《诗》"说,讨论孔子是否删诗、如何删诗等。对于"孔子删《诗》"说的质疑,则普遍认为始于孔颖达《毛诗正义》①,也有学者虽提及东汉郑众或郑玄已

---

① 张西堂在《诗经六论》中认为:"《史记》所载孔子删《诗》的说法,在唐代的孔颖达已开始怀疑它了。"(商务印书馆,1957年版,第83页)夏传才在《二十世纪诗经学》中认为:"唐孔颖达:《毛诗正义·诗谱序疏》开始质疑司马迁的记载。"(学苑出版社,2005年版,第297页)韩宏韬在《"孔子删诗"公案发生考》中认为:"'孔子删《诗》',始于司马迁,唐前无异议。直到初唐《毛诗正义》,方起疑窦。"(《社会科学论坛》,2011年第11期,第33~42页)

## 第五章 郑玄与"孔子删《诗》"说

对"孔子删《诗》"说有质疑,但缺乏系统论证。①

本书不同意学界对"孔子删《诗》"说质疑的相关讨论,认为班固等在接受"孔子删《诗》"说的同时,就已提出了王官编《诗》于孔子之前的说法,初步表现出对"孔子删《诗》"说的异议。郑玄则在前人的基础上,提出《诗》曾先后经大师、孔子多次删编之说,并结合其《诗》学思想详细阐述了他们各自删编之内容、依据、方式、目的等,从而极大地拓展了"孔子删《诗》"说的内涵,同时也坚定而明确地否定了《诗》最初为孔子编定完成的这一观点,认为《诗》最初应由大师删编而成。此说也影响了孔颖达《毛诗正义》对"孔子删《诗》"说的质疑。

---

① 张宝三在《〈诗经〉诠释传统中之"风雅正变"说研究》中认为:"郑玄认为孔子曾对变《风》、变《雅》有所去取,故孔子与《诗经》关系密切,然此种说法与司马迁'孔子删《诗》'之说有实质之异也。""《正义》因疏解郑说,故对《史记·孔子世家》中所载'孔子删《诗》'说有所驳斥,论者每引之以为驳'孔子删《诗》'说之首,若据《正义》所述,则汉代郑玄固已异于《史记》之说矣。"[黄俊杰主编,杨儒宾编:《中国经典诠释传统(三):文学与道家经典篇》,华东师范大学出版社,2008年版,第50页、52页]曹建国在《〈诗〉本变迁与"孔子删诗"新论》中认为:"郑玄对'删诗'说似有质疑,但'语焉不详,且态度也不甚坚决,故并未引起人们的注意'。"(《文史哲》,2011年第1期,第91~97页)谢炳军在《删〈诗〉说及其意图阐释——兼论走出删〈诗〉说的困惑》中注意到了东汉学者对"孔子删《诗》"说的质疑,为郑玄提出了"王官删诗"说,并认为"郑众、服虔、郑玄从实质上否定了'孔子删《诗》'说"(《中国海洋大学学报》,2015年第5期,第122~128页)。

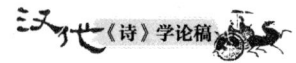

## 第一节　郑玄之前对"孔子删《诗》"说的接受与异议

司马迁首次对孔子删编《诗经》的情况作了明确的阐述,即"孔子删《诗》"说。其文曰:

> 夫周室衰而《关雎》作,幽厉微而礼乐坏,诸侯恣行,政由强国。故孔子闵王路废而邪道兴,于是论次《诗》《书》,修起礼乐。①

> 古者《诗》三千余篇,及至孔子,去其重,取可施于礼义,上采契后稷,中述殷周之盛,至幽厉之缺,始于衽席,故曰:"《关雎》之乱以为《风》始,《鹿鸣》为《小雅》始,《文王》为《大雅》始,《清庙》为《颂》始。"三百五篇孔子皆弦歌之,以求合《韶》《武》、雅、颂之音。礼乐自此可得而述,以备王道,成六艺。②

司马迁提出孔子在周室衰败、诸侯恣行、礼乐废坏的背景下"删《诗》",以备王道、成六艺。"孔子删《诗》"的方式是去其重复,并按照历史先后顺序编排诗篇,其"删《诗》"标准为"取可施于礼义"者。这样,司马迁对"孔子删《诗》"的背景、内容、目的、方式、标准皆作了

---

① 司马迁:《史记》,中华书局,1959年版,第3115页。
② 司马迁:《史记》,中华书局,1959年版,第1936~1937页。

## 第五章 郑玄与"孔子删《诗》"说

阐述。

汉人尚经学,认为孔子或著述或编定了五经。故司马迁之后,"孔子删《诗》"说被汉代学者广泛接受。如刘向《战国策》曰:"春秋之后,众贤辅国者既没,而礼义衰矣。孔子虽论《诗》《书》,定《礼》《乐》,王道粲然分明。"① 王充曰:"《诗经》旧时亦数千篇,孔子删去重复,正而存三百篇。"② 王逸《楚辞章句序》曰:"昔者孔子睿圣明哲,天生不群,定经术,删《诗》《书》,正《礼》《乐》,制作《春秋》,以为后王法。"③ 应劭《风俗通义》曰:"孔子……自卫反鲁,删《诗》《书》。"④ 这反映出汉人对"孔子删《诗》"说的广泛认可。

班固也接受了司马迁之说,但对《诗》的编定又提出了新说,其在《汉书》中云:

> 古有采诗之官,王者所以观风俗,知得失,自考正也。孔子纯取周诗,上采殷,下取鲁,凡三百五篇。⑤

> 孟春之月,群居者将散,行人振木铎徇于路,以采诗,献之大师,比其音律,以闻于天子。故曰:王者不窥牖户而知天下。⑥

> 周道始缺,怨刺之诗起。王泽既竭,而诗不能

---

① 《战国策》,上海古籍出版社,1985年版,第1196页。
② 黄晖:《论衡校释》,中华书局,1990年版,第1129页。
③ 洪兴祖:《楚辞补注》,中华书局,1983年版,第47页。
④ 王利器:《风俗通义校注》,中华书局,2010年版,第315页。
⑤ 班固:《汉书》,中华书局,1962年版,第1708页。
⑥ 班固:《汉书》,中华书局,1962年版,第1123页。

作。王官失业,雅颂相错,孔子论而定之,故曰:"吾自卫反鲁,然后乐正,雅颂各得其所。"①

班固接受了司马迁的"孔子删《诗》"说,但在怨刺诗歌的生成与消亡语境下,他认为因王官之失业而导致雅诗、颂诗错乱,孔子才"删《诗》"。也就是说,在孔子"删诗"之前,雅、颂已存在。班固认为孔子是在对《诗》作再次整理,而《诗》最初并非由孔子编定而成。最初的编选者可能与王官或大师有关,王官编诗或许与"观风俗,知得失,自考正"有关,但对其编诗的背景、时间、方式等则未明确言及。②班固在"采诗"说的基础上对"孔子删《诗》"说提出了异议:

> 孔子所以定五经者何?以为孔子居周之末世,王道陵迟,礼乐废坏,强陵弱,众暴寡,天子不敢诛,方伯不敢伐,闵道德之不行,故周流应聘,冀行其道德。自卫反鲁,自知不用,故追定五经,以行其道。……孔子未定五经如何?周衰道失,纲散纪乱,五教废坏,故五常之经咸失其所,象《易》失理,则阴阳万物失其性而乖,设法谤之言,并作书三千篇,作诗三百篇,而歌谣怨诽也。③

班固接受了"孔子删《诗》"说,但为突出孔子"定

---

① 班固:《汉书》,中华书局,1962年版,第1042页。
② 上引《汉书·礼乐志》"孟春之月"一条材料,结合上下文,可知其所述乃班固理想中的"殷周之盛"时的社会情况,也即他的王官于殷周之盛时编选了《诗》文的说法具有一定的理想性。
③ 陈立:《白虎通疏证》,中华书局,1994年版,第444~445页。

## 第五章 郑玄与"孔子删《诗》"说

五经"的重大意义,他对司马迁"孔子删《诗》"说提出了异议。这表现为两点:一是认为孔子与五经的关系是"追定"。就《诗》而言,他认为《诗》在孔子之前便已编定(但未言及编者、编录内容、时间、目的、方式等),孔子只是对因"王道陵迟,礼乐废坏"而"失其所"的《诗》作再次编定。① 二是认为"孔子删《诗》"的目的是"行其道",而不是司马迁所说的"备王道",这便将"孔子删《诗》"由文献编定转向经学著述,此说后被郑玄接受,并将之转变为一种经学诠释方式、经学意义生成之手段。

值得注意的是,《白虎通》是章帝时举行的白虎观经学会议的产物,它是经学界配合帝王的意志,将经学上升为国家意志的代表。② 因此,它对"孔子删《诗》"说的异议应在当时经学界具有一定的代表性。

而与班固同时代的经学大师郑众明确否定了"孔子删《诗》"说:

> 古而自有风、雅、颂之名,故延陵季子观乐于鲁,时孔子尚幼,未定《诗》《书》,而曰"为之歌《邶》《鄘》《卫》",曰:"是其《卫风》乎。"又为之歌《小雅》《大雅》,又为之歌《颂》。《论语》曰:

---

① 程苏东:"所谓的'追定',就是对既有的'五经'进行重新编定。依据《白虎通》的说法,在孔子之前,早已有体现'五教'的'五常之经',但是由于'周衰道失'而"咸失其所",则孔子的贡献正在于……重定'五常之经'。"《从六艺到十三经——以经目演变为中心》,北京大学出版社,2018年版,第357页。

② 林存光:《中国政治思想通史·秦汉》,中国人民大学出版社,2014年版,第469页。

"吾自卫反鲁,然后乐正,雅、颂各得其所。"时礼乐自诸侯出,颇有谬乱不正者,孔子正之耳。①

他认为季札观乐时《诗》便已存在,故有风、雅、颂之名,而此时孔子尚幼,无编《诗》之可能。郑众还指出《论语》所载乃孔子之正乐,而非编《诗》。这便直接否定了"孔子删《诗》"说。他的这一质疑角度、依据与班固等对"孔子删《诗》"说的质疑有无关系?限于材料,目前还难以定论。但郑众依据《左传》所载季札观乐之事质疑"孔子删《诗》"说,这便使学者不得不面对一个无法回避的问题:《左传》记录了孔子之前存在着一个结构完整的《诗》文本,它是什么人、什么时候编定的?它与孔子之"删诗"有何关系?这是后来学者如郑玄等在思考《诗》之编定成书时必须面对的问题。

由上可知,司马迁的"孔子删《诗》"说对孔子删编《诗》文作了大体阐述,其说为汉代学者所接受。但东汉前期学者如班固等在接受"孔子删《诗》"说的同时,又认为在孔子之前《诗》曾为王官(或大师)编选过,这是对"孔子删《诗》"说的异议。而郑众则在否定了"孔子删《诗》"说的同时,又隐晦地提及《诗经》何以成书的问题。

---

① 孔颖达:《毛诗正义》,北京大学出版社,1999年版,第7页。

## 第二节 郑玄对"孔子删《诗》"说的接受、拓展与异议

郑玄也接受了司马迁的"孔子删《诗》"说,并在前人基础上对"孔子删《诗》"说作了更为具体的阐述。同时,他也继承并发展了前人对"孔子删《诗》"说的异议,认为大师在周武王、成王之时先后两次删编《诗》文,并对大师编诗之内容、依据、目的等作了详细阐述。他在对"孔子删《诗》"说的接受、拓展与异议中,也形成了自己的《诗经》编定观与《诗经》学,同时影响了后代学者对"孔子删《诗》"说的诠释。

### 一、大师之"删《诗》"

班固最先提出《诗》最初由王官(或大师)编定,然后才出现孔子之"删《诗》"。但王官的身份不够明确,其编《诗》的时间、背景、方式等皆不清楚。郑玄则对这些问题作了具体阐述。他依据王道之盛衰与周王朝政治之成败,提出《诗》具有"风雅正变"之说;认为《诗》之"正经"和作为"变风"的《豳风》非孔子所删定,而是大师在周初所删编,并通过对编选标准与目的的阐述来凸显大师编《诗》之深意。

对于《周南》《召南》之删编,郑玄《诗谱·周南召南谱》云:

> 文王受命，作邑于丰，乃分岐邦。周、召之地，为周公旦、召公奭之采地，施先公之教于己所职之国。武王伐纣，定天下，巡守述职，陈诵诸国之诗，以观民风俗。六州者得二公之德教尤纯，故独录之，属之大师，分而国之。其得圣人之化者谓之《周南》，得贤人之化者谓之《召南》，言二公之德教自岐而行于南国也。乃弃其余，谓此为风之正经。①

此言武王平定天下，巡守述职时，命诸国陈诗于大师，大师依据圣人之化与贤人之化的区别将删选出来的诗篇分别编录为《周南》《召南》，并谓之《风》之"正经"；其目的在于彰显周、召二公的德业。这是《诗》学史上首次对"二南"的编定者、编定时间、内容、编选依据、目的等方面进行系统的论述，成了后来学者研究"二南"的基础。

郑玄还论及大师对其他"正经"的编定。《诗谱序》曰：

> 文、武之德，光熙前绪，以集大命于厥身，遂为天下父母，使民有政有居。其时《诗》，风有《周南》《召南》，雅有《鹿鸣》《文王》之属。及成王、周公致大平，制礼作乐，而有颂声兴焉，盛之至也。本之由此风、雅而来，故皆录之，谓之《诗》之正经。……以为勤民恤功，昭事上帝，则受颂声，弘福

---

① 孔颖达：《毛诗正义》，北京大学出版社，1999年版，第11~12页。

## 第五章 郑玄与"孔子删《诗》"说

如彼;若违而弗用,则被劫杀,大祸如此。吉凶之所由,忧娱之萌渐,昭昭在斯,足作后王之鉴,于是止矣。①

此段言及《诗》之"正经"的编定者、编定时间、编选内容与目的等。郑玄认为《诗》中有不少反映文王、武王、成王、周公的功德伟业之作,这些诗篇被编入《周南》《召南》《雅》诗之中,为《诗》之"正经"——正《风》、正《雅》。郑玄在《诗谱·周南召南谱》中论及大师在武王时已编录二《南》之诗,并名之曰"正经";此又言成王、周公时诗也编入"正经",则是成王之时又曾删编诗文。至于第二次删编者,郑玄虽未曾明言,但从大师在武王时对《周南》《召南》之删编与命名看,成王时进行的第二次"正经"之删编也应由大师完成,而"非孔子有去取也"②,目的是通过对文、武、周公、成王之盛德伟业的歌颂,使后世君王以之为典范,认为勤民恤功、昭事上帝,才可享受福禄;反之则会遭受大祸。这反映了郑玄鲜明的通《诗》致用的《诗》学取向。

郑玄还论及大师对正《雅》诗文的编录。《诗谱·大小雅谱》曰:

文王受命,武王遂定天下。盛德之隆,大雅之初,起自《文王》,至于《文王有声》,据盛隆而推原天命,上述祖考之美。小雅自《鹿鸣》至于《鱼丽》,

---

① 孔颖达:《毛诗正义》,北京大学出版社,1999年版,第6~9页。
② 孔颖达:《毛诗正义》,北京大学出版社,1999年版,第7页。

先其文所以治内,后其武所以治外。此二雅逆顺之次,要于极贤圣之情,著天道之助,如此而已矣。又大雅《生民》下及《卷阿》,小雅《南有嘉鱼》下及《菁菁者莪》,周公、成王之时诗也。传曰"文王基之,武王凿之,周公内之",谓其道同,终始相成,比而合之,故大雅十八篇、小雅十六为正经。[①]

《大雅》之《文王》至《文王有声》为文王、武王时诗,作为"正大雅"部分作品,郑玄认为大师编次它们的目的首先是通过对周之兴盛过程的追述,表明周之兴乃天命所归,并借此颂赞祖考之美。而《小雅》之《鹿鸣》至于《鱼丽》的编次,体现的则是文王、武王以文德治理诸夏,以武力治夷狄的方略。其次强调二《雅》中文、武之诗的编次,体现了圣贤为周之兴盛所做的努力和周得天道之助。最后论及大师对二《雅》中成王、周公时诗的编次顺序体现了从文王创基至周公治平天下之伟业的完整过程。总之,对文武周公的文治武功业绩与经验的强调与歌颂,乃大师编《诗》之用意,也是郑玄以《诗》为法思想的体现。

郑玄认为大师不仅编选了正《风》、正《雅》,还编定了作为"变风"的《豳风》。其《诗谱·豳风谱》曰:

成王之时,周公避流言之难,出居东都二年。思公刘、大王居豳之职,忧念民事至苦之功,以比序己

---

① 孔颖达:《毛诗正义》,北京大学出版社,1999年版,第540页。

## 第五章 郑玄与"孔子删《诗》"说

志。后成王迎而反之,摄政,致大平。其出入也,一德不回,纯似于公刘、大王之所为。大师大述其志,主意于豳公之事,故别其诗以为豳国变风焉。①

此言周公因流言出居东都二年,思公刘、大王居豳时之德行,忧劳民事;后成王迎之,摄政,以至大平。成王时,大师有感于周公无论身处困境还是顺境,皆能保持专一无邪之心性,又能继先人之德业,故编选其诗以为《豳风》,作为《诗》之《变风》,以示对周公德行与功业的颂赞。这与他论大师删编《周南》《召南》等诗以彰显周、召二公之德业,使后世人君以之为典范的目的是一致的。

总之,郑玄认为在"孔子删《诗》"以前,大师曾在周武王、成王时期先后两次删编了《诗》之正《风》、正《雅》与《豳风》,认为大师删编这些诗篇的目的在于颂扬文、武、周公、成王之德业,并要求后世人君以之为法。郑玄拓展了班固的王官"删诗"说,否定了司马迁所提出的《诗》为孔子首次编定完成之说,并成为后世《诗》学诠释之基础。

### 二、郑玄对"孔子删《诗》"说的拓展

郑玄认为,在大师删编《诗》文之后,孔子还曾删编了"变风变雅"以及《鲁颂》《商颂》等诗文内容,然后在此基础上完成对《诗三百》的最后编定。

---

① 孔颖达:《毛诗正义》,北京大学出版社,1999年版,第483~484页。

1. 孔子删录"变风变雅"

郑玄认为"变风变雅"为孔子所删录。其《诗谱序》曰：

> 自是而下，厉也幽也，政教尤衰，周室大坏，《十月之交》《民劳》《板》《荡》勃尔俱作。众国纷然，刺怨相寻……故孔子录懿王、夷王时诗，讫于陈灵公淫乱之事，谓之变风、变雅。以为勤民恤功，昭事上帝，则受颂声，弘福如彼；若违而弗用，则被劫杀，大祸如此。吉凶之所由，忧娱之萌渐，昭昭在斯，足作后王之鉴，于是止矣。①

郑玄认为随着政教的衰败，周王室大坏，大量怨刺之诗相继产生。在此背景下孔子按照历史先后之序删选了从周懿王至陈灵公之时与政教衰败、道德混乱有关之诗篇，谓之"变风、变雅"。孔子编选"变风、变雅"的目的不在于诗歌作品本身，而在于为人君提供警示与借鉴。②

按，"变风、变雅"之说出于《毛诗大序》③，它从生成论角度论述了国史创作变风、变雅的政教背景和诗学特征，以凸显这类诗歌本身所具有的怨刺讽谏作用。郑玄则从圣人编《诗》的角度讨论变风、变雅，认为变风、变雅

---

① 孔颖达：《毛诗正义》，北京大学出版社，1999年版，第8～9页。
② 李春青：《在儒学与诗学之间》，吉林大学出版社，2015年版，第442页。
③ 《毛诗大序》曰："至于王道衰，礼义废，政教失，国异政，家殊俗，而变风变雅作矣。国史明乎得失之迹，伤人伦之废，哀刑政之苛，吟咏情性，以风其上，达于事变而怀其旧俗者也。故变风发乎情，止乎礼义。"见《毛诗正义》，北京大学出版社，1999年版，第14～15页。

## 第五章 郑玄与"孔子删《诗》"说

是"孔子删《诗》"的产物,它因孔子的删选而被赋予深意①,并承载着圣人视野下的历史盛衰与治乱之迹,故被圣人赋予了"作后王之鉴"的神圣使命。郑玄认为后王当依《诗》而行,只要勤民恤功、昭事上帝之君,就会像文、武、成王一样受颂扬、享福禄;如背《诗》而行,则会被劫杀,如周厉王、幽王所受之祸患。因此人君当以《诗》为鉴戒。这是郑玄"以《诗》为法"观在"孔子删《诗》"说中的体现②,也是其《诗》学诠释之根本意图③。这些阐述皆是郑玄对"孔子删《诗》"说的拓展。

郑玄还论及孔子录平王诗入《王风》而不入《雅》之原因与目的。《王风·黍离·序》之郑玄《笺》曰:

> 幽王之乱而宗周灭,平王东迁,政遂微弱,下列于诸侯,其诗不能复雅,而同于国风焉。④

《诗谱·王风谱》云:

> 申侯与犬戎攻宗周,杀幽王于戏。晋文侯、郑武

---

① 张宝三:"郑玄既以《诗经》曾经圣人之手编录,则其中当寓有深意。"黄俊杰主编,杨儒宾编:《中国经典诠释传统(三):文学与道家经典篇》,华东师范大学出版社,2008年版,第53页。

② "以《诗》为法",即将《诗》或《诗》义作为人们言行的依据、法则与典范,这是郑玄的《诗》学诉求。如《周礼》曰:"教六诗:曰风……曰雅,曰颂。"郑玄注:"风,言贤圣治道之遗化也……雅,正也,言今之正者,以为后世法。"又《郑志》载郑玄之言曰:"风也,小雅也,大雅也,颂也,此四者人君行之则为兴,废之则为衰。"言人君依《诗》而行则国兴,否则国衰。皆为要求人君法《诗》而行。

③ 刘毓庆:《从文学到经学——先秦两汉诗经学史论》,华东师范大学出版社,2009年版,第464~465页。

④ 孔颖达:《毛诗正义》,北京大学出版社,1999年版,第252页。

公迎宜咎于申而立之，是为平王。以乱，故徙居东都王城。于是王室之尊与诸侯无异，其诗不能复雅，故贬之，谓之王国之变风。①

在《郑志》中郑玄与弟子张逸论及此事曰：

> 张逸问："平王微弱，其诗不能复雅。厉王流于彘，幽王灭于戏，在雅何？"答曰："幽、厉无道，酷虐于民，以强暴至于流灭，岂如平王微弱，政在诸侯，威令不加于百姓乎？其意言幽、厉以酷虐之政被于诸侯，故为雅，平、桓则政教不及畿外，故为风也。"②

郑玄认为，因申侯与犬戎之祸平王东迁，王室衰败，周王之威令不加于百姓，政教不及于畿外，与诸侯无异；反不如周厉王、幽王，虽行酷虐之政，以致不得善终，但其政令仍施于诸侯，其王室威严犹在。故孔子录平王诗入《王风》，作为"变风"之一部，而不录之于《雅》。这说明郑玄认为孔子"删《诗》"的依据之一是天子政教力量之强弱，如政令不行于畿外，威令不加于百姓，则降为《风》；相反，即便是厉、幽之暴政，但其政教可施于天下，故其诗仍可入《雅》。

郑玄还论及孔子"删《诗》"而不录南国诸侯之"变风"的原因。《诗谱·周南召南谱》曰：

---

① 孔颖达：《毛诗正义》，北京大学出版社，1999年版，第251页。
② 孔颖达：《毛诗正义》，北京大学出版社，1999年版，第252页。

## 第五章 郑玄与"孔子删《诗》"说

问者曰:"《周南》《召南》之诗,为风之正经则然矣。自此之后,南国诸侯政之兴衰,何以无变风?"答曰:"陈诸国之诗者,将以知其缺失,省方设教为黜陟。时徐及吴、楚僭号称王,不承天子之风,今弃其诗,夷狄之也。其余江、黄、六、蓼之属,既驱陷于彼俗,又亦小国,犹邾、滕、纪、莒之等,夷其诗,蔑而不得列于此。"①

问者认为随着南国诸侯政教的衰败,应该有"变风"出现,孔子何以不录其"变风"?郑玄认为原因有两点:一是徐、吴、楚等大国僭号称王,不尊天子,故孔子"删《诗》",不录其诗,以示贬刺之意;二是江、黄、六、蓼等为小国,且为蛮夷的楚所化,故孔子不录其诗。因此,郑玄认为孔子"删《诗》"之依据有三:是否尊天子、国之大小以及华夷之别。而其录诗之目的有二:一是"知其缺失,省方设教为黜陟";二是借"删诗"以示其尊王、重华、轻夷之大义。这表明郑玄是以《春秋》学来诠释"孔子删《诗》"说,认为孔子对诗篇的删选与否,其中有大义存焉。

2. 孔子删录《鲁颂》《商颂》

郑玄认为,《诗》之《鲁颂》《商颂》为孔子所删录。其《诗谱·鲁颂谱》云:

十九世至僖公……而遵伯禽之法……尊贤禄士,

---

① 孔颖达:《毛诗正义》,北京大学出版社,1999年版,第15~16页。

> 修泮宫，崇礼教。僖十六年冬，会诸侯于淮上，谋东略，公遂伐淮夷。僖二十年，新作南门，又修姜嫄之庙。至于复鲁旧制，未遍而薨。国人美其功，季孙行父请命于周，而作其颂。……初，成王以周公有太平制典法之勋，命鲁郊祭天，三望，如天子之礼，故孔子录其诗之颂，同于王者之后。①

郑玄认为"侯国原不宜作颂，因鲁国为周公之后，僖公能遵伯禽之法，政绩显著，国人美其功，故请于天子，权可作颂"②，因而保存有颂诗。故孔子选录鲁人颂僖公之诗入《鲁颂》，使其享有与天子之颂同等地位，目的在于赞美僖公能守祖宗之法、尊崇复兴周鲁礼教旧制，进而颂美周公。

同时，郑玄认为《商颂》也为孔子所删录。其《诗谱·商颂谱》曰：

> 七世至戴公时，当宣王，大夫正考父者，校商之名颂十二篇于周太师，以《那》为首，归以祀其先王。孔子录《诗》之时，则得五篇而已，乃列之以备三颂，著为后王之义，监三代之成功，法莫大于是矣。问者曰："列国政衰则变风作，宋何独无乎？"曰："有焉，乃不录之。王者之后，时王所客也，巡守述职，不陈其诗，亦示无贬黜，客之义也。"③

---

① 孔颖达：《毛诗正义》，北京大学出版社，1999年版，第1379~1382页。
② 冯浩菲：《郑氏诗谱订考》，上海古籍出版社，2008年版，第204页。
③ 孔颖达：《毛诗正义》，北京大学出版社，1999年版，第1430~1431页。

## 第五章 郑玄与"孔子删《诗》"说

《国语·鲁语下》:"昔正考父校商之名颂十二篇于周太师,以《那》为首。"①《毛诗·商颂·那·序》作"微子至于戴公,其间礼乐废坏。有正考甫者,得《商颂》十二篇于周之大师,以《那》为首"②。周之大师保存商之颂诗十二篇,宋之大夫、孔子之先祖正考父曾于周之大师处校订之。但到孔子之时,商颂散佚,仅存五篇。故孔子"删诗",以此残余为《商颂》③,与《周颂》《鲁颂》并存。孔子录此《商颂》之目的在于以其所载前代君王之政教言行为后世君王之典范、法则,即其所强调的"以《诗》为法"。

此条材料的后面部分论及了孔子不录宋之变风的原因。郑玄认为宋因政教衰败,当有变风产生;但宋乃殷商之裔,王者之后,于周为客,享有巡守述职不陈其诗的待遇。故周王朝也就不存录其风诗,所以孔子不录其变风,这是孔子对二王之后的宋的尊重。此乃据《商颂》以"监三代之成功"思想的延续。

郑玄还论及孔子对《诗三百》的最终编定一事。其《六艺论·诗论》云:

> 孔子录周衰之歌,及众国贤圣之遗风,自文王创基,至于鲁僖四百年间,凡取三百五篇,合为《国

---

① 《国语》,上海古籍出版社,1978年版,第216页。
② 孔颖达:《毛诗正义》,北京大学出版社,1999年版,第1431页。
③ 郑玄《六艺论·诗论》说"《商颂》则篇数先定",言商之颂在孔子编《诗》时仅存五篇,孔子将之皆入《商颂》,故云"篇数先定"。

风》《雅》《颂》。①

"周衰之歌"当指孔子删录的"变风、变雅","众国贤圣之遗风"当包括正风、正雅与三颂等。此言孔子在他自己所删录的变风、变雅、商颂、鲁颂等基础上,再取大师编选的正风、正雅等诗歌,最终完成了《诗三百》的编定。

总之,郑玄认为孔子"删《诗》"的内容有变风、变雅、《鲁颂》《商颂》等部分。而孔子编选之标准,或据政权力量之大小,或尊天子与否,或是华夷之别,或是二王之后等。孔子编《诗》的目的则是使《诗》成为后王之鉴戒,示褒贬美刺之大义等,也即孔子通过"删诗"的方式赋予相关诗文以大义。郑玄的这些论述大大拓展了司马迁以来的"孔子删《诗》"说的内容,它们是郑玄自己《诗》学诠释与建构的产物。

## 小 结

通过对郑玄及其以前学者对"孔子删《诗》"说的讨论,可以得到如下认识:

第一,"孔子删《诗》"说的流传过程就是一个被不断接受、拓展与提出异议的过程。

第二,"孔子删《诗》"说为汉代多数学者所接受,郑玄在接受"孔子删《诗》"说的同时,对其具体内容、方式、编选依据、目的等作了更为详细的阐述,从而极大地

---

① 孔颖达:《毛诗正义》,北京大学出版社,1999年版,第8页。

拓展了"孔子删《诗》"说的内容。

第三，班固在接受"孔子删《诗》"说的同时，提出王官编《诗》于孔子之前的说法。郑众则据《左传》反对"孔子删《诗》"说。郑玄在班固等人对"孔子删《诗》"说持有异议的基础上提出大师于周武王、成王时曾两次编《诗》之说，并阐述了大师编《诗》之内容、编选依据、方式、目的等。也就是说，对"孔子删《诗》"说的质疑或异议，并非始于《毛诗正义》，而是早在东汉前期时便已开始，特别是汉末郑玄对"孔子删《诗》"说的异议尤为具体、明确，这成为后世学者质疑"孔子删《诗》"说的基础。

第四，郑玄对"孔子删《诗》"说的拓展与异议，皆是建立在他的《诗》学思想基础之上的，他将"孔子删《诗》"由文献编定行为转变为一种经学诠释的方式、一种经学意义生成之手段。他通过对大师和孔子"删诗"行为的阐释，达到其《诗》学建构之目的。① 也就是说，司马迁之后的"孔子删《诗》"说，不仅是孔子编《诗》与否的事实问题，更是一个《诗》学阐释问题，随着不同时代的学者对此问题所作的不同阐述，它的内涵在不断扩展。

第五，郑玄提出的《诗》经大师、孔子的多次删编而成的观点为孔颖达《毛诗正义》所接受，孔颖达在此基础上增加了国史编《诗》一说。司马迁之说是基于孔子乃首

---

① 郑玄《毛诗谱》《六艺论》将"孔子删《诗》"说作为一种《诗》学诠释方式使用，但他还未能将之用于具体诗篇的诠释，而后者的出现主要始于孔颖达《毛诗正义》。

次编定完成《诗》的观点，而孔颖达《毛诗正义》对司马迁之说的质疑，其实也是他接受郑玄的"孔子删《诗》"说之后的必然结果。

# 第六章　服虔《诗经》学研究

服虔为东汉古文经学家，著有《春秋左氏传解谊》等著作。清代学者陈乔枞在《鲁诗遗说考》中以服虔为《鲁诗》学者。① 魏源认为"服虔注《左氏》……皆显用《韩诗》"②，王先谦从魏源之说，但又认为服虔之"风雅正变"说为《鲁诗》说。③ 现代学者魏炯若认为："服虔注的风雅正变说……取与《左传》意义相近的《毛诗》说作注。而《鲁诗》是服虔一般的情况，用《毛诗》是特殊情况。"④ 即服虔注《左传》主要用《鲁诗》，偶用《毛诗》。袁梅在对《诗经》作异文考察时，曾言服虔用《韩诗》之说。⑤ 我国台湾地区学者张宝三在讨论《毛诗》"风雅正变"说时曾论及服虔的风雅正变观，但他认为书缺有间，

---

① 陈乔枞：《鲁诗遗说考》，见《续修四库全书》第七十六册，上海古籍出版社，2002年版，第109页。
② 魏源全集编辑委员会：《魏源全集·一》，岳麓书社，2011年版，第118页、170页。
③ 王先谦：《诗三家义集疏》，岳麓书社，2011年版，第14页、572页。
④ 魏炯若：《读风知新记》，陕西人民出版社，1987年版，第12页。
⑤ 袁梅：《诗经异文汇考辨证》，齐鲁书社，2013年版，第785页。

未作进一步的讨论。① 季旭昇认为服虔"所学倾向三家《诗》"②。总之，清代以来，学者或认为服虔治《鲁诗》，或认为服虔主治《韩诗》，偶也兼及《毛诗》。

但通过系统梳理服虔《诗》学佚文，笔者发现清代以来的学者对服虔《诗》学之论述有片面之处。本书在钩稽考察服虔涉《诗》佚文的基础上，对服虔《诗》学的具体内容、学派归属、《诗》学特征等进行探讨。

## 第一节　服虔与《韩诗》

《韩诗》传于汉初韩婴，西汉时期虽不如《齐诗》《鲁诗》两家盛，但东汉时研习者众多，盛于《齐》《鲁》二《诗》。③ 服虔《春秋左氏传解谊》曾论及《韩诗》，今存3例，可略窥其《韩诗》学。

《春秋·宣公元年》："公子遂如齐逆女。三月，遂以夫人妇姜至自齐。"《左传》曰："三月，遂以夫人妇姜至自齐。尊夫人也。"④ 即言《春秋》称"遂"不称"公子"是出于尊夫人。对此，服虔注曰：

---

① 张宝三：《〈诗经〉诠释传统中之"风雅正变"说研究》，见黄俊杰主编、杨儒宾编：《中国经典诠释传统·三·文学与道家》，华东师范大学出版社，2008年版，第48页。

② 季旭升：《从〈孔子诗论〉与熹平石经谈〈小雅·都人士〉首章的版本问题》，载于《河北师范大学学报》，2006年第3期。

③ 俞艳庭：《两汉三家〈诗〉学史纲》，齐鲁书社，2009年版，第240页。

④ 孔颖达：《春秋左传正义》，北京大学出版社，1999年版，第583页。

古者一礼不备，贞女不从。故诗云："虽速我讼，亦不女从。"宣公既以丧娶，夫人从亦非礼，故不称氏见略，贱之也。①

服虔不从《左传》之说，认为宣公以丧娶，违礼。然后认为夫人从之，亦非礼，故《春秋》称"姜"不称"氏"，以"贱之"。此说见《公羊传·宣公元年》："夫人何以不称姜氏？贬。曷为贬？讥丧娶。丧娶者，公也，则曷为贬夫人？……夫人与公一体也。"②服虔化用之，以突出《春秋》对夫人违礼之贬刺。服虔所用之《诗》说见于《韩诗外传》，其文曰：

传曰：夫《行露》之人许嫁矣，然而未往也。见一物不具，一礼不备。守节贞理，守死不往……诗曰：虽速我讼，亦不尔从。③

此言《召南·行露》中女子循礼而行，依礼守节而嫁。此说又见于《列女传·贞顺传·召南申女》：

召南申女者，申人之女也。既许嫁于酆，夫家礼不备而欲迎之……遂不肯往。夫家讼之于理，致之于狱。女终以一物不具，一礼不备，守节持义，必死不往，而作诗曰："虽速我狱，室家不足。"言夫家之礼不备足也。君子以为得妇道之仪，故举而扬之，传而

---

① 孔颖达：《春秋左传正义》，北京大学出版社，1999年版，第583页。
② 徐彦：《春秋公羊传注疏》卷第十五，北京大学出版社，1999年版，第319页。
③ 许维遹：《韩诗外传集释》，中华书局，1980年版，第2页。

法之，以绝无礼之求，防淫欲之行焉。又曰："虽速我讼，亦不女从。"此之谓也。①

此段文字与大意当出于《韩诗外传》②，应是后者的具体化、故事化。对于此诗，《毛诗序》曰：

《行露》，召伯听讼也。衰乱之俗微，贞信之教兴，强暴之男不能侵陵贞女也。③

《行露》曰："虽速我讼，亦不女从！"《毛传》："不从，终不弃礼而随此强暴之男。"④《毛诗》以《行露》为召伯听讼之诗，与《韩诗外传》之说不同，但同样强调贞女守礼而行。

就行文与诗意而言，服虔应是采用《韩诗外传》之说。⑤他以《行露》中申姻"一物不具，一礼不备"而拒嫁为范型，批评姜氏未守礼拒嫁，反而顺从宣公之行。

《左传·襄公十七年》："齐人获臧坚。齐侯使夙沙卫唁之。"服虔注曰：

"吊生曰唁。"以生见获，故唁之也。⑥

---

① 张涛：《列女传译注》，山东大学出版社，1990年版，第130页。
② 王引之："（刘）向所述者，乃《韩诗》也。"《经义述闻》卷七"刘向述《韩诗》"，见朱维铮：《中国经学史基本丛书·五》，上海书店出版社，2012年版，第197页。
③ 孔颖达：《毛诗正义》，北京大学出版社，1999年版，第79页。
④ 孔颖达：《毛诗正义》，北京大学出版社，1999年版，第83页。
⑤ 梁端《列女传·贞顺传·召南申女》文末注曰："《韩诗》同，见《外传》一。服虔据以注《左氏》宣元年。"（《四部备要》第46册《列女传》卷四，中华书局，1989年版，第29页）
⑥ 孔颖达：《毛诗正义》，北京大学出版社，1999年版，第212页。

## 第六章　服虔《诗经》学研究

《说文解字》："唁，吊生也。从口言声。诗曰：归唁卫侯。"① 其对"唁"的训诂与服虔同，并引《诗》为证。而《韩诗》曰："吊生曰唁。亦吊人失国曰唁。"② 《毛诗·载驰》："载驰载驱，归唁卫侯。"《毛传》曰："吊失国曰唁。"③ 则服虔、许慎皆从《韩诗》"吊生曰唁"之说，而不同于《毛传》。此乃服虔以《韩诗》诠释《左传》，以揭示相关交往之礼仪。

《左传·襄公十四年》："君子谓：'子囊忠。君薨不忘增其名，将死不忘卫社稷，可不谓忠乎？忠，民之望也。《诗》曰：'行归于周，万民所望。'忠也。'"服虔注曰：

> 逸诗也。④

服虔认为"行归于周，万民所望"是逸诗。但此诗句见载于《毛诗·小雅·都人士》。对此，孔颖达《毛诗正义》曰："《礼记注》亦言毛氏有之，三家则亡。今《韩诗》实无此首章。时三家列于学官，《毛诗》不得立，故服以为逸。"⑤ 即《礼记·缁衣》引此诗句，郑玄注提及《毛诗》有此句诗，三家《诗》则无此句。且《韩诗》唐代尚存，孔颖达言其时《韩诗·都人士》首章无此诗句当为可信。

---

① 段玉裁：《说文解字注》，凤凰出版社，2007年版，第107页。
② 徐时仪：《一切经音义》（三种校本合刊），上海古籍出版社，2012年版，第282页。
③ 孔颖达：《毛诗正义》，北京大学出版社，1999年版，第212页。
④ 孔颖达：《毛诗正义》，北京大学出版社，1999年版，第915页。
⑤ 孔颖达：《毛诗正义》，北京大学出版社，1999年版，第915页。

贾谊《新书·等齐》引《小雅·都人士》，并有"行归于周，万民之望"句。① 陈乔枞在《鲁诗遗说考》中认为贾谊为《鲁诗》学者②，王先谦在《诗三家义集疏》中从其说③。又蔡邕《述行赋》曰："咏都人而思归。"④ 此"都人"指《小雅·都人士》，"思归"即"行归于周，万民所望"。蔡邕治《鲁诗》，可知《鲁诗》确有"行归于周，万民所望"句。而郑玄"三家则亡"之"三家"，当为泛指。

《齐诗》是否有此诗句，现存文献还无法予以论证，故服虔"逸诗"之说极可能与《韩诗》有关。

总之，服虔一方面据《韩诗》以阐发《春秋》大义，揭示其经学伦理思想；另一方面据《韩诗》以诠释《左传》，阐发其中蕴含的相关礼义。

---

① 阎振益、钟夏：《新书校注》，中华书局，2000年版，第47页。
② 陈乔枞：《三家诗遗说考·鲁诗遗说考》，《续修四库全书》第76册，上海古籍出版社，2002年版，第75页。
③ 王先谦：《诗三家义集疏》，岳麓书社，2011年版，第827页。
④ 邓安生：《蔡邕集编年校注》，河北教育出版社，2002年版，第33页。

## 第二节 服虔与《毛诗》

西汉时,《毛诗》主要在民间传播。东汉时,在卫宏、郑众、贾逵、马融、郑玄等经学大家的提倡以及汉章帝等帝王的推动下,《毛诗》逐渐为当时学者所接受。服虔与《毛诗》学者贾逵的学术关系密切,他应该是在这种背景下接受了《毛诗》。下面分别从字词训诂、具体作品的解读、论《风》《雅》《颂》三个方面论述服虔的《毛诗》学。

### 一、字词训诂

《左传·隐公元年》:"无使滋蔓。"① 服虔注:

> 滋,益也;蔓,延也。谓无使其益延长也。②

按,《毛诗·郑风·野有蔓草》:"野有蔓草。"《毛传》曰:"蔓,延也。"③ 而《说文解字》曰:"蔓,葛属。"④ 据此,服虔对"蔓"的训诂当从《毛传》。此乃服虔以《毛传》释《左传》传文例。

《左传·桓公二年》:"鞶、厉、游、缨。"杜预注曰:

---

① 孔颖达:《春秋左传正义》,北京大学出版社,1999年版,第53页。
② 转引自刘文淇:《春秋左氏传旧注疏证》,科学出版社,1959年版,第8页。
③ 孔颖达:《毛诗正义》,北京大学出版社,1999年版,第320页。
④ 段玉裁:《说文解字注》,凤凰出版社,2007年版,第61页。

"鞶,绅带也,一名大带;厉,大带之垂者。"孔颖达曰:

> 贾、服等说鞶、厉皆与杜同。①

即服虔对"厉"的训释与杜预同。《毛诗·小雅·都人士》曰:"彼都人士,垂带而厉。"《毛传》曰:"厉,带之垂者。"② 服虔之说与《毛传》同,故孔颖达以服虔、杜预对此词的训诂皆用《毛传》。③ 此为服虔以《毛传》释《左传》名物例。

《春秋·桓公二年》:"三月,公会齐侯、陈侯、郑伯于稷,以成宋乱。"孔颖达《春秋左传正义》云:

> 郑众、服虔皆以成宋乱为成就宋乱。④

对此,程南洲曰:"孔疏云:'郑众、服虔皆以为成宋乱为成就宋乱。'是郑、服以'成'为'就'也。《诗·樛木传》:'成,就也。'是郑据《毛传》以释之。"⑤ 则服虔也用《毛传》以解《春秋》经文。

又《左传·襄公十一年》载魏绛引《小雅·采菽》之诗曰:"乐只君子,殿天子之邦。……便蕃左右,亦是帅从。"⑥ 按,"便蕃",《毛诗》作"平平",《毛传》曰:

---

① 孔颖达:《春秋左传正义》,北京大学出版社,1999年版,第146页。
② 孔颖达:《毛诗正义》,北京大学出版社,1999年版,第917页。
③ 孔颖达:《春秋左传正义》,北京大学出版社,1999年版,第146页。
④ 孔颖达:《春秋左传正义》,北京大学出版社,1999年版,第135页。
⑤ 程南洲:《东汉时代之春秋左氏学》,华东师范大学出版社,2011年版,第56页。
⑥ 孔颖达:《春秋左传正义》,北京大学出版社,1999年版,第903页。

"平平,辩治也。"①《韩诗》作"便便",乃"闲雅之貌"②。服虔注曰:

> 平平,辩治不绝之貌。③

则服虔用《毛传》以释《左传》所引诗文。

《左传·昭公六年》:"叔向使诒子产书,曰:今吾子相郑国,作封洫,立谤政……将以靖民,不亦难乎?《诗》曰:'仪式刑文王之德,日靖四方。'又曰:'仪刑文王,万邦作孚。'如是,何辟之有?"④ 按,"仪式刑文王之德,日靖四方"语出《周颂·我将》。"德",《毛诗》作"典"。《汉书·刑法志》引此诗也作"典"。⑤《毛传》曰:"仪,善。刑,法。典,常。靖,谋也。"⑥《春秋左传正义》引服虔注曰:

> 仪、善;式、用;刑,法;靖,谋也。言善用法文王之德,日日谋安四方。

"仪、善;式、用;刑,法;靖,谋也"虽出于《尔雅》,但这几组词汇在《尔雅》中分属不同的释义词组。服虔所释之内容、顺序与《毛传》几乎全同,故服虔之言当出于《毛传》,而不是《尔雅》。"仪刑文王,万邦作孚"

---

① 孔颖达:《毛诗正义》,北京大学出版社,1999年版,第902页。
② 陆德明:《经典释文》,上海古籍出版社,2012年版,第137页。
③ 孔颖达:《毛诗正义》,北京大学出版社,1999年版,第902页。
④ 孔颖达:《春秋左传正义》,北京大学出版社,1999年版,第1228页。
⑤ 班固:《汉书》,中华书局,1962年版,第1093页。
⑥ 孔颖达:《毛诗正义》,北京大学出版社,1999年版,第1302页。

则出于《大雅·文王》。《毛传》曰:"刑,法。孚,信也。"① 《左传正义》引服虔云:"仪,善也。刑,法也。善用法者,文王也。言文王善用其法,故能为万国所信也。"此与上引《周颂·我将》和《大雅·文王》之《毛传》所释同,仍为服虔用《毛传》释《左传》中诗文例。

《左传·昭公十二年》:"跋涉山林。"服虔注:

> 草行曰跋,水行曰涉。②

《诗·墉风·载驰》:"大夫跋涉。"《毛传》云:"草行曰跋,水行曰涉。"而《韩诗》释为:"不由蹊径而涉曰跋涉。"③ 故服虔之说当出于《毛传》。此为服虔以《毛传》释《左传》传文词汇。

《左传·昭公二十八年》:"有仍氏生女,鬒黑而甚美,光可以鉴,名曰玄妻。"服虔注:

> 发美为鬒。诗云"鬒发如云",其言美长而黑。以发美,故名玄妻。④

《诗经·鄘风·君子偕老》:"鬒发如云,不屑髢也。"《毛传》曰:"鬒,黑发也。如云,言美长也。屑,絜也。"服虔对"鬒发如云"的训释用《毛传》,并结合诗句以诠释《左传》"鬒黑而甚美"句。

---

① 孔颖达:《毛诗正义》,北京大学出版社,1999年版,第965页。
② 司马迁:《史记》,中华书局,1959年版,第1705页。
③ 陆德明:《经典释文》第五《毛诗音义上》,上海古籍出版社,2012年版,第95页。
④ 孔颖达:《毛诗正义》,北京大学出版社,1999年版,第187页。

## 第六章 服虔《诗经》学研究

《小雅·鹿鸣》曰:"视民不恌,君子是则是傚。"《毛传》:"恌,愉也。是则是傚,言可法傚也。"《毛诗正义》曰:

> 愉音由,《说文》训为薄也。昭十年《左传》引此诗,服虔亦云"示民不愉薄",是也。①

"昭十年《左传》引此诗"乃《左传》昭公十年载臧武仲引《小雅·鹿鸣》之"德音孔昭,视民不恌"②诗句。服虔以"愉薄"解"恌",应该是兼采《毛传》《说文》之义。此为服虔以《毛传》释《左传》所引诗文。

《周南·汝坟》:

> 鲂鱼赪尾,王室如燬。

《毛传》曰:"赪,赤也,鱼劳则尾赤。"孔颖达《毛诗正义》曰:"《释器》云:'再染谓之赪。'……哀十七年《左传》曰:'如鱼赪尾,衡流而彷徉。'郑氏云:'鱼肥则尾赤,以喻蒯聩淫纵。'……服氏亦为鱼劳。"③ 对于"赪尾"的解释,郑众以"鱼肥则尾赤"释之,其说与《毛传》不同,《正义》言服虔"亦为鱼劳",指服虔认为鱼劳则尾赤,而不是郑众所谓的鱼肥则尾赤,则服虔之说与《尔雅》、郑众不同,当从《毛传》之说。

由上述诸例可见,服虔常据《毛诗》以训释《春秋》与《左传》。具体包括以《毛传》训解《春秋》经文,以

---

① 孔颖达:《毛诗正义》,北京大学出版社,1999年版,第559页。
② 孔颖达:《春秋左传正义》,北京大学出版社,1999年版,第1281页。
③ 孔颖达:《毛诗正义》,北京大学出版社,1999年版,第58页。

《毛传》释《左传》传文词汇,以《毛传》释《左传》名物,以《毛传》训释《左传》所引《诗》文等。而所用之《毛诗》内容主要是《毛传》,这应该与《毛传》作为训诂文本的特性有关。

## 二、作品解读

《左传》曾三次言及《周颂·烈文》。服虔注《左传》时也曾阐发其对该诗的理解。《毛诗正义》载服虔之注文曰:

> 《烈文》,成王初即洛邑,诸侯助祭之乐歌。①

服虔认为《烈文》是周成王即政时诸侯前来助祭之乐歌。这与《毛诗·周颂·烈文序》谓"《烈文》,成王即政,诸侯助祭"②之说同。故丁晏《诗序证文》以为服虔此说出于《毛诗序》③,乃服虔以《毛序》诠释《左传》之诗文。

又《左传·文公十三年》:

> 郑伯与公宴于棐……子家赋《载驰》之四章。④

《毛诗正义》引服虔注曰:

---

① 孔颖达:《毛诗正义》,北京大学出版社,1999年版,第1274~1275页。按,《左传》分别于襄公二十一年、昭公元年、哀公二十六年引及《周颂·烈文》诗文,今已无法确定服虔此条注文具体出于三者中的哪一条。
② 孔颖达:《毛诗正义》,北京大学出版社,1999年版,第1289页。
③ 蔺文龙:《清人诗经序跋精萃》,中国书籍出版社,2015年版,第449页。
④ 孔颖达:《春秋左传正义》,北京大学出版社,1999年版,第547页。

## 第六章 服虔《诗经》学研究

《载驰》五章，属《鄘风》。许夫人闵卫灭，戴公失国，欲驰驱而唁之，故作以自痛国小，力不能救。在礼，妇人父母既没，不得宁兄弟，于是许人不嘉，故赋二章，以喻"思不远"也。"许人尤之"，遂赋三章。以卒章非许人不听，遂赋四章，言我遂往，无我有尤也。①

许穆夫人赋《载驰》一事，见《左传·闵公二年》："初，惠公之即位也少，齐人使昭伯烝于宣姜，不可，强之。生齐子、戴公、文公、宋桓夫人、许穆夫人。文公为卫之多患也，先适齐。及败……立戴公以庐于曹。许穆夫人赋《载驰》。"②《左传》提供了许穆夫人赋《载驰》的史实，但未结合相关史实与《载驰》内容作进一步的阐述。故服虔之说与《左传·闵公二年》所载关系不大。但《毛诗序》曰："《载驰》，许穆夫人作也。闵其宗国颠覆，自伤不能救也。卫懿公为狄人所灭，国人分散，露于漕邑。许穆夫人闵卫之亡，伤许之小，力不能救，思归唁其兄，又义不得，故赋是诗也。"③ 将服虔之"许夫人闵卫灭……国小力不能救"一段与《毛诗序》对勘，可以看到服虔所言许穆夫人作《载驰》的历史原因、现实处境与心理状态等与《毛诗序》一致，故服虔应是据《毛诗序》以诠释《载驰》之作。"在礼……言我遂往，无我有尤也"

---

① 孔颖达：《毛诗正义》，北京大学出版社，1999年版，第211页。
② 孔颖达：《春秋左传正义》，北京大学出版社，1999年版，第311页。
③ 孔颖达：《毛诗正义》，北京大学出版社，1999年版，第210~211页。

一段，则是服虔据具体诗文对《载驰》的诠释。

但有争论的是《左传》所载《载驰》之章数。《毛诗序》认为《载驰》有五章。但《左传·襄公十九年》载"穆叔见叔向，赋《载驰》之四章"一句，杜预注曰："四章曰：'控于大邦，谁因谁极！'控，引也。取其欲引大国以自救助。"而"控于大邦，谁因谁极"乃今《毛诗·载驰》第五章的内容，则杜预认为《左传》所言之《载驰》只有四章。而上引《左传》"子家赋《载驰》之四章"一语，杜预注曰："《载驰》，《诗·鄘风》，四章以下，义取小国有急，欲引大国以救之。"杜预"四章以下"之说，表明他又认为《载驰》有五章，"此乃有意弥合《左传》与《毛诗》的不一致"①。如此，则《左传》所载之《载驰》应该是四章，但服虔所谓"《载驰》五章，属《鄘风》"，应该是依据《毛诗》立说的。

《左传·襄二十九年》：

> 季札见歌《秦》，曰："美哉！此之谓夏声。"

服虔注曰：

> 秦仲始有车马礼乐之好，侍御之臣，戎车四牡，田狩之事。其孙襄公列为秦伯，故有"蒹葭苍苍"之歌，《终南》之诗，追录先人；《车邻》《驷驖》《小

---

① 赵茂林：《两汉三家〈诗〉研究》，巴蜀书社，2006年版，第245页。

戎》之歌，与诸夏同风，故曰夏声。①

《毛诗序》曰："《车邻》。美秦仲也。秦仲始大，有车马礼乐侍御之好焉。"② 对此，丁晏《诗序证文》云："襄二十九年《传》服注'秦仲始有车马礼乐之好、侍御之臣'，《车邻序》文。"③ 认为服虔此注文乃用《车邻序》之说。《毛诗序》："《驷驖》，美襄公也。始命，有田狩之事，园囿之乐焉。"《郑笺》曰："始命，命为诸侯也。秦始附庸也。"④ 服虔"其孙襄公列为秦伯"一句当参用《毛诗序》以言秦襄公始命为诸侯事。服虔这两句注文依据《毛诗序》阐明了秦国与秦文化融入诸夏的过程。在此基础上，他再结合《车邻》《驷驖》《小戎》诸歌诗之特征，从而得出秦之诗歌"与诸夏同风，故曰夏声"的结论。同时，服虔认为《蒹葭》《终南》乃言秦襄公之诗，这一观点也与《毛诗序》同⑤，其说当出于《毛诗序》。这皆为服虔据《毛诗序》以解读《左传》所涉诗文例。

《左传·襄公二十九年》：

> 使工……为之歌《小雅》，曰："美哉！思而不

---

① 孔颖达：《毛诗正义》，北京大学出版社，1999年版，第408页。引文在句读方面与北大本有出入。按，南宋刊单疏本毛诗正义"故蒹葭苍苍"之"故"后有"有"字，见该书第87页（人民文学出版社，2012年版）。另，服虔所言之"先人"，孔颖达《毛诗正义》认为是秦仲，笔者以为当指秦仲和秦襄公。
② 孔颖达：《毛诗正义》，北京大学出版社，1999年版，第408页。
③ 蔺文龙：《清人诗经序跋精萃》，中国书籍出版社，2015年版，第449页。
④ 孔颖达：《毛诗正义》，北京大学出版社，1999年版，第411页。
⑤ 《毛诗序》认为《蒹葭》刺秦襄公，而《终南》则是诫秦襄公之诗。

贰,怨而不言,其周德之衰乎?犹有先王之遗民焉。"①

服虔注曰:

> 自《鹿鸣》至《菁菁者莪》,道文、武修小政,定大乱,致太平,乐且有仪,是为正小雅。②

此言从《鹿鸣》到《菁菁者莪》诸《小雅》之诗,其内容乃言周文王、武王治平之事,故为"正小雅"。服虔此说与三家《诗》说不同。如《鹿鸣》,《鲁诗》学者认为作于周衰之时③;而《采薇》,《齐诗》学者认为作于周懿王之时④,皆与服虔之说不同。而《毛诗·鱼丽序》曰:"美万物盛多,能备礼也。文、武以《天保》以上治内,《采薇》以下治外,始于忧勤,终于逸乐,故美万物盛多,可以告于神明矣。"⑤《毛诗·采薇序》亦言:"《采薇》,遣戍役也。文王之时,西有昆夷之患,北有玁狁之难,以天子之命,命将率,遣戍役,以守卫中国。故歌《采薇》以遣之,《出车》以劳还,《杕杜》以勤归也。"⑥这两条材料是说《小雅》之诗,从《鹿鸣》到《鱼丽》,皆是论

---

① 孔颖达:《春秋左传正义》,北京大学出版社,1999年版,第1101页。
② 孔颖达:《毛诗正义》,北京大学出版社,1999年版,第543页。
③ 蔡邕《琴操》:"《鹿鸣》者,周大臣之所作也。王道衰,大臣知贤者幽隐,故弹琴讽谏。"见萧统:《文选·长笛赋》,中华书局,1977年版,第846页。
④ 《汉书》卷九四《匈奴传上》:"至穆王之孙懿王时,王室遂衰,戎狄交侵,暴虐中国。中国被其苦,诗人始作,疾而歌之,曰:'靡室靡家,猃允之故';'岂不日戒,猃允孔棘'。"(中华书局,1962年版,第3744页)
⑤ 孔颖达:《毛诗正义》,北京大学出版社,1999年版,第604页。
⑥ 孔颖达:《毛诗正义》,北京大学出版社,1999年版,第587页。

述周文王、武王内外政治情况的诗篇。其说与服虔一致，只是《南有嘉鱼》至《菁菁者莪》的内容，《毛诗》未予明确说明，但《毛诗·六月序》将《鹿鸣》至《菁菁者莪》看作反映文、武之治的诗篇。故服虔以《鹿鸣》至《菁菁者莪》皆为文、武之诗的观点应是出于《毛诗序》。

《左传·襄公二十九年》：

> 使工……为之歌《大雅》，曰："广哉！熙熙乎！曲而有直体，其文王之德乎？"①

服虔注曰：

> 陈文王之德，武王之功。自《文王》以下至《凫鹥》是为正大雅。②

服虔认为"正大雅"的《文王》《凫鹥》等皆为言说周文王、武王文德武功之诗。服虔此说应该是依据《毛诗》立论的。如《毛诗序》曰："《文王》，文王受命作周也。"③检阅《诗》《毛诗序》与《毛传》，可知《文王》《大明》至《生民》诸篇皆为言周文王、武王德行之诗。但《毛传》认为《行苇》为述周成王之诗④，而《既醉》

---

① 孔颖达：《春秋左传正义》，北京大学出版社，1999年版，第1101页。
② 孔颖达：《毛诗正义》，北京大学出版社，1999年版，第544页。
③ 孔颖达：《毛诗正义》，北京大学出版社，1999年版，第951页。
④ 《行苇》："曾孙维主，酒醴维醹。"《毛传》曰："曾孙，成王也。"参见孔颖达：《毛诗正义》，北京大学出版社，1999年版，第1087页。而三家《诗》则以《行苇》为咏公刘之诗。参见王先谦：《诗三家义集疏》，岳麓书社，2011年版，第909~910页。

《凫鹥》与周文王、武王无关,郑玄认为二诗言周成王事。①服虔则认为此二诗或言文王、武王事,或以文、武概成王,或是自立新说。尽管如此,我们仍可确定的是服虔上述对"正大雅"内容的诠释,仍然是依据《毛诗》开展的。

由上述内容可见,服虔对《左传》所涉《诗经》作品的诠释主要依据《毛诗序》。

### 三、论《风》《雅》《颂》

服虔对《左传》的注释体现出他对《风》《雅》《颂》的认识。通过对这些内容的梳理,可以看到他的《诗》学与《毛诗》的关系。

(一)论《齐风》

《左传·襄公二十九年》:"歌《齐》。曰:美哉,泱泱乎,大风也哉。表东海者,其大公乎!国未可量也。"②服虔注曰:

> 其诗风刺,辞约而义微,体疏而不切,故曰大风。③

此为服虔之论《齐风》。其中"风刺"当指《齐风》多刺诗,如《毛诗序》曰:"《还》,刺荒也。哀公好田猎,

---

① 孔颖达:《毛诗正义》,北京大学出版社,1999年版,第1089页、1097页。
② 孔颖达:《春秋左传正义》,北京大学出版社,1999年版,第1098页。
③ 司马迁:《史记》,中华书局,1959年版,第1454页。

从禽兽而无厌。国人化之，遂成风俗，习于田猎谓之贤，闲于驰逐谓之好焉。"① "《著》，刺时也。时不亲迎也。"② "《东方之日》，刺衰也。君臣失道，男女淫奔，不能以礼化也。"③ 等等。对此，章太炎曰：

> 《鸡鸣》，思贤妃也。哀公荒淫怠慢，不言刺而刺在其中。《还》，刺荒也。《著》，刺时也。……《猗嗟》，刺鲁庄公也。无一篇不言刺。子慎云："风刺"，至墙矣。④

章太炎结合《毛诗序》，论证了服虔谓《齐风》具有"风刺"特征的合理性。同时，服虔还认为《齐风》具有"辞约而义微"的特征。服虔此说当与《齐风》之《毛诗序》多用《春秋》之言有关。如《毛诗序》曰：

> 《猗嗟》，刺鲁庄公也。齐人伤鲁庄公有威仪技艺，然而不能以礼防闲其母，失子之道，人以为齐侯之子焉。⑤

《毛诗序》此说见于《公羊传·庄公元年》：

> 夫人固在齐矣，其言孙于齐何？念母也。正月以存君，念母以首事。……夫人谮公于齐侯："公曰：

---

① 孔颖达：《毛诗正义》，北京大学出版社，1999年版，第331页。
② 孔颖达：《毛诗正义》，北京大学出版社，1999年版，第332页。
③ 孔颖达：《毛诗正义》，北京大学出版社，1999年版，第335页。
④ 章太炎：《春秋左传读》，《章太炎全集·二》，上海人民出版社，1982年版，第557页。
⑤ 孔颖达：《毛诗正义》，北京大学出版社，1999年版，第355页。

同非吾子，齐侯之子也。"齐侯怒，与之饮酒。于其出焉，使公子彭生送之。于其乘焉，搚干而杀之。念母者，所善也，则曷为于其念母焉贬？不与念母也。①

故王静芝曰："此盖本《公羊传》'夫人潛公于齐侯：公曰：同非吾子，齐侯之子也。'"② 据《毛诗序》，与此事相关之诗还有《敝笱》《载驱》等。因《毛诗序》据《春秋》以论《诗》，故也具有《春秋》学的某些特征，故据《毛诗序》以立论的服虔以为《齐风》具有"辞约而义微"之特征。

(二) 论《邶风》《曹风》

《左传·襄公二十九年》："自郐以下，无讥焉。"服虔曰：

郐以下，及《曹风》也。其国小，无所刺讥。③

服虔认为季札"自郐以下，无讥"的原因在于"其国小"，故不予评价。从国之大小角度论《邶风》《曹风》，亦见于《毛诗序》。如《毛诗序》曰："《羔裘》，大夫以道去其君也。国小而迫，君不用道，好洁其衣服，逍遥游燕，而不能自强于政治，故作是诗也。"④ "《匪风》，思周

---

① 徐彦：《春秋公羊传注疏》，北京大学出版社，1999年版，第112~113页。
② 王静芝：《诗经通释》，辅仁大学文学院，1985年，第225页。
③ 司马迁：《史记》卷三十一《吴太伯世家》，中华书局，1959年版，第1455页。
④ 孔颖达：《毛诗正义》，北京大学出版社，1999年版，第459页。

道也。国小政乱，忧及祸难，而思周道焉。"① "《蜉蝣》，刺奢也。昭公国小而迫，无法以自守，好奢而任小人，将无所依焉。"② 服虔对《邶风》《曹风》的评论当是依据《毛诗序》而立论的。故李贻德曰："《诗·邶·羔裘序》《曹·蜉蝣序》并云'国小而迫'，故贾据以为说。"③ 按，李贻德之"贾据以为说"之"贾"当为"服"，指服虔，而不是贾逵，即服虔据《毛诗序》以为说。

3. 论大小雅之"正变"

《左传·襄公二十九年》："为之歌《小雅》。曰：美哉！思而不贰，怨而不言，其周德之衰乎！犹有先王之遗民焉。"服虔注曰：

> 自《鹿鸣》至《菁菁者莪》，道文、武修小政，定大乱，致太平，乐且有仪，是为正小雅。④

> 此叹变小雅也。其意言思上世之明圣，而不贰于当时之王；怨当时之政，而不有背叛之志也，其周德之衰微乎！疑其幽、厉之政也。⑤

《左传》又曰："为之歌大雅。"服虔注曰：

> 陈文王之德，武王之功。自《文王》以下至《兔

---

① 孔颖达：《毛诗正义》，北京大学出版社，1999年版，第465页。
② 孔颖达：《毛诗正义》，北京大学出版社，1999年版，第469页。
③ 李贻德：《春秋左氏传贾服注辑述》，见《续修四库全书》第125册，上海古籍出版社，2002年版，第535页。
④ 孔颖达：《毛诗正义》，北京大学出版社，1999年版，第543页。
⑤ 孔颖达：《春秋左传正义》，北京大学出版社，1999年版，第1102页。

鹭》是为正大雅。①

服虔言及正小雅、正大雅和变小雅，此即以"正变"说《诗》。服虔还论及正小雅、正大雅、变小雅各自包括的诗篇与诗文内容。至于这些诗篇的具体内容与《毛诗序》的关系，前文已论及。此处主要讨论大小《雅》之"正变"说与《毛诗序》的关系。

"正变"说见于《毛诗序》，三家《诗》无"正变"之说。《毛诗序》曰：

> 上以风化下，下以风刺上，主文而谲谏，言之者无罪，闻之者足以戒，故曰风。至于王道衰，礼义废，政教失，国异政，家殊俗，而变风、变雅作矣。国史明乎得失之迹，伤人伦之废，哀刑政之苛，吟咏情性，以风其上，达于事变而怀其旧俗者也。故变风发乎情，止乎礼义。发乎情，民之性也；止乎礼义，先王之泽也。②

《毛诗序》首次提出变风、变雅之说，并论及变风、变雅产生的原因、功能与特征，为后来学者对"《风》《雅》正变说"的阐发奠定了基础。但《毛诗序》没有提出正风、正雅之说，没有论及正风、正雅作品，也没有确认变风、变雅的具体篇目和具体年代，等等。因此服虔的阐发可以说是在《毛诗序》"《风》《雅》正变"说的基础

---

① 孔颖达：《毛诗正义》，北京大学出版社，1999年版，第544页。
② 孔颖达：《毛诗正义》，北京大学出版社，1999年版，第14~15页。

## 第六章 服虔《诗经》学研究

上对变风、变雅《诗》学观的进一步发展。

由上论述可见,服虔对《风》《雅》《颂》的诠释主要是依据《毛诗序》进行的,但他在采用《毛诗序》诠释《左传》涉《诗》文献之时,有时也会对《毛诗序》的观点予以进一步的阐发。

通过上文对服虔涉《诗》文献的梳理与分析,我们可以得到如下认识:

第一,从清代至今,学者们关于服虔《诗》学派属的论述多局限于一隅。服虔之《诗经》学当以《毛诗》为主,兼治《韩诗》学。服虔在延续《毛诗》观点的同时,也对之作了进一步的阐发。服虔对《毛诗》观点的新阐发一定程度上促进了《毛诗》学的发展。

第二,作为古文经学家的服虔以《毛诗》为主,兼治今文《诗经》的《诗》学路径,与东汉儒者多兼治今古文《诗经》的情况一致。① 而这与清代以来部分学者所尊奉的汉代今古文经学泾渭分明、绝不相混之说矛盾。故通过对服虔《诗》学的梳理,我们可以更加深入地认识东汉《诗》学的传播态势。

第三,服虔的《毛诗》学具体表现为以《毛传》训释《春秋》《左传》的词汇与《左传》所引载之《诗》文;以《毛诗序》诠释《左传》涉《诗》文献。在依据《毛诗》以诠释《左传》的过程中,形成了《毛诗》学与《左传》

---

① 徐兴无指出:"兼综古今实为东汉经学常态。"(《经纬成文——汉代经学的思想与制度》,凤凰出版社,2015年版,第357页)

的互动，不仅使所诠释的内容更为具体、清晰，而且拓展了各自的经学诠释空间，进而促进了《诗经》学与《左传》学的交融与发展。

第四，服虔《诗》学的主要特征表现为《诗经》学与《左传》学的互动诠释。

# 第七章　何休《诗经》学辑考

汉末经学大家何休的《诗经》学清人已有论及。如臧庸在《拜经日记》中认为何休只通今文《诗》学,陈乔枞在《鲁诗遗说考序》中认为何休《春秋公羊传解诂》所用之《诗》皆为《鲁诗》,王先谦的《诗三家义集疏》从陈乔枞之说,认为何休为《鲁诗》学者。那么何休之《诗》学是否如清儒所说为《鲁诗》学呢?其《诗》学论述、学派归属、《诗》学特征等皆有待进一步的讨论。本书通过对何休《春秋公羊传解诂》涉《诗》文献的钩稽考察,以解释前述何休《诗经》学诸问题。

## 第一节　何休与《鲁诗》

《鲁诗》学在西汉较兴盛,后因该学派反对王莽新政,遭受重创。进入东汉,《鲁诗》学受到朝廷重视,得到一定程度的发展。虽同属今文经学,但何休《春秋公羊传解诂》仅引《鲁诗》文献一例。

《公羊传·鲁隐公五年》:"六羽者何?舞也。初献六羽何以书？讥。何讥尔？讥始僭诸公也。……始僭诸公昉于此乎？前此矣。前此则曷为始乎？此僭诸公犹可言也，僭天子不可言也。"何休《解诂》云："凡人之从上教也皆始于音，音正则行正。……礼乐接于身，望其容而民不敢慢，观其色而民不敢争。故礼乐者，君子之深教也，不可须臾离也。……是以古者天子、诸侯雅乐钟磬未曾离于庭，卿大夫御琴瑟未曾离于前，所以养仁义而除淫辟也。《鲁诗传》曰：'天子食日举乐，诸侯不释县，大夫、士日琴瑟。'"① 此言鲁隐公五年九月在仲子庙落成祭礼上初献六羽之舞，《公羊传》以此为僭越之行，故书以讥之。何休则于传文基础上讨论了音乐的功能，认为天子、诸侯、卿大夫等应接受音乐的熏染、教化，以使其心性端正，言行合礼，才不会出现违礼之举，并引《鲁诗传》进一步阐明。此《鲁诗传》部分内容又见于《白虎通》卷三《礼乐》："天子八佾，诸侯四佾，所以别尊卑。……故《春秋公羊传》曰：'天子八佾，诸公六佾，诸侯四佾。'《诗传》曰：'大夫、士琴瑟御。'……大夫、士，北面之臣，非专事子民者也，故但琴瑟而已。"② 此处《诗传》之内容，与何休引《鲁诗传》之言同；再结合《白虎通》此段文字，可知何休注文与《白虎通·礼乐》有关，故陈立曰："所引《诗传》，《鲁诗传》语。"③ 但此处《白虎通》引《鲁诗传》的目的是对前面《公羊传》言及的天子、诸公、

---

① 徐彦：《春秋公羊传注疏》，北京大学出版社，1999年版，第50页。
② 陈立：《白虎通疏证》，中华书局，1994年版，第105页。
③ 陈立：《白虎通疏证》，中华书局，1994年版，第105页。

诸侯的礼乐制度作补充叙述，以形成从天子到士大夫各阶层礼乐制度的系统性；而何休则是用《鲁诗》学文献对其《公羊》学所提及的礼乐制度、仁义精神作进一步的诠释论证，并使其《春秋》学与《鲁诗传》处于互相论证、诠释的状态。

此《鲁诗传》，《汉书·艺文志》无明确记载。但《汉书·楚元王传》云："申公始为《诗传》，号《鲁诗》。"①《艺文类聚》卷四十六引《鲁国先贤传》云："汉文帝时闻申公为《诗》最精，以为博士。申公为《诗传》，号为《鲁诗》。"② 此申公所为之《诗传》，或即《白虎通》所言之《诗传》，也即何休所引之《鲁诗传》。

## 第二节　何休与《韩诗》

《韩诗》为汉初韩婴所传，西汉时不如《鲁诗》《齐诗》兴盛，东汉则极兴盛③，研习《韩诗》者众多。何休在诠释《春秋公羊传》时称引《韩诗》8次，于此可见其《韩诗》学之概貌。

《春秋公羊传·鲁桓公五年》："大雩者何？旱祭也。"

---

① 班固：《汉书》，中华书局，1965年版，第1922页。
② 欧阳询撰，汪绍楹点校：《艺文类聚》，上海古籍出版社，1982年版，第831页。
③ 俞艳庭：《两汉三家〈诗〉学史纲》，齐鲁书社，2009年版，第240页、第252页。

何休《解诂》曰:"雩,旱请雨祭名。不解'大'者,祭言大雩,大旱可知也。君亲之南郊,以六事谢过,自责曰:'政不一与?民失职与?宫室荣与?妇谒盛与?苞苴行与?谗夫倡与?'"徐彦疏曰:"'君亲'至'责曰'……皆《韩诗传》文。"①

《春秋公羊传·鲁僖公三十一年》:"三望者何?望祭也。然则曷祭?祭泰山河海。曷为祭泰山河海?山川有能润于百里者,天子秩而祭之。触石而出,肤寸而合,不崇朝而遍雨乎天下者,唯泰山尔。河海润于千里。"何休《解诂》曰:"亦能通气致雨,润泽及于千里。《韩诗传》曰'汤时大旱,使人祷于山川'是也。"②

第一条材料中,何休诠释了雩祭之名,并引《韩诗传》以言具体祭祀仪式;第二条材料中,何休第一句诠释了"河海润于千里"的原因,再引《韩诗传》所载商汤因旱灾而祷于山川之事以总体诠释"祭泰山河海"之传意。这两条《韩诗传》材料又见于《荀子·大略》:"汤旱而祷曰:'政不节与?使民疾与?何以不雨至斯极也!宫室荣与?妇谒盛与?何以不雨至斯极也!苞苴行与?谗夫兴与?何以不雨至斯极也!'"③言商汤因大旱而祷告事,但与《诗》无关联。《说苑·君道》也载此事:"汤之时,大旱七年,雒坼川竭,煎沙烂石,于是使人持三足鼎祝山川,教之祝曰:'政不节邪?使人疾邪?苞苴行邪?谗夫

---

① 徐彦:《春秋公羊传注疏》,北京大学出版社,1999年版,第84页。
② 徐彦:《春秋公羊传注疏》,北京大学出版社,1999年版,第269页。
③ 王天海:《荀子校释》,上海古籍出版社,2005年版,第1071页。

## 第七章　何休《诗经》学辑考

昌邪？宫室营邪？女谒盛邪？何不雨之极也！'盖言未已而天大雨，故天之应人，如影之随形，响之效声者也。诗云：'上下奠瘗，靡神不宗。'言疾旱也。"[1] 其文较荀子所言更为详细，更具仪式性，而且将商汤祭天之事作为具体个案来说明《大雅·云汉》中的雩祭仪式，从而具有了《诗》学性质。

何休所称《韩诗传》的两条材料，应该与《说苑》之说同源。从行文体例看，此《韩诗传》可能就是《韩诗外传》，其诠释的文献应该是《大雅·云汉》。只是该《韩诗传》文献不见于今《韩诗外传》，应是此书之佚文。而且何休指出了荀子和《说苑》皆没有言及的雩祭地点：南郊；他用"君"取代了商汤，从而使作为历史个案的商汤的祷告行为被诠释为天子因干旱灾异而雩祭之具体仪式通则；而且商汤祷告的充满疑问的内容也被何休转变为人君自我诫惧的内容，进而上升为人君之鉴戒之对象、行为之法则。通过何休的诠释，此条《韩诗传》材料便具有了《春秋》经法之意义。

在何休的第二条材料中，《公羊传》仅言望祭泰山河海，并解释祭祀泰山的原因。何休则诠释了祭祀河海的缘由，并引《韩诗传》文献以说明祭祀山川之礼早在商汤之时便已出现，现在只是对此一天子雩祭仪式的延续，从而为天子雩祭仪式建立一套礼制的历史序列、仪式传统。他如此诠释，也可以和第一条材料形成呼应。

---

[1] 向宗鲁：《说苑校证》，中华书局，1987年版，第20页。

《春秋公羊传·桓公四年》："夏，天王使宰渠伯纠来聘。宰渠伯纠者何？天子之大夫也。其称宰渠伯纠何？下大夫也。"何休《解诂》曰："上敬老则民益孝，上尊齿则民益弟……礼，君于臣而不名者有五：诸父兄不名，经曰'王札子'是也，《诗》曰'王谓叔父'是也……老臣不名，宰渠伯纠是也。"① 何休通过对《公羊传》"宰渠伯纠"之称谓的诠释而引出天子不直呼臣子之名的礼制，并以经为证。其"王札子"事见《公羊传·宣公十五年》。其"王谓叔父"则出自《鲁颂·闷宫》；今《毛诗》"谓"作"曰"；郑玄《礼记·明堂位》注引《鲁颂》也作"王谓叔父"②。孔颖达云："郑先通《韩诗》。"③ 郑玄也曾说："注《记》时，就卢君，后得《毛传》，乃改之。"④ 即郑玄注《礼记》时未得《毛诗》，他当时所习乃《韩诗》⑤，故他在《礼记·孔子闲居》注所引之"王谓叔父"乃出于《韩诗》。因此何休此乃引《韩诗》以释《公羊传》中蕴含之礼制，而不是王先谦所说的《鲁诗》。⑥

　　还需注意的是，何休此段内容与《白虎通·王者臣有不名篇》略似，但《白虎通》引《鲁颂·闷宫》文作"王曰叔父"⑦，与今《毛诗》同，而与何休异。可见何休对

---

① 徐彦：《春秋公羊传注疏》，北京大学出版社，1999年版，第81页。
② 孔颖达：《礼记正义》，上海古籍出版社，2008年版，第1263页。
③ 孔颖达：《周礼注疏》，北京大学出版社，1999年版，第406页。
④ 孔颖达：《礼记正义》，上海古籍出版社，2008年版，第1962页。
⑤ 范晔：《后汉书》卷三十五《郑玄列传》，中华书局，1965年版，第1207页。
⑥ 王先谦：《诗三家义集疏》，岳麓书社，2011年版，第1107页。
⑦ 陈立：《白虎通疏证》，中华书局，1994年版，第326页。

《白虎通》的接受是有选择性的。

《春秋公羊传·鲁定公十二年》："雉者何？五板而堵，五堵而雉，百雉而城。"何休《解诂》曰："八尺曰板，堵凡四十尺。"徐彦《疏》："'八尺曰板'者。解云：《韩诗内传》文。"① 类似的说法又见于许慎《五经异义》所引《韩诗说》："八尺为板，五板为堵，五堵为雉。"② 此《韩诗说》当即《韩诗内传》，何休之说乃出于《韩诗内传》，他对板制的理解明显与《小雅·鸿雁》之《毛传》以"一丈为板"③之说不同。我们还可在何休之言中发现他是以五板为一堵进行计算的，而"五板为堵"之制则来自《公羊传·鲁定公十二年》"五板为堵，五堵为雉"之说。即《韩诗内传》采《公羊传》以解《韩诗》，而何休又用此《韩诗内传》以诠释《公羊传》。于此也可见汉代《春秋》学与《诗经》学的互动。

《春秋公羊传·鲁成公二年》："逢丑父者，顷公之车右也。面目与顷公相似，衣服与顷公相似。"何休注："礼，皮弁以征，故言衣服相似。顷公有负晋、鲁之心，故特选丑父备急，欲以自代。"徐彦疏曰："'礼，皮弁以征'……《韩诗传》亦有此文。"④ 此以《韩诗传》诠释王者服饰礼制。

《春秋公羊传·鲁庄公四年》："何贤乎襄公？复雠也。

---

① 徐彦：《春秋公羊传注疏》，北京大学出版社，1999年版，第579页。
② 孔颖达：《春秋左传正义》，北京大学出版社，1999年版，第51页。
③ 孔颖达：《毛诗正义》，北京大学出版社，1999年版，第662页。
④ 徐彦：《春秋公羊传注疏》，北京大学出版社，2000年版，第372页。

何雠尔？远祖也。……远祖者几世乎？九世矣。九世犹可以复雠乎？虽百世可也。"何休《解诂》曰："百世，大言之尔。犹《诗》云'嵩高维岳，峻极于天，君子万年'。"① 此处何休引《诗》以言《公羊传》的语言特征——大言。陈立曰："大言之者，极言之耳。嵩高不必果峻极于天，君子不必果万年也。"② "嵩高维岳，峻极于天"语出《大雅·嵩高》；"君子万年"语出《小雅·瞻彼洛矣》。而"嵩"，《毛诗》作"崧"；"峻"，《毛诗》作"骏"。③《韩诗外传》卷五引《嵩高》诗文与何休同④；《礼记·孔子闲居》引《嵩高》以及郑玄注文皆与此同⑤，而郑玄注《礼》用《韩诗》，故何休所引《嵩高》当为《韩诗》。

《春秋公羊传·庄公十七年》："郑瞻者何？郑之微者也。此郑之微者，何言乎齐人执之？书甚佞也。"何休《解诂》曰："为甚佞，故书恶之，所以轻坐执人也。然不得为伯讨者，事未得行，罪未成也。孔子曰：'放郑声，远佞人。'罪未成者，伯当远之而已。"⑥《白虎通·诛罚》云："佞人当诛何？为其乱善行，倾覆国政。《韩诗内传》曰：'孔子为鲁司寇，先诛少正卯，谓佞道已行，乱国政也。佞道未行章明，远之而已。'《论语》曰：'放郑声，

---

① 徐彦：《春秋公羊传注疏》，北京大学出版社，2000年版，第122页。
② 陈立：《公羊义疏》，商务印书馆，1936年版，第458页。
③ 孔颖达：《毛诗正义》，北京大学出版社，1999年版，第1206页。
④ 许维遹：《韩诗外传集释》，中华书局，1980年版，第191～192页。
⑤ 孔颖达：《礼记正义》，北京大学出版社，1999年版，第1397页。
⑥ 徐彦：《春秋公羊传注疏》，北京大学出版社，2000年版，第154页。

远佞人。'"① 对勘二文，可知何休此段注文乃用《白虎通》与《韩诗内传》文以诠释《公羊传》所蕴含的微言大义。

《公羊传·鲁宣公十五年》："什一者，天下之中正也。什一行而颂声作矣。"何休《解诂》曰："五谷毕入，民皆居宅，里正趋缉绩，男女同巷，相从夜绩，至于夜中，故女功一月得四十五日作……男女有所怨恨，相从而歌，饥者歌其食，劳者歌其事。男年六十，女年五十无子者，官衣食之，使之民间求诗，乡移于邑，邑移于国，国以闻于天子，故王者不出牖户尽知天下所苦，不下堂而知四方。"② 何休本来是论井田制的情况，认为此制可得民之称颂，可使民情通过诗歌的形式直达天听。但他在论述中涉及诗歌的产生缘由（饥者歌其食，劳者歌其事）与收集传递方式，这便涉及一个关于《诗经》作品来源的重要的问题——"采诗"说。

"采诗"说关涉《诗经》的作品来源，在何休之前已有论述。班固《汉书·食货志》云："亩百为夫，夫三为屋，屋三为井，井方一里，是为九夫。八家共之，各受私田百亩，公田十亩……冬，民既入，妇人同巷，相从夜绩，女工一月得四十五日……男女有不得其所者，因相与歌咏，各言其伤……孟春之月，群居者将散，行人振木铎徇于路，以采诗，献之大师，比其音律，以闻于天子。故曰：王者不窥牖户而知天下。"③ 班固此处也论及井田制，

---

① 陈立：《白虎通疏证》，中华书局，1994年版，第217页。
② 徐彦：《春秋公羊传注疏》，北京大学出版社，2000年版，第360~361页。
③ 班固：《汉书》，中华书局，1962年版，第1123页。

并言及诗歌的产生与朝廷采集、整理、进献天子的情况。将班固与何休之言相比较,可见两者语境、内容大体相同。可以确信何休之说源于班固。就"采诗"说的具体内容而言,何休将班固之"行人"具体化为"男年六十,女年五十无子者,官衣食之,使之民间求诗",但简化了班固提出的大师整理诗歌的过程。

此外,何休用"饥者歌其食,劳者歌其事"取代班固"各言其伤"之说,而何休此说可能与《韩诗》学有关。《太平御览》卷五七三引《古乐志》云:"《韩诗》曰:'饥者歌食,劳者歌事。'"① 潘岳《闲居赋》李善注引《韩诗序》曰:"劳者歌其事。"② 《文选·谢叔源·游西池》李善注引《韩诗》亦云:"《伐木》废,朋友之道缺,劳者歌其事。诗人伐木自苦其事,故以为文。"③ 故何休"饥者歌其食,劳者歌其事"之说当出于《韩诗序》。在此基础上,何休结合班固《汉书·食货志》的"采诗"说提出了新的"采诗"说。他认为《诗经》作品多属心含怨诽之男女有感而作④,并提出了具体的采诗者(男年六十,女年五十无子者)及所采集诗歌作品的进献渠道与功能等。这些内容皆是何休对汉代《诗经》学的继承与发展。

由上所述可知,何休所用《韩诗》主要有《韩诗外

---

① 李昉等:《太平御览》第五册,河北教育出版社,1994年版,第524页。
② 萧统:《文选》,上海古籍出版社,1986年版,第700页。
③ 萧统:《文选》,上海古籍出版社,1986年版,第1034页。
④ 此说与《白虎通》言《诗经》乃"歌谣怨诽"(陈立:《白虎通疏证》,中华书局,1994年版,第445页)之说也有一致之处。

传》《韩诗内传》《韩诗序》。他引用《韩诗》文献主要是为诠释礼制和阐发《春秋》中的微言大义。在具体引用上,有时直接引用,有时也对《韩诗》学文献作新的诠释。

## 第三节 何休与《毛诗》

历来学者多从今古文之争的视域下审视何休经学,作为古文经学的《毛诗》自然被排除在何休学术研究者的视域之外,《诗经》学者也将何休视为《公羊》学者,故无视其《诗经》学。但通过梳理,笔者发现何休常引《毛诗》以诠释其公羊学。

《春秋公羊传·鲁隐公元年》:"桓未君也。赗者何?丧事有赗。赗者,盖以马,以乘马束帛。"对此"乘马"之制,何休《解诂》曰:"此道周制也。……乘马者,谓大夫以上备四也。礼,大夫以上至天子皆乘四马,所以通四方也。"徐彦疏引许慎《五经异义》曰:"古《毛诗》说云:'天子至大夫同驾四,皆有四方之事。士驾二也。'"①《左传·哀公十七年》孔颖达《正义》也引此言。② 此外,孔颖达《毛诗正义》引许慎《五经异义》曰:"天子驾数,《易孟京》《春秋公羊》说天子驾六,《毛诗》说天子至大

---

① 徐彦:《春秋公羊传注疏》,北京大学出版社,2000年版,第19页。
② 孔颖达:《春秋左传正义》,北京大学出版社,1999年版,第1695页。

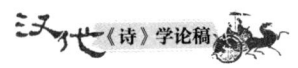

夫同驾四，士驾二。"① 可知何休对"乘马"制度的诠释来自"古《毛诗》"之说。

《春秋公羊传·鲁桓公四年》："诸侯曷为必田狩？一曰干豆，二曰宾客，三曰充君之庖。"按，"一曰干豆"，何休《解诂》曰："一者，第一之杀也。自左膘射之，达于右腢，心中死疾，鲜屑，故干而豆之，中荐于宗庙。""二者，第二之杀也。自左膘射之达于右脾，远心死难，故以为宾客。""三者，第三之杀也。自左膘射之达于右䯊，中肠胃污泡，死迟，故以充君之庖厨。"② 对此射杀牺牲礼制，徐彦曰："时王之礼，古制无文。"③ 即何休此说无先秦礼制依据，但《毛诗》却言及此。《小雅·车攻》："徒御不警，大庖不盈。"《毛传》曰："一曰干豆，二曰宾客，三曰充君之庖，故自左膘而射之，达于右腢，为上杀。射右耳本，次之。射左髀，达于右䯊，为下杀。面伤不献。践毛不献。不成禽不献。"④ 将何休之说与《毛传》比较，可以发现何休之"第一杀"与"第三杀"与《毛传》之说同。故陈奂《诗毛氏传疏》曰："何《注》《毛传》，详略相同。"⑤ 本书认为何休之说当出于《毛传》。

《春秋公羊传·鲁庄公八年》："祠兵者何？出曰祠兵，

---

① 孔颖达：《毛诗正义》，北京大学出版社，1999年版，第210页。
② 徐彦：《春秋公羊传注疏》，北京大学出版社，2000年版，第80页。
③ 徐彦：《春秋公羊传注疏》，北京大学出版社，2000年版，第80页。
④ 孔颖达：《毛诗正义》，北京大学出版社，1999年版，第654页。
⑤ 陈奂：《诗毛氏传疏》，北京大学出版社，2009年版，第462页。

入曰振旅,其礼一也,皆习战也。"何休《解诂》曰:"言与祠兵礼如一。……祠兵,壮者在前,难在前;振旅,壮者在后,复长幼,且卫后也。"① 祠兵即治兵。② 何休论及治兵、振旅之礼的具体行为与意义。他认为"祠兵,壮者在前,难在前;振旅,壮者在后,复长幼,且卫后也"。此说部分内容又见于《毛传》。《诗经·小雅·采芑》:"显允方叔,伐鼓渊渊,振旅阗阗。"《毛传》曰:"入曰振旅,复长幼也。"③ 此以"复长幼"释"振旅"的伦理意义——"尊老在前"④。于此可见,何休用《毛传》以诠释《公羊传》所涉及的礼制,但在诠释时对《毛传》的内容作了进一步的阐述。

《春秋公羊传·鲁昭公二十四年》:"且夫牛马维娄,委己者也,而柔焉。"何休《解诂》曰:"系马曰维。"⑤《说文解字》云:"维,车盖维也。"而《毛诗·小雅·白驹》:"皎皎白驹,食我场苗。絷之维之,以永今朝。"《毛传》曰:"维,系也。"⑥ 即系马也。故何休以"系"释"维",与《说文解字》不同,乃用《毛传》之说。故徐彦曰:"'系马曰维'者。即《诗》云'皎皎白驹,絷之维之'是。"⑦

---

① 徐彦:《春秋公羊传注疏》,北京大学出版社,2000年版,第135页。
② 陈奂:《诗毛氏传疏》,北京大学出版社,2009年版,第453页。
③ 孔颖达:《毛诗正义》,北京大学出版社,1999年版,第644页。
④ 孔颖达:《毛诗正义》,北京大学出版社,1999年版,第645页。
⑤ 徐彦:《春秋公羊传注疏》,北京大学出版社,2000年版,第524页。
⑥ 孔颖达:《毛诗正义》,北京大学出版社,1999年版,第673页。
⑦ 徐彦:《春秋公羊传注疏》,北京大学出版社,2000年版,第525页。

《春秋公羊传·鲁定公八年》："盗者孰谓？谓阳虎也。……宝者何？璋判白、弓绣质、龟青纯。"何休《解诂》曰："判，半也。半圭曰璋，白藏天子，青藏诸侯，鲁得郊天，故锡以白。……传独言璋者，所以郊事天，尤重。《诗》云'奉璋峨峨，髦士攸宜'是也。"① 何休诠释了璋的形式特征以及祭天之功能，并引《大雅·棫朴》诗文以证之。检索汉代文献，《说文解字》："半圭为璋。"《大雅·棫朴》："济济辟王，左右奉璋。"《毛传》曰："半圭曰璋。"② 《小雅·斯干》："载弄之璋。"《毛传》曰："半圭曰璋。"③ 从行文内容与句式看，《毛传》与何休对璋的诠释完全相同，两者间应该有关系。

由上所述可知，今文经学大师何休也通《毛诗》，并用古《毛诗》说与《毛传》诠释其公羊学所涉及之礼制与字词，这与卢植所说古文经学"近于为实"④的特征是一致的。

## 第四节 《诗》学派属不明类

除上述可以确定何休所用《诗》学派属的例子外，还有几条无法确定其学派归属的例子。

---

① 徐彦：《春秋公羊传注疏》，北京大学出版社，2000年版，第572页。
② 孔颖达：《毛诗正义》，北京大学出版社，1999年版，第998页。
③ 孔颖达：《毛诗正义》，北京大学出版社，1999年版，第689页。
④ 范晔：《后汉书》，中华书局，2003年版，第2116页。

如《春秋·隐公三年》："八月，庚辰，宋公和卒。"何休《解诂》曰："宋称公者，殷后也。王者封二王后，地方百里，爵称公，客待之而不臣也。《诗》云'有客宿宿，有客信信'是也。"① 何休据其三统说，认为宋为二王之后，其国君当称客而朝，不以为臣也，并以《周颂·有客》为证。何休认为《周颂·有客》之"客"乃二王之后，《有客》乃言二王之后的宋君朝周之事。何休如此诠释《周颂·有客》，自有渊源。《白虎通》卷八《三正》："王者所以存二王之后何也？所以尊先王，通天下之三统也。明天下非一家之有，谨敬谦让之至也。故封之百里，使得服其正色，行其礼乐，永事先祖。《论语》曰：'夏礼吾能言之，杞不足征也；殷礼吾能言之，宋不足征也。'《春秋传》曰：'王者存二王之后，使服其正色，行其礼乐。'……《周颂》曰：'有客有客，亦白其马。'此微子朝周也。"② 《白虎通》此段文字与何休之言同，可见两者之渊源。但《白虎通》用《诗》情况复杂，除明确标明《诗经》学派归属者外，它并不像清代学者所认为的全是《鲁诗》。《白虎通》此条材料中的《诗》学派属不明，这也使得我们无法确定何休关于《有客》的诠释派属，但其论《诗》特征却是清楚的，即用《公羊》学的观点诠释《诗经》。

《春秋公羊传·鲁僖公四年》："古者周公，东征则西

---

① 徐彦：《春秋公羊传注疏》，北京大学出版社，2000年版，第39页。
② 陈立：《白虎通疏证》，中华书局，1994年版，第366~367页。

国怨,西征则东国怨。"何休《解诂》曰:"此道黜陟之时也。《诗》云:'周公东征,四国是皇。'"① 何休引《豳风·破斧》所言周公之事以诠释《公羊传》所言之史。但如此诠释并非何休之创见,而是借鉴了《白虎通》的观点。《白虎通·巡狩》:"《传》曰:'周公入为三公,出作二伯,中分天下,出黜陟。'《诗》曰:'周公东征,四国是皇。'言东征述职,周公黜陟而天下皆正也。"② 但《白虎通》此处所用之诗《诗》学派属无法确定,故此处何休之《诗》学派属亦无法确定。

《春秋公羊传·鲁宣公三年》:"于稷者,唯具是视。郊则曷为必祭稷?王者必以其祖配。"何休《解诂》曰:"祖谓后稷,周之始祖,姜嫄履大人迹所生。"③ 此乃何休用《大雅·生民》中所言姜嫄生后稷事诠释《公羊传》所涉及之郊祀礼制。此处也无法辨明其《诗经》学派归属。类似案例在《春秋公羊传解诂》中屡见,兹不赘述。

## 小 结

通过以上讨论,我们对何休《诗经》学有如下认识:

第一,何休并不是如臧庸《拜经日记》所说的只通今文《诗》学,也不如陈乔枞、王先谦等所说为《鲁诗》学者,而是兼通《鲁诗》《韩诗》《毛诗》。但就目前所见,何休只用了一条《鲁诗》的材料,用《韩诗》和《毛诗》

---

① 徐彦:《春秋公羊传注疏》,北京大学出版社,2000年版,第214页。
② 陈立:《白虎通疏证》,中华书局,1994年版,第291页。
③ 徐彦:《春秋公羊传注疏》,北京大学出版社,2000年版,第325页。

材料则较多。值得注意的是，没有发现何休使用与《公羊》学思想更接近的《齐诗》文献。这些特征反映出东汉后期《鲁诗》《齐诗》衰落而《韩诗》兴盛的态势。

何休反复使用《毛诗》文献诠释其《春秋》学，一方面说明他兼通今古文《诗》学，这与东汉经学界重视兼治今古文学的风气①一致；另一方面则表明他作为今文经学大师对作为古文经学的《毛诗》的经典地位的认可，这在《毛诗》学史上应该是有重要意义的。而据《后汉书·何休传》载："蕃败，休坐废锢，乃作《春秋公羊解诂》。"②何休的《公羊解诂》作于党禁中，而郑玄笺《毛诗》则在党锢事解之后③，故何休在郑玄笺《诗》之前便已接受了《毛诗》。虽然何休《毛诗》学的来源无法确考，但反映了东汉中后期《毛诗》在经学界的部分流布情况。

第二，何休用《诗》主要有三个方面：一是诠释其《公羊》学大义，二是诠释《公羊》学中的相关礼制，三是作字词名物训诂。

在何休称《诗》以诠释其《公羊》学的微言大义方面，笔者发现何休在以《诗》诠释《春秋》的同时，也以其《春秋》学诠释《诗》学，从而形成《春秋》学与《诗》学的互动阐释。何休的这一解经方式反映出汉代《诗经》学与《春秋》间的互动关系，而且这一关系是

---

① 钱穆：《东汉经学论略》，见《中国学术思想史论丛·三》，东大图书公司，1981年版，第49页。
② 范晔：《后汉书》，中华书局，2003年版，第2582页。
③ 李隆基注，邢昺疏：《孝经注疏》，北京大学出版社，1999年版，第7页。

值得进一步探讨的。

何休对《公羊》学礼制进行诠释的《诗》学材料包括两类：一是《诗经》文献本身；二是汉人的《诗》学文献，如《鲁诗传》《韩诗内传》《韩诗外传》《毛诗故训传》等。除此以外，何休还存在以汉代《诗》学文献训诂《公羊传》字词的情况。

第三，何休《诗经》学与《白虎通》之《诗》学关系密切，但他在继承其说的同时，又常结合自己的需要对所引《诗》学文献作出新的阐释。

# 第八章 《毛诗》与刘桢诗歌

## 第一节 刘桢与《毛诗》

汉末是一个产生经学大师和经学逐渐集大成的时代,这个时代最杰出的经学家是郑玄(127—200),他把经学带进了一个"统一时代"。郑玄在建安初年威望很高,建安三年(198)献帝曾征召郑玄为大司农。据《后汉书》记载,甚至黄巾军也"见玄皆拜,相约不敢入县境"[①]。郑玄的威望源于他对经学的极深造诣和重大贡献。其《毛诗笺》是三家《诗》亡而独《毛诗》流传的重要经学著作。曹魏集团多经师与儒生,有的是郑玄的高足,《后汉书》卷六十五记载了郑玄的得意门生郗虑、崔琰、国渊、任嘏等,他们皆成为曹魏集团的股肱重臣。曹魏集团中的贾逵、王朗、王肃也是经学大师,贾逵著有"《毛诗》杂

---

① 范晔:《后汉书》,中华书局,2003年版,第1208~1209页。

议难十卷"①，王肃尽管不完全赞同郑玄的意见，但也是治《毛诗》的专家，《隋书·经籍志》保存着其几本著述的目录，如："《毛诗》二十卷，王肃注，梁有《毛诗》二十卷，郑玄、王肃合注……《毛诗义驳》八卷，王肃撰……《毛诗奏事》一卷，王肃撰。有《毛诗问难》二卷，王肃撰，亡。"②曹魏重视经学，如郗虑所辟的刘劭，魏文帝黄初中，为尚书即散骑侍郎，受文帝之诏集五经群书，以类相从，作《皇览》③，专供曹丕研习经学。三曹与经学的关系也很密切，武帝曹操早年"筑室城外，春夏习读《书》《传》"④，用功于经典可见一斑。曹操在建安八年（203）"秋七月，令曰：'丧乱以来，十有五年，后生者不见仁义礼让之风，吾甚伤之。其令郡国各修文学，县满五百户，置校官，选其乡之俊，造而教学之。庶几先王之道不废，而有益于天下'"⑤。战乱之中能够如此办学校、兴儒学、广教化，可见曹操对儒学的重视程度。文帝曹丕"年八岁，能属文，有逸才，博贯古今经传"⑥，曹丕自己说"少诵《诗》《论》，及长而备历五经四部"（《典论·自序》），陈思王曹植"年十岁余，诵读《诗》《论》及辞赋数十万言"⑦，可见曹丕、曹植所通之经包括

---

① 魏征等：《隋书》，中华书局，1996年版，第916页。
② 魏征等：《隋书》，中华书局，1996年版，第916页。
③ 陈寿：《三国志》，中华书局，2005年版，第618页。
④ 陈寿：《三国志》，中华书局，2005年版，第4页。
⑤ 陈寿：《三国志》，中华书局，2005年版，第24页。
⑥ 陈寿：《三国志》，中华书局，2005年版，第57页。
⑦ 陈寿：《三国志》，中华书局，2005年版，第557页。

## 第八章 《毛诗》与刘桢诗歌

《诗》。由上看来，汉末曹魏时期经学盛行，《毛诗》在郑玄笺注之后也在社会上广为流传，经学依然是曹魏时代的重要政治文化语境。

刘桢出生在这个时代的一个儒学世家。父刘梁（一说祖）为人正直，不同流俗，"常疾世多利交，以邪曲相党，乃著《破群论》，时之览者以为'仲尼作《春秋》，乱臣知惧'，又著《辩和同论》……桓帝时，举孝廉，除北新城长……大作讲舍，延聚生徒数百人，朝夕自往劝诫，身执经卷，试策殿最，儒化大行"①。其父兴儒学、聚生徒、执经卷、试殿最的经师教授形象跃然纸上。刘桢生活在一个经学氛围浓郁的时代和家庭，受经学的熏陶是毫无疑问的。因而刘桢"少以才学知名，年八九岁能诵《论语》《诗》、赋数万言，警悟辩捷，所问应声而答，当其辞气锋烈，莫有折者"（杭世骏《三国志补注》卷三）。由此可知，刘桢承其父辈之经学，从小就精通包括《诗》在内的儒家经典。

刘桢与《诗》的关系，稽之残存文献仍可考见。其《鲁都赋》曰："崇七经之旨义，删百氏之乖违。"② 推崇《诗》《书》《礼》《乐》《易》《春秋》《论语》等儒家经典之论旨，删除不合儒家旨意的言论，显然表达出刘桢整理诸如《诗经》等儒家经典之志。又曰："采遗礼于残竹，听遗诗于达路。"③ 乃言收集整理《诗》《礼》之残简遗

---

① 范晔：《后汉书》，中华书局，2003年版，第2635页。
② 吴云：《建安七子集校注》，天津古籍出版社，2005年版，第589页。
③ 吴云：《建安七子集校注》，天津古籍出版社，2005年版，第589页。

篇，传达出他对《诗》的兴趣和崇敬。

刘桢所提到的《诗》即《毛诗》，他著有《毛诗义问》。《隋书·经籍志》曾记载："《毛诗义问》十卷，魏太子文学刘桢撰。"① 惜《毛诗义问》已佚，仅清人马国翰《玉函山房辑佚书》辑佚了十二条。笔者试选几条跟《毛传》或者《郑笺》进行比较：

1. 《诗·郑风·大叔于田》："抑释掤忌。"

刘桢《毛诗义问》："掤所以覆矢也，谓箭筒盖也。"（《北堂书钞》卷一百二十六、《太平御览》卷三百五十）

《毛传》："掤所以覆矢也。"②

2. 《诗·魏风·伐檀》："胡瞻尔庭有悬貆兮。"

刘桢《毛诗义问》："貉子曰貆，貆形状与貉类异，世人皆名貆。"（《初学记》卷二十九）

《郑笺》："貉子曰貆。"③

3. 《诗·陈风·衡门》："衡门之下。"

刘桢《毛诗义问》："横一木作门，而上无屋，谓之衡门。"（《艺文类聚》卷六十三）

《毛传》："衡门，横木为门，言浅陋也。"④

4. 《诗·鄘风·蝃蝀》："蝃蝀在东，莫之敢指。"

刘桢《毛诗义问》："蝃蝀在东，夫妻失礼则虹气盛，有赤色在上者，阴乘阳气也。"（《北堂书钞》卷一百五十一）

---

① 魏征等：《隋书》，中华书局，1996年版，第916页。
② 孔颖达：《毛诗正义》，北京大学出版社，1999年版，第286页。
③ 孔颖达：《毛诗正义》，北京大学出版社，1999年版，第370页。
④ 孔颖达：《毛诗正义》，北京大学出版社，1999年版，第443页。

《毛传》:"蝃蝀,虹也。夫妇过礼则虹气盛,君子见戒而惧讳之,莫之敢指。"①

通过4条佚文与《毛传》《郑笺》的比较,基本可以确定,刘桢《毛诗义问》中的"义问"是针对《诗》的语言进行训诂解释,第1条同《毛传》(第2条同《郑笺》,第3条基本同《毛传》,第4条同《毛传》,只是把"妇"改为"妻",把"过"改为"失")。同时,刘桢的训释还对《毛诗传笺》的相关内容进行了一定的补充说明。第4条并不仅局限于名物训诂,还把自然现象"蝃蝀"的解释引向夫妇之礼,颇类于经学的阐释法,其阐释出的意义"夫妻失礼则虹气盛"呼应了《毛序》所阐释的主旨"《蝃蝀》,止奔也"。由此可见,刘桢《毛诗义问》是一部既忠实于《毛诗》又对其有所补充说明的经学著作,这反映出刘桢通《毛诗》的程度。

我们还可通过一些文献资料来考察刘桢通《毛诗》以致用而进行文学创作的情况。《鲁都赋》是一篇模仿东汉《京都赋》而颂美儒学发祥地"鲁都"的作品,刘桢采用铺排的手法对鲁国的山川人文进行了淋漓尽致的挥洒描述,其中有多处融入了《毛诗》的元素。其一是"水产众夥,各有彝伦。颁首莘尾"②。该句出自《小雅·鱼藻》:"鱼在在藻,有颁其首……鱼在在藻,有莘其尾。"《毛传》说:"颁,大首貌。鱼依蒲藻为得其性。"《郑笺》进一步

---

① 孔颖达:《毛诗正义》,北京大学出版社,1999年版,第204页。
② 俞绍初辑校:《建安七子集》,中华书局,1989年版,第190页。

引申说:"藻,水草也。鱼之依水草,犹人之依明王也。明王之时,鱼何所处乎?处于藻。既得其性则肥充,其首颁然。此时人物皆得其所。"①《郑笺》用比兴的方法阐释了鱼依水草而肥美的经学阐释意义:"犹人之依明王也。"这使刘桢《鲁都赋》的"水产"描写蕴含了一种儒家人文精神,显示出鲁国山川充溢着儒家的人文之灵。其二是《鲁都赋》写竹"翠实离离,凤凰攸食",与《大雅·卷阿》的经注一脉相承。《大雅·卷阿》:"凤凰鸣矣,于彼高冈。"《郑笺》曰:"凤凰鸣于山脊之上者,居高视下,观可集止。喻贤者待礼乃行……凤凰之性,非梧桐不栖,非竹实不食。"②在《毛诗》的经解中,"凤凰"被赋予了"贤者"的人文内涵,成为贤人吉士的象征。刘桢把《毛诗》经学意义作为艺术元素融入鲁国山川木竹的描写之中,从而使《鲁都赋》中山川木竹的铺排描写获得艺术审美的意义升华,为下文"彼齐鲁诸儒,皆绘弁端衣,散佩垂绅,金声玉色,温故知新"的贤人吉士盛况渲染了气氛,作好了铺垫。其三是《鲁都赋》的"赋《湛露》以留客,召丽妙之新倡"③,融入了《小雅·湛露》的《序》《传》意义,表达出类似于"天子燕诸侯也""与之燕饮酒也……与之燕,所以示慈惠"④的意思。

由上可见,刘桢与《毛诗》的紧密关系深刻地影响了

---

① 孔颖达:《毛诗正义》,北京大学出版社,1999年版,第894页。
② 孔颖达:《毛诗正义》,北京大学出版社,1999年版,第1135页。
③ 俞绍初辑校:《建安七子集》,中华书局,1989年版,第192页。
④ 孔颖达:《毛诗正义》,北京大学出版社,1999年版,第621页。

刘桢的诗歌创作和诗学观念。

## 第二节　刘桢诗歌与《毛诗》

　　郑玄笺《诗》以后,《毛诗》独秀。《毛诗》的经学阐释成了儒家政教伦理教化的载体,是权威的经学文本。刘桢深谙《毛诗》,《毛诗》的经学意义、话语意象及表达方式等渐渐渗透于他的思维意识之中,并支配着其诗歌创作。

　　首先,刘桢多用《毛诗》的经学阐释意义来修饰自己的诗意表达,产生出语言表达的艺术张力。如《赠五官中郎将四首》之四曰:"昔我从元后,整驾至南乡,过彼丰沛都,与君共翱翔。"①"南乡"出自《商颂·殷武》:"维女荆楚,居国南乡,昔有成汤,自彼氐羌,莫敢不来享,莫敢不来王,曰商是常。"结合《毛传》《郑笺》的经学阐释可见,此诗乃言殷道衰,荆楚叛乱,高宗兴兵伐荆楚。首章歌颂高宗兵力神勇,能深入险阻之地,打败并臣服敌人;此章谴责荆楚之不朝,不如极偏远、落后的氐、羌积极朝宗,乃言伐荆之理由。② 这与曹操当时的境况非常相似。其时刘表割据荆州,与汉室抗衡,其子刘琮与傅巽言:"今与诸君据全楚之地,守先君之业,以观天下,何

---

① 吴云:《建安七子集校注》,天津古籍出版社,2005年版,第562页。
② 孔颖达:《毛诗正义》,北京大学出版社,1999年版,第627页。

为不可乎?"① 故建安十三年（208）七月，"公征刘表"②。而此时曹操刚自任丞相，挟天子名义出兵征讨不臣的刘表。曹丕曾作《述征赋》曰："建安十三年，荆楚傲而弗臣，命元司以简旅，予愿奋武乎南邺。"③ 说的就是荆楚刘表因不臣而被征讨之事。刘桢抓住殷高宗兴兵征讨不臣之荆楚与曹操兴兵征伐荆楚刘表两件事的相似性，在诗中建构了一个与《殷武》相似的语境，并由"南乡"一词来引发其蕴含于《殷武》诗中的经学意蕴。这样，刘桢借用"南乡"一词委婉地传达出自己对曹操及此役的态度：歌颂曹操的功德如殷高宗，将中兴汉室，打败叛臣；同时谴责刘表之不忠不义的不臣之举，并称颂此役的正义性，以荆楚终服殷商来喻刘表之结局。④ 这些丰富的意蕴皆是通过"南乡"一词把阅读者引入《毛诗》的经学阐释语境之中才得以实现的。

又如《赠从弟三首》之三：

> 凤凰集南岳，徘徊孤竹根。于心有不厌，奋翅凌紫氛。岂不常勤苦，羞与黄雀群。何时当来仪，将须圣明君。⑤

此诗中的凤凰意象乃源于《毛诗·大雅·卷阿》及其经学阐释。《卷阿》诗云："凤凰鸣矣，于彼高冈。梧桐生

---

① 陈寿：《三国志》，中华书局，2005年版，第161页。
② 陈寿：《三国志》，中华书局，2005年版，第21页。
③ 宋校永：《三曹集》，岳麓书社，1992年版，第121页。
④ 这一态度与他在《遂志赋》中所谓"制叛臣乎南荆"是一致的。
⑤ 吴云：《建安七子集校注》，天津古籍出版社，2005年版，第569页。

矣,于彼朝阳。菶菶萋萋,雝雝喈喈。"《郑笺》曰:"凤凰鸣于山脊之上者,居高视下,观可集止。喻贤者待礼乃行,翔而后集。梧桐生者,犹明君出也。生于朝阳者,被温仁之气,亦君德也。凤凰之性,非梧桐不栖,非竹实不食。"① 刘桢建构了一个与郑玄经学阐释相似的语境,使"凤凰集南岳"而"将须待明君"的诗歌旨意与《毛诗》经学阐释意蕴高度融合,达到了对诗歌意境的拓展与深化的目的。同时,刘桢在整合《毛诗》经学阐释时,适当处理了经学意象,从而达到更好地言情明志的目的,如《郑笺》云:"凤凰之性……非竹实不食。"而刘诗则言"凤凰集南岳,徘徊孤竹根"。在"竹"前加上"孤"字,后接"于心有不厌,奋翅凌紫氛。岂不常勤苦,羞与黄雀群"句,把自己怀才不遇的那种不满之情委婉地表达出来,使得本诗在表现自己"贞骨凌霜"的人格时,流露出深深的哀怨孤矜之情。

此外,刘桢《赠徐干》中的"仰视白日光,皪皪高且悬"②,《杂诗》中的"方塘含白水,中有凫与雁。安得肃肃羽,从尔浮波澜"③,《失题诗》中的"青青女萝草,上依高松枝。幸蒙庇养恩,分惠不可赀。风雨虽急疾,根株不倾移"④等,皆借《毛诗》经学阐释意义,或称颂曹操洪恩浩荡、功业伟大、能知人善任,或抒发自己不得志的

---

① 孔颖达:《毛诗正义》,北京大学出版社,1999年版,第1135页。
② 吴云:《建安七子集校注》,天津古籍出版社,2005年版,第566页。
③ 吴云:《建安七子集校注》,天津古籍出版社,2005年版,第571页。
④ 吴云:《建安七子集校注》,天津古籍出版社,2005年版,第575页。

苦闷，或表达自己对曹氏绝不倾移的赤诚之心，都达到了经学意义与诗歌语境的洽切融合。

由上可见，《毛诗》话语及其经学阐释意义的融入，一方面大大加强了刘桢诗歌作品的意义阐释空间，另一方面使刘桢的作品充满一种儒家之士的"气骨"。因而刘桢采用《诗》的经学阐释来建构自己的诗歌语境，使作品变得更加厚重，更有内涵。同时，《毛诗》经学阐释本身所强调的"发乎情，止乎礼义"的诗学精神，使得刘桢的诗具有了相应的温柔敦厚的诗学品格。

其次，刘桢的诗歌多化用《毛诗》语汇。向熹先生说："《诗经》在春秋时代就被看作生活和学习语言的教科书；汉以后成为儒家经典，童蒙必习，文人学士奉之为文学创作的圭臬。这样，《诗经》的许多词语大都为人们所熟知，在汉语文学里有着长久的生命力。"① 这种生命力在刘桢的诗歌里熠熠闪光（见表8-1）。

表8-1 刘桢诗所用《毛诗》语汇表

| 刘桢诗题 | 刘桢诗句 | 《毛诗》篇什 | 《毛诗》诗句 | 刘桢诗题 | 刘桢诗句 | 《毛诗》篇什 | 《毛诗》诗句 |
|---|---|---|---|---|---|---|---|
| 公宴诗 | 永日行游戏 | 唐风·山有枢 | 且以永日 | 射鸢诗 | 庶士同声赞 | 召南·摽有梅 | 求我庶士 |
| 公宴诗 | 欢乐犹未央 | 小雅·庭燎 | 夜未央 | 斗鸡诗 | 会战此中唐 | 陈风·防有鹊巢 | 中唐有甓 |
| 公宴诗 | 相与复翱翔 | 郑风·清人 | 河上乎翱翔 | 赠从弟之一 | 磷磷水中石 | 唐风·扬之水 | 白石磷磷 |

---

① 向熹：《诗经语言研究》，四川人民出版社，1987年版，第245页。

续表8-1

| 刘桢诗题 | 刘桢诗句 | 《毛诗》篇什 | 《毛诗》诗句 | 刘桢诗题 | 刘桢诗句 | 《毛诗》篇什 | 《毛诗》诗句 |
|---|---|---|---|---|---|---|---|
| 公宴诗 | 菡萏溢金塘 | 陈风·泽陂 | 有蒲菡萏 | 赠五官中郎将之三 | 鼋勉安能追 | 邶风·谷风 | 鼋勉求之 |
| 赠五官中郎将之一 | 万舞在中堂 | 邶风·简兮 | 方将万舞 | 赠从弟之一 | 苹藻生其涯 | 召南·采苹 | 于以采苹……于以采藻 |
| 赠五官中郎将之二 | 金罍含甘醴 | 周南·卷耳 | 我姑酌彼金罍 | 赠从弟之一 | 可以休嘉客 | 小雅·白驹 | 于焉嘉客 |
| 赠五官中郎将之二 | 聊且为太康 | 唐风·蟋蟀 | 无已大康 | 赠徐干 | 思子沉心曲 | 秦风·小戎 | 乱我心曲 |
| 赠五官中郎将之二 | 四牡向路驰 | 小雅·采薇 | 四牡 | 又赠徐干 | 灼灼有表经 | 周南·桃夭 | 灼灼其华 |
| 赠五官中郎将之二 | 欢乐诚未央 | 小雅·庭燎 | 夜如何其,夜未央 | 杂诗 | 中有鸟与雁 | 郑风·女曰鸡鸣 | 弋鸟与雁 |
| 赠五官中郎将之三 | 终夜不遑寐 | 小雅·小弁 | 不遑假寐 | 杂诗 | 安得肃肃羽 | 小雅·鸿雁 | 肃肃其羽 |

从表8-1中,我们可以得出如下认识:其一,刘桢现存较完整的十三首诗中,几乎每一首都化用了《毛诗》的语汇,这种现象为我们认识刘桢诗歌提供了一个新的认知视角和进一步思考刘桢诗与《毛诗》关系的启示。其二,所引的《诗》句以《国风》为主,有少量《小雅》,但没有涉及《大雅》和《颂》诗。这与刘桢诗以哀怨为主(即使是《赠从弟》三首,也仍有一股孤独悲凉之气)的特点是一致的。其三,这种大量化用《毛诗》语汇的现象,一方面固然是由于文学语言本身的传承性;另一方面

却是《毛诗》作为创作的典范，乃"文章之奥府"[①]"群言之奥区"[②]。故对《毛诗》语汇的化用，有利于提高诗歌的典雅性和可信度，增强其语言的厚重感和表现力，甚至可借此提高五言诗在当时文坛的地位。

最后，除引《诗》语汇外，刘桢诗歌还多受《毛诗》句式的影响，体现出表达方式上的承传性。其《赠徐干》"谁谓相去送，隔此西掖垣"一句，意思是说：谁说我俩相距遥远呢？仅一墙之隔罢了。"谁谓……"这种句式在《毛诗》中运用较多。如《卫风·河广》之"谁谓河广，一苇杭之。谁谓宋远，跂予望之"等。对这种表达方式，钱锺书先生论道："明知事之不然，而反词质诘，以证其然，此正诗人之妙用。"[③] 的确如此，前句和后句间形成一个反差，以加强话语意蕴的张力。由此可见，刘桢借鉴了《毛诗》的表达方式来加强自己与徐干间的这种咫尺天涯的悲苦之情。又如《赠从弟》之"岂无园中葵，懿此出深泽""岂不罹严寒，松柏有本性""岂不常勤苦，羞与黄雀群"，"岂不"这种句式亦是《毛诗》中较为固定的表达方式。如《召南·行露》"岂不夙夜，谓行多露"、《王风·大车》"岂不尔思，畏子不敢"、《小雅·四牡》"岂不怀归，王事靡盬"、《小雅·采薇》"岂不日戒，狎狁孔棘"等。又如刘桢《赠五官中郎将》"四节相推斥，季冬风且凉"、《杂诗》"登高且游观"等，其句式皆为在两个词性

---

[①] 范文澜：《文心雕龙注》，人民文学出版社，1958年版，第23页。
[②] 范文澜：《文心雕龙注》，人民文学出版社，1958年版，第615页。
[③] 钱锺书：《管锥编》，中华书局，1986年版，第74页。

相同的词中间加"且"字构成并列结构。这种句式在《诗经》中甚多，如《邶风·终风》"终风且暴"、《鄘风·载驰》"众稚且狂"、《魏风·园有桃》"我歌且谣"等。这种句式易形成节奏感，达到加强音韵的功效，同时使句意更委曲回环，强调了事物的属性。"四节相推斥，季风冬且凉"就是通过这种句式来突出隆冬时节气候的寒冷严酷，与中堂内众宾热烈欢悦的气氛形成强烈的对比。

综上所述，刘桢的诗歌在意义、语汇、句式等层面多融入《毛诗》的元素，这个特征在三曹七子中最为典型。钟嵘《诗品》慧眼独具，说"孔氏之门如用《诗》，则公干登堂，思王入室"[①]，对刘桢用《诗》给予了极高的评价，这也是钟嵘把刘桢的诗歌列为上品的原因之一。

## 第三节 刘桢的诗学观与《毛诗》的比兴理论

在《毛诗》的经学阐释系统里，美刺比兴利用比兴本身的意义阐释空间来委婉含蓄地传达出阐释者或美或刺的价值取向，从而避免了与评判对象的直接冲突，达到《毛诗大序》中所强调的"主文而谲谏"的目的，这与儒家"温柔敦厚"的诗教观是一致的。《毛诗》的经学阐释系统中，所谓的"比兴譬喻"其实是《毛诗》"序""传""笺"

---

① 钟嵘著，曹旭集注：《诗品集注》，上海古籍出版社，1994年版，第97页。

所制造的经学阐释形式，阐释者可以利用这种形式按照儒家的人生观、价值观和政治伦理道德观标准来引申自己肯定或者否定的意义。而这种经学阐释理论蜕变为文学的创作理论则经历了一个较为漫长的过程。

较早注意到《毛诗》经学阐释中的比兴理论可以用于文学创作的是东汉末的王符。王符与马融等友善①，马融是经学大师，注有"《毛诗》十卷"②。王符的著作《潜夫论》中多处引《诗》，而且从几条引文看，所引为《毛诗》。如其《遏利第三》"昔周厉王好专利，芮良夫谏而不入，退而赋《桑柔》之诗以讽"③，即《毛序》《毛传》经学阐释意义"《桑柔》，芮伯刺厉王""芮伯，畿内诸侯，王卿士也，字良夫"④的整合。又如其《本政第九》"《诗》伤'皎皎白驹，在彼空谷'……志弥洁者身弥贱"⑤，引《诗》义来论证衰世之弊端在于不知贤、不用贤的道理，这与《毛传》"刺其不能留贤也"的经学阐释意义相同。⑥可以判定，王符所用《诗》义皆源于《毛诗》的经学阐释意义，由此可见王符对《毛诗》的通经致用水平。

在通《毛诗》的基础上，王符说："诗赋者，颂善丑

---

① 范晔：《后汉书》，中华书局，2003年版，第1630页。
② 魏征等：《隋书》，中华书局，1996年版，第916页。
③ 王符著，汪继培笺，彭铎校正：《潜夫论笺校正》，中华书局，1985年版，第27页。
④ 孔颖达：《毛诗正义》，北京大学出版社，1999年版，第1177页。
⑤ 王符著，汪继培笺，彭铎校正：《潜夫论笺校正》，中华书局，1985年版，第93页。
⑥ 孔颖达：《毛诗正义》，北京大学出版社，1999年版，第673页。

## 第八章 《毛诗》与刘桢诗歌

之德,泄哀乐之情也;故温雅以广文,兴喻以尽意。"①这段话最重要的理论创新在于,《毛诗》的"兴喻"阐释理论被转换为"温雅以广文,兴喻以尽意"的创作理论。这一理论转换尽管还带着经学阐释理论的痕迹,但"兴喻以尽意"则表明创作中使用比兴手法可含蓄温雅地尽意抒写诗赋作者的哀乐之情。王符第一次从理论上指出兴喻(或者说比兴)这一诗赋创作艺术手段具有"温雅"的特点,可以达到"广文""尽意"的表达目的,也就是说,兴喻既有含蓄委婉的特点,又可借有限的形式表达更丰厚的内容。《毛诗》经学阐释系统的比兴理论开始蜕变为非经学的文学批评理论了。

曹丕推进了王符的理论。其《典论》佚文有:"或问:屈原、相如之赋孰愈?曰:优游按衍,屈原之尚也。穷侈极妙,相如之长也。然原据托譬喻,其意周旋,绰有余度。长卿、子云,意未能及。"②这段评论里,曹丕把"据托譬喻,其意周旋,绰有余度"作为评判屈原、司马相如作品高下的标准,而这一标准表明,通过"据托譬喻"可以使作品所表达的情感意义委婉曲折,达到作品意义盘旋有余的境界。所谓"据托譬喻,其意周旋,绰有余度",指采用比兴手法可以委婉曲折地传达出更加丰富的意在言外的内容。从这里可以初步看到,在文学批评史上,比兴或者譬喻逐渐脱离了《毛诗》经学阐释的语境,

---

① 王符著,汪继培笺,彭铎校正:《潜夫论笺校正》,中华书局,1985年版,第19页。

② 傅亚庶:《三曹诗文全集译注》,吉林文史出版社,1997年版,第544页。

而运用于非经学作品的批评，并成为一种批评的尺度。但曹丕的局限在于，这一批评尺度仅就屈原的作品而言，还未能把它上升为一种具有普遍性的评论准则。

刘桢则把比兴的运用大大推进了一步，他在谈文学作品创作的文势时，把有限的语言形式可以包含无限表达意义的兴喻功能揭橥出来："文之体指实强弱，使其辞已尽而势有余，天下一人耳，不可得也。"① 刘桢的"辞已尽而势有余"与曹丕所谓的"其意周旋，绰有余度"，尽管着眼点有所差异，但在比兴或者譬喻的点上有所交集，文学作品内在的情感意义的走向和延伸形成了所谓的"势"，而文学作品的"势"离不开内在的情感意义，所以刘桢的"辞已尽而势有余"与曹丕的"其意周旋，绰有余度"在兴喻或者比兴这一点上的认识可谓殊途同归，皆揭示出比兴或者兴喻在创作中可以发挥出一种言已尽而意无穷的表达功能。结合刘桢对《毛诗》的精熟及其在诗歌中所体现出的大量使用比兴手法的情况，我们有理由相信他的这一批评观是在《毛诗》的比兴观的影响下形成的。但刘桢把对比兴的使用上升为一种普遍的批评标准、一种审美境界论，而不是只就"经"或某一篇具体的作品而言。这一点直接启发了钟嵘对"兴"的阐释："兴者，文已尽而意有余。"②

---

① 范文澜：《文心雕龙注》，人民文学出版社，1958年版，第531页。
② 据笔者检阅载籍，刘桢之后，钟嵘文前，未见他人有类似的言说方式，张华曾称左思《三都赋》曰："读之者尽而有余。"意思类似，但话语方式殊异。于此亦可见出钟嵘对"兴"的阐释源于刘桢。

## 第八章 《毛诗》与刘桢诗歌

　　刘桢的诗学观与其创作是互为表里、紧密联系在一起的。刘桢诗歌多用比兴，如其《赠徐干》"步出北寺门"一句，以"北门"意象起兴，引用《毛诗·邶风·北门》的经学阐释，委婉含蓄地表达出"仕而不得志"的哀怨；接下来的"仰视白日光，皦皦高且悬。兼烛八纮内，物类无颇偏。我独抱深感，不得与比焉"，则借用《毛诗》的经学阐释意蕴，用比的手法委婉地称颂曹操的恩德与功业，感叹自己不受曹公的重用而"不得其所"。比兴手法的使用使得本诗委婉蕴藉，虽然情感极其哀怨，却怨而不怒，哀而不伤，真正做到了"辞已尽而势有余"，故钟嵘说此诗乃"五言之警策者也"①。

　　刘桢还有六首全篇用比兴的诗。如《赠从弟》三首，《失题诗》中的《青青女罗草》《昔君错田畴》《翩翩野青雀》。《赠从弟》第一首以身处深泽涧潦的萍藻喻诗人之高洁德行；第二首以傲寒而挺拔的青松赞喻诗人的坚贞节操；第三首以远举高飞的凤凰喻诗人宏大志向与超凡脱俗的人格。比兴手法与《毛诗》经学阐释意象的结合，使诗歌在含蓄蕴藉中自有一股梗概之气，充分表现了诗人"贞骨凌霜，高风跨俗"②的气质。如本章第二节所论，我们发现了刘桢使用比兴手法的一个特点：其比兴意象大多与《毛诗》及其经学阐释意义有关，而且这些意象本身就是

---

①　钟嵘著，曹旭集注：《诗品集注》，上海古籍出版社，1994年版，第346页。

②　钟嵘著，曹旭集注：《诗品集注》，上海古籍出版社，1994年版，第110页。

以比兴方式出现的。因此,刘桢在使用比兴美刺的阐释形式的同时,其作品自然融入了《毛诗》经学阐释意蕴,既充实了诗歌的内涵,又传达出诗人的自我人生体验,建构了一种言已尽而意无穷的阅读空间,体现了其"辞已尽而势有余"的文学主张。

综上可见,刘桢的诗歌创作和诗学观深深植根于《毛诗》及其经学阐释。刘桢除了直接从事《毛诗》的经学研究外,还在其诗歌创作中较多地吸收了《毛诗》及其经学阐释的相关内容,而这种吸收融合主要表现为对《毛诗》中《国风》和《小雅》文本内容及其经学阐释的吸收融合。这有助于加强其诗的典雅性、蕴藉性和内容情感上的"气骨"。同时,刘桢诗学观上的创新见解也脱胎于《毛诗》的比兴阐释,这为钟嵘的诗学理论奠定了良好的基础。

# 第九章　汉代帝王与《诗经》

《诗经》在两汉广泛传播，并在政治、伦理等方面起到了巨大的作用，这与两汉帝王的提倡与推动有密切的关系。而两汉帝王之所以重视《诗经》，又与他们接受过《诗》学的教育有关。两汉帝王通过对《诗经》的学习形成了自己的《诗》学理念，认识到包括《诗经》在内的儒家经学之政治、伦理等功能，于是通过各种方式来提倡《诗经》，从而促进两汉《诗》学的发展与传播。[①] 汉代帝

---

[①] 目前学界对汉代帝王与《诗经》的传播方面的研究主要有：龙文玲的《西汉帝王与〈诗经〉的传播》(《第六届〈诗经〉国际学术研讨会论文集》)，该文主要从艺术生产与消费的角度论述了西汉帝王对《诗经》的政教解读之引导作用。欧阳艳玉、郝丽艺的《两汉帝王诏令引〈诗经〉考察——基于〈两汉书〉记载的研究》(《经济与社会发展》，2009年第11期)和王景凤、冯维林的《汉代帝王诏书用典与〈诗经〉的经典化》(《临沂大学学报》，2012年第2期)则主要论述了汉代帝王诏书称引《诗》文的一些特征。此外，王健的《汉代君主研习儒学传统的形成及其历史效应》(《中国史研究》，1996年第3期)、张强的《西汉帝王与帝王之学及经学之关系》(《淮阴师范学院学报》2001年第2期)、孟祥才的《从秦汉时期皇帝诏书称引儒家经典看儒学的发展》(《孔子研究》，2004年第4期)、夏增民的《诏书与西汉时期的儒学传播——以〈汉书〉帝纪为中心的考察》(《南都学坛》，2008年第5期)等也言及汉代帝王与《诗经》的关系。这些文章的共同特征是：第一，由于材料的梳理不全面，对汉代帝王与《诗经》的传播作用认识不系统、不完整；第二，未从变动的角度、未结合两汉《诗》学的兴衰来看汉代帝王对《诗》学的影响等。

王传播《诗经》的方式是多样的，如在天子诏策中称引诗文、召开相关经学会议、开展各种经学讨论活动、出台各种有利于经学发展的制度（如教育、以经取士）等。下面分别进行讨论。

## 第一节　两汉帝王的《诗》学教育

### 一、高祖、惠帝、文帝的《诗经》教育

秦王朝是"以吏为师""以法为教"，如秦始皇使赵高"教胡亥书及狱律令法事"①。但进入汉朝，儒家思想逐渐走进汉代帝王的视野，并逐渐影响到其治国理世之理念与行为，成为他们修习之经典、治世之典范。而最先走近儒家经典的是汉高祖刘邦。

汉高祖刘邦出身于平民家庭，且"当秦禁学……谓读书无益"②，故所受教育不多，而且特别"不好儒，诸客冠儒冠来者，沛公辄解其冠，溲溺其中"③，并骂曰"竖儒"，以致叔孙通儒服来见，时为汉王的刘邦"憎之"；叔孙通"乃变其服，服短衣，楚制，汉王喜"，拜为博士。④

---

①　司马迁：《史记》，中华书局，1959年版，第264页。
②　严可均：《全上古三代秦汉三国六朝文·全汉文》，河北教育出版社，1997年版，第5页。
③　司马迁：《史记》，中华书局，1959年版，第2692页。
④　司马迁：《史记》，中华书局，1959年版，第2721页。

故刘邦对《诗》《书》是坚决排斥的。但高祖七年（前200），叔孙通制定礼乐，初行朝堂之礼，刘邦才感受到儒家礼乐之作用巨大，云："吾乃今日知为皇帝之贵也。"①于是拜叔孙通为太常，并起用追随叔孙通的众儒学弟子、儒生。这应该是刘邦初次注意到儒学的政治功能。此后于高祖九年（前198），刘邦以叔孙通为太子太傅，辅导太子。此举可以看出刘邦对儒学教育功能的看重。

而刘邦对《诗》《书》等六艺的政治功能的认识则出于陆贾。《史记·陆贾列传》载：

> 陆生时时前说称《诗》《书》。高帝骂之曰："乃公居马上而得之，安事《诗》《书》！"陆生曰："居马上得之，宁可以马上治之乎？……"高帝不怿而有惭色，乃谓陆生曰："试为我著秦所以失天下，吾所以得之者何，及古成败之国。"陆生乃粗述存亡之征，凡著十二篇。每奏一篇，高帝未尝不称善，左右呼万岁，号其书曰"新语"。②

据郑杰文考证，此事发生在高祖十一年（前196）。从这段对话里，我们可以知道刘邦轻视儒生与儒家学术的原因在于他认为《诗》《书》等对打天下不具有任何意义。而陆贾则认为《诗》《书》虽无助于打天下，但有利于守天下、治天下。这段对话的结局是刘邦让陆贾著书论述古今治世之道。陆贾在书中详细论述了《诗经》的产生、特

---

① 司马迁：《史记》，中华书局，1959年版，第2723页。
② 司马迁：《史记》，中华书局，1959年版，第2699页。

性、编撰情况与政治、伦理功能等,对此前文已有详细论述,此不赘言。而刘邦读此书的结果便是"未尝不称善,左右呼万岁,号其书曰《新语》"。这表明陆贾的观点(包括其《诗》学观)得到了高祖及其群臣的认同,这也是对儒家经学的治世功能的认可。① 这种认同的结果便是高祖十二年(前195):"高皇帝过鲁,以太牢祠焉。"②

刘邦以帝王之尊亲自以太牢祀孔子,开帝王祭祀孔子之先河。而对孔子的祭祀表明了他对儒家经典、思想的尊重与接受,自然也就意味着他对《诗经》的尊重与接受。因此接下来他特别接见了鲁地的《诗经》学者:

> 高祖过鲁,申公以弟子从师入见高祖于鲁南宫。③

即言高祖刘邦在鲁南宫接见了当时著名的《诗经》学者浮丘伯与申公师徒等。这些行为无疑向天下表明了刘邦对《诗经》等儒家经学的推崇态度,这必将对《诗经》的传播产生影响。

刘邦不但让儒家学者叔孙通为太子太傅,而且晚年更悔恨自己之前因读书太少而所行多失,故反复叮嘱太子当读书学习,并强调对朝中老臣要以礼相待等。④ 且《汉

---

① 王充《论衡·书解》:"高祖既得天下,马上之计未败。陆贾造《新语》,高祖粗纳采。"
② 司马迁:《史记》,中华书局,1959年版,第1945~1946页。又见《汉书·高帝纪》。
③ 司马迁:《史记》,中华书局,1959年版,第3120页。
④ 《古文苑》卷十录刘邦晚年手敕太子文,经刘跃进考证,这些文字作于高祖十二年(前195),见《秦汉文学编年史》,商务印书馆,2006年版,第70页。

## 第九章 汉代帝王与《诗经》

志·诸子略·儒家》载有《高祖传十三篇》，自注云："高祖与大臣述古语及诏策也。"① 其内容当与儒学有关。再结合刘邦前面尊儒的行为，我们可以看到刘邦晚年对儒学之重视。而汉惠帝之除"挟书律"或当与此有关，只是"尚有干戈，平定四海，亦未皇庠序之事也"②。

由上述可知，高祖刘邦虽曾轻视儒学，但其晚年颇重儒学，强调读书，特别是对《诗》等儒家经典的学习；而其学习《诗经》等儒家经典的目的则与"治世"有关，这是一种"致用"的《诗》学态度。而作为大汉帝国的开创者，他对《诗经》等儒家学术的态度必然会对后继者产生影响。

对于汉惠帝所接受的《诗经》教育情况，缺乏相关文献的明确记载，但从刘邦晚年对《诗经》的推重与惠帝四年（前191）除"挟书律"③的行为来看，他是接受了刘邦重学的观点，故惠帝应当存在学习《诗经》的可能性。但从黄老学者张良曾为惠帝少傅的情况来看，惠帝所受的教育当不止儒学。

文帝乃从地方侯王入主汉庭，其所受的《诗经》教育情况亦缺乏明确的文献记载，但从现存文献中可以看到其学术取向。

---

① 班固：《汉书》，中华书局，1962年版，第1726页。
② 班固：《汉书》，中华书局，1962年版，第3592页。
③ 据《史记·秦始皇本纪》载："非博士官所职，天下敢有藏《诗》《书》《百家》语者，悉诣守、尉杂烧之。有敢偶语《诗》《书》弃市。"故"挟书律"指向的就是《诗》《书》等。

司马迁说:"孝文好道家之学。"① 又说:"文帝本好刑名之言。"② 班固在《汉书·儒林传》中也说"孝文本好刑名之言"③,皆言文帝不好儒术。

但另一方面,《汉书·楚元王传》曰:"文帝时,闻申公为《诗》最精,以为博士。"④ 汉文帝听说申公精于《诗》,便以之为博士。而《汉书·文三王传》载:"梁怀王揖,文帝少子也。好《诗》《书》,帝爱之,异于他子。"⑤ 汉文帝少子因爱《诗》《书》,故文帝特别爱之。这说明文帝对《诗经》是有所偏爱的。又据《汉志·诸子略·儒家》载:"《孝文传》十一篇。"自注:"文帝所称及诏策。"⑥ 文帝之诏策列入"儒家类",则其内容显然与儒家有关,这说明文帝诏策体现了文帝的儒家思想,故将之纳入"儒家类"。《诗经》是儒家的必修经典,则文帝可能习《诗》,这在现存的文帝《除肉刑诏》中也有所体现。据《史记·孝文本纪》载,文帝十三年(167)所下《除肉刑诏》曰:

盖闻有虞氏之时,画衣冠异章服以为僇,而民不犯。何则?至治也。今法有肉刑三,而奸不止,其咎安在?非乃朕德薄而教不明欤?吾甚自愧。故夫驯道不纯而愚民陷焉。诗曰:"恺悌君子,民之父

---

① 司马迁:《史记》,中华书局,1959年版,第1160页。
② 司马迁:《史记》,中华书局,1959年版,第3117页。
③ 班固:《汉书》,中华书局,1962年版,第3592页。
④ 班固:《汉书》,中华书局,1962年版,第1922页。
⑤ 班固:《汉书》,中华书局,1962年版,第2212页。
⑥ 班固:《汉书》,中华书局,1962年版,第1726页。

母。"……夫刑至断支体,刻肌肤,终身不息,何其楚痛而不德也,岂称为民父母之意哉!其除肉刑。①

此诏书所称诗文出于《大雅·泂酌》。赵翼认为汉帝多自作诏书②,则此诏表明文帝也当习《诗》,并将诗文作为其废除肉刑之依据。

汉景帝所受的《诗经》教育则无从考证。但《汉书·万石卫直周张传》载"无文学"的石奋曾为文帝太子太傅,辅导刘启的教育;晁错曾在景帝为太子时为太子家令,晁错虽曾习《尚书》,但主要还是以申商刑名之学为主,故班彪说文帝命晁错"导太子以法术"③。此外辅导太子的还有周仁(习医术)、张驱(刑名家)等,并且迫于窦太后的压力,"不得不读《老子》,尊其术"④。故《史记·儒林列传》曰:"及至孝景,不任儒。"⑤

## 二、汉武帝的《诗经》教育

武帝曾从《鲁诗》学者王臧习《诗》,此见于《史记·儒林列传》:

> 兰陵王臧既受《诗》,以事孝景帝为太子少傅,免去。今上初即位,臧乃上书宿卫上,累迁,一岁中

---

① 司马迁:《史记》,中华书局,1959年版,第427~428页。
② 赵翼:《廿二史札记》,中华书局,1984年版,第86页。
③ 范晔:《后汉书》,中华书局,1965年版,第1328页。
④ 班固:《汉书》,中华书局,1962年版,第3945页。
⑤ 司马迁:《史记》,中华书局,1959年版,第3117页。

为郎中令。①

据《史记·孝武本纪》，刘彻在景帝七年（150）为太子，此时刘彻已经七岁。至于刘彻从王臧习《诗》多久，则无从考证。

武帝不仅为太子时曾习《鲁诗》，即位以后仍执着于对《诗经》等儒家经典的研习。据《史记·孝武本纪》载：

> 元年……荐绅之属皆望天子封禅改正度也。而上乡儒术，招贤良，赵绾、王臧等以文学为公卿，欲议古立明堂城南，以朝诸侯。②

又《史记·儒林列传》云：

> 及今上即位，赵绾、王臧之属明儒学，而上亦乡之，于是招方正贤良文学之士。自是之后，言《诗》于鲁则申培公，于齐则辕固生，于燕则韩太傅。③

《汉书·东方朔传》载武帝时东方朔之言曰：

> 陛下富于春秋，方积思于《六经》，留神于王事。④

此处的"上乡儒术""上亦乡之""方积思于《六经》"等文字都表明武帝在即位之初，仍积极从事《诗经》等儒

---

① 司马迁：《史记》，中华书局，1959年版，第3121页。
② 司马迁：《史记》，中华书局，1959年版，第452页。
③ 司马迁：《史记》，中华书局，1959年版，第3118页。
④ 班固：《汉书》，中华书局，1962年版，第2856页。

家经典的研习。如《汉书·兒宽传》载,元狩三年(前120),兒宽"见上,语经学。上说之,从问《尚书》一篇"①,并擢兒宽为中大夫。此外,武帝还大量起用精通《诗经》等儒家经典的学者。

由上述可见,武帝是热衷于研习《诗经》等五经的,这从现存武帝之言《诗》用《诗》材料有11条之多的情况可以见出。其中最后一次直接称引《诗》文是在元鼎五年(前112),而在公元前100年,刘彻还将其年号命名为"天汉",此即出于《大雅·云汉》。即使到了晚年,武帝仍然保持着对《诗经》的兴趣。

但武帝为太子时,太傅为以"长者"著称的卫绾,则武帝所学也不止儒家《诗》学。

从上述材料可见,从高祖刘邦、惠帝、文帝、景帝乃至武帝,他们所接受的教育包括法家、道家等思想内容,《诗经》教育只居其一,恐怕还只是处于次要地位,但这种情况在武帝时则发生了变化。

### 三、汉昭帝所受的《诗经》教育

昭帝八岁即位,《诗》学教育主要在其即位之后完成。据《汉书·蔡义传》载:

> 蔡义,河内温人也。以明经给事大将军莫府。……数岁,迁补覆盎城门候。久之,诏求能为《韩诗》者,征义待诏……上召见义,说《诗》,甚说

---

① 班固:《汉书》,中华书局,1962年版,第2629页。

之,擢为光禄大夫给事中,进授昭帝。数岁,拜为少府,迁御史大夫,代杨敞为丞相,封阳平侯。①

又《汉书·儒林传》载:

赵子,河内人也。事燕韩生,授同郡蔡谊。谊至丞相,自有传。②

王先谦《汉书补注》卷八十八引王先慎曰:"《纪》《表》《传》并作'义'。'谊''义'字通用。"③故蔡义即蔡谊,乃韩婴的再传弟子,以《韩诗》教授昭帝,而受天子重用,最后官至丞相,此首开汉代《诗》学家兼天子师为丞相之例。而据《汉书·百官公卿表》:"元凤三年,光禄大夫蔡义为少府。"则蔡义授《诗》昭帝在元凤三年(前78)之前。④故《汉书·五行志》说昭帝"通《诗》《尚书》"⑤。

此外,《汉书·韦贤传》载:

韦贤字长孺。鲁国邹人也。……贤为人质朴少欲,笃志于学,兼能《礼》《尚书》,以《诗》教授,号称邹鲁大儒。征为博士,给事中,进授昭帝《诗》,稍迁光禄大夫、詹事,至大鸿胪。

---

① 班固:《汉书》,中华书局,1962年版,第2898页。
② 班固:《汉书》,中华书局,1962年版,第3614页。
③ 王先谦:《汉书补注》,书目文献出版社,1995年版,第1526页。
④ 郑杰文系蔡义授《诗》昭帝为元凤三年,不确。见《中国学术思想编年·秦汉卷》,陕西师范大学出版社,2005年版,第199页。
⑤ 班固:《汉书》,中华书局,1962年版,第1335页。

又《汉书·儒林传》载：

> 申公卒以《诗》《春秋》授，而瑕丘江公尽能传之，徒众最盛。及鲁许生、免中徐公，皆守学教授。韦贤治《诗》，事大江公及许生，又治礼，至丞相。

又《汉书·百官公卿表》载：

> 元凤五年，詹事韦贤为大鸿胪。

此言鲁国韦贤乃《鲁诗》学者申公的再传弟子，在元凤五年（前76）以前便已以《鲁诗》授昭帝，而受天子重用。

上面两条材料说明昭帝曾习《韩诗》和《鲁诗》，故窦宪云：

> 孝昭皇帝八岁即位，大臣辅政，亦选名儒韦贤、蔡义、夏侯胜等入授于前，平成圣德。①

即言昭帝从《鲁诗》学者韦贤、《韩诗》学者蔡义学《诗》，并言及昭帝还曾从夏侯胜习夏侯《尚书》。据《汉书·五行志》载，昭帝习夏侯《尚书》当在元凤四年（前77）之前，或许与习《韩诗》同时。

但现存文献中未曾见到昭帝直接言《诗》用《诗》的材料。

## 四、汉宣帝所受的《诗经》教育

汉宣帝乃戾太子之孙，非昭帝子。戾太子事件后，宣

---

① 范晔：《后汉书》，中华书局，1965年版，第1255~1256页。

帝以皇曾孙之名收养于掖庭，而据《汉书·张汤传》附《张安世传》，安世兄掖庭令张贺曾事戾太子，故"视养拊循，恩甚密焉。及曾孙壮大，贺教书，令受《诗》"①。故宣帝少时之学《诗》乃出于张贺的安排。又《汉书·宣帝纪》载：

> 掖庭令张贺尝事戾太子，思顾旧恩，哀曾孙，奉养甚谨，以私钱供给教书。……（宣帝）受《诗》于东海澓中翁，高材好学，然亦喜游侠，斗鸡走马，具知闾里奸邪，吏治得失。②

则宣帝所学之《诗》出于东海澓中翁。并且据"高材好学"一语看，可能宣帝还热衷于《诗经》等经典的学习，并有一定的经学修养。《汉书·宣帝纪》载霍光在决定以宣帝为昭帝继承人的奏议中也曾说：

> 孝武皇帝曾孙病已，有诏掖庭养视，至今年十八，师受《诗》《论语》《孝经》，操行节俭，慈仁爱人，可以嗣孝昭皇帝后，奉承祖宗，子万姓。③

霍光言宣帝曾习《诗》，同时兼及《论语》《孝经》等，并且此有将"受《诗》"作为具有昭帝继承人资格的理由之一。

但东海澓中翁为何人，其《诗》学渊源何自，则缺乏相关文献记载。陈苏镇则认为宣帝的学术立场与戾太子

---

① 班固：《汉书》，中华书局，1962年版，第2651页。
② 班固：《汉书》，中华书局，1962年版，第237页。
③ 班固：《汉书》，中华书局，1962年版，第238页。

同，而戾太子好《谷梁》，属于鲁学，并由此推断东海澓中翁可能是《鲁诗》学者，故宣帝所学乃《鲁诗》。① 此皆为推测之言。但宣帝曾习《诗》则不容置疑，而且现存文献中有 3 条宣帝称《诗》的材料，而且还有相关的《诗》学主张，对此后文将言及。

### 五、汉元帝所受的《诗经》教育

"元帝好儒"②，"年十二，通《论语》《孝经》"③，所受的经学教育比此前的帝王更成体系。而"孝元好《诗》"④，先后向多位《诗》学者学习。

《汉书·丙吉传》载：

> 地节三年，立皇太子，吉为太子太傅，数月，迁御史大夫。……吉本起狱法小吏，后学《诗》《礼》，皆通大义。⑤

此言地节三年（前67），元帝立为太子，以丙吉为太子太傅，而丙吉通《诗》，可能承担了对元帝的《诗经》启蒙教育，但丙吉所学何《诗》则不明。

又《汉书·萧望之传》载：

> 上于是策望之曰："……左迁君为太子太傅，授

---

① 陈苏镇：《〈春秋〉与"汉道"——两汉政治与政治文化研究》，中华书局，2011年版，第318页。
② 班固：《汉书》，中华书局，1962年版，第3596页。
③ 班固：《汉书》，中华书局，1962年版，第3039页。
④ 司马迁：《史记》，中华书局，1959年版，第2689页。
⑤ 班固：《汉书》，中华书局，1962年版，第3144页。

印。其上故印使者，便道之官。君其秉道明孝，正直是与，帅意亡愆，靡有后言。"①

此言五凤二年（前56），因萧望之反复违宣帝意，宣帝乃以望之为太子太傅。而《汉书·萧望之传》云：

萧望之字长倩，东海兰陵人也，徙杜陵。家世以田为业，至望之，好学，治《齐诗》，事同县后仓且十年。以令诣太常受业，复事同学博士白奇，又从夏侯胜问《论语》《礼服》。京师诸儒称述焉。

此言萧望之长期浸淫于《齐诗》的研习，因精于《齐诗》而为京师诸儒所称道，故望之乃《齐诗》大师。其为元帝太傅，虽史书言望之"以《论语》《礼服》授皇太子"②，但在为太傅的八年时间里，必将涉及《齐诗》的教授。《汉书·元帝纪》载元帝诏书：

国之将兴，尊师而重傅。故前将军望之傅朕八年，道以经书，厥功茂焉。其赐爵关内侯，食邑八百户，朝朔、望。③

此言望之授元帝以《诗经》等"经书"④，元帝感激师傅之情，封望之为关内侯，并享受一些特殊待遇，故元帝当习《齐诗》。

又据《史记·张丞相列传》褚先生补曰：

---

① 班固：《汉书》，中华书局，1962年版，第3281页。
② 班固：《汉书》，中华书局，1962年版，第3282页。
③ 班固：《汉书》，中华书局，1962年版，第283页。
④ 当时《论语》《礼服》还未称经。

## 第九章 汉代帝王与《诗经》

> 丞相匡衡者，东海人也。好读书，从博士受《诗》。……补博士，拜为太子少傅，而事孝元帝。孝元好《诗》，而迁为光禄勋，居殿中为师，授教左右，而县官坐其旁听，甚善之，日以尊贵。御史大夫郑弘坐事免，而匡君为御史大夫。岁余，韦丞相死，匡君代为丞相，封乐安侯。①

《汉书·儒林传》载：

> 后苍字近君，东海郯人也。事夏侯始昌。始昌通五经，苍亦通《诗》、礼，为博士，至少府，授翼奉、萧望之、匡衡。②

此言匡衡与萧望之同师，皆从博士后苍学《齐诗》，而元帝好《诗》，使匡衡为光禄勋，居殿中教授《齐诗》，而元帝于旁听之，后匡衡为相封侯。其实这就是元帝也从匡衡习《齐诗》。这说明同样是《齐诗》，元帝也从不同的学者学习，这固然反映出元帝习《诗》不局限于一家，也可能表明同属一师所教的《齐诗》，其学也存在一定的差异，《齐诗》乃至汉代的整个《诗》学在不断变化、发展。

又《汉书·儒林传》载：

> 山阳张长安幼君先事（王）式，后东平唐长宾、沛褚少孙亦来事式……张生、唐生、褚生皆为博士。张生论石渠，至淮阳中尉。……张生兄子游卿为谏大

---

① 司马迁：《史记》，中华书局，1959年版，第2690页。
② 班固：《汉书》，中华书局，1962年版，第3613页。

夫，以《诗》授元帝。①

此言张长安从《鲁诗》学者王式习《诗》，为博士。张长安兄子张游卿为谏大夫，以《诗经》教授元帝。从班固将张游卿纳入《鲁诗》系统来讨论的情况看，其当习《鲁诗》，故元帝又习《鲁诗》。

又《后汉书·儒林列传》载：

> 高诩字季回，平原般人也。曾祖父嘉，以《鲁诗》授元帝，仕至上谷太守。②

此言《鲁诗》学者高嘉以《鲁诗》授元帝。这说明元帝兼习众家，这种《诗》学态度似乎与宣帝在石渠会议上兼采众家之说的经学态度是一致的。

由上可知，元帝曾从丙吉、萧望之、匡衡、张游卿、高嘉习《诗》，主要习《齐诗》《鲁诗》。除习《诗》外，元帝还从疏广、疏受、严彭祖习《公羊春秋》，从夏侯胜、夏侯建、欧阳地余、孔霸、周堪习《尚书》等。

## 六、汉成帝所受的《诗经》教育

成帝"好经书"③，也是先后向多位《诗》学家习《诗》。《史记·张丞相列传》褚先生补云：

> 韦丞相玄成者，即前韦丞相子也。代父，后失列侯。其人少时好读书，明于《诗》《论语》。为吏至卫

---

① 班固：《汉书》，中华书局，1962年版，第3610页。
② 范晔：《后汉书》，中华书局，1965年版，第2569页。
③ 班固：《汉书》，中华书局，1962年版，第301页。

尉，徙为太子太傅。①

《汉书·韦玄成传》载：

> 元帝即位，以玄成为少府，迁太子太傅，至御史大夫。②

即言《鲁诗》学者韦玄成曾授成帝《鲁诗》。

又《后汉书·伏湛传》载：

> 伏湛字惠公，琅邪东武人也。……父理，为当世名儒，以《诗》授成帝，为高密太傅，别自名学。③

《汉书·儒林传》曰：

> （匡）衡授琅邪师丹、伏理斿君、颍川满昌君都。君都为詹事，理高密太傅，家世传业。丹大司空，自有传。由是齐诗有翼、匡、师、伏之学。④

即言《齐诗》学者匡衡传《诗》于伏理，伏理别自名家，成《齐诗》伏氏学，并以《诗》授成帝。此外，成帝还从匡衡学《齐诗》。据《史记·张丞相列传》褚先生补曰：

> 丞相匡衡者，东海人也。好读书，从博士受《诗》。……补博士，拜为太子少傅，而事孝元帝。⑤

---

① 司马迁：《史记》，中华书局，1959年版，第2689页。
② 班固：《汉书》，中华书局，1962年版，第3113页。
③ 范晔：《后汉书》，中华书局，1965年版，第893页。
④ 班固：《汉书》，中华书局，1962年版，第3613页。
⑤ 司马迁：《史记》，中华书局，1959年版，第2689页。

即言匡衡为太子少傅,授《诗》成帝。

上述材料说明成帝先后从韦玄成、伏理、匡衡等《诗经》学者习《鲁诗》《齐诗》,这与其父元帝同。于此也可见成帝之好《诗》,对此汉人多有述评。如《汉书·匡衡传》载匡衡言成帝之好经学事曰:

> 窃见圣德纯茂,专精《诗》《书》,好乐无厌。①

即言成帝精于《诗经》等,对经学是"好乐无厌"。而《汉书·楚元王传》则云:

> 上方精于《诗》《书》,观古文,诏向领校中五经秘书。②

此言成帝因精于《诗》《书》,以至诏令刘向领校五经秘书之事,最终成就了我国文献整理史上的一项伟业。而《风俗通义》卷二《正失》则云:

> 孝成皇帝好《诗》《书》,通览古今。③

此言成帝好《诗》《书》,博览古今,故成帝之好《诗经》等经学当是两汉人的共识。

除了好《诗》而习《诗》学外,成帝兼修《春秋》等。如《汉书·百官公卿表》载:

> 初元五年,河南太守刘彭祖为左冯翊,二年迁太子太傅。

---

① 班固:《汉书》,中华书局,1962年版,第3343页。
② 班固:《汉书》,中华书局,1962年版,第1950页。
③ 王利器:《风俗通义校注》,中华书局,2010年版,第93页。

## 第九章 汉代帝王与《诗经》

对此，王先谦《汉书补注》卷十九曰："严彭祖也，见《儒林传》，历官与此吻合，'刘'字误。"[①] 即此处之"刘彭祖"当作严彭祖，乃《公羊》学大师，故成帝曾习《公羊》学。此外成帝还曾从郑宽中等习《尚书》、从张禹习《论语》等。

因为对经学的喜爱，对于部分经学修养不够的大臣，成帝竟轻视之。如《汉书》卷八十三《薛宣传》载：

> 数月，（薛宣）代张禹为丞相……然官属讥其烦碎无大体，不称贤也。

> 时天子好儒雅，宣经术又浅，上亦轻焉。

即言丞相薛宣因经术浅薄，成帝轻视之。不仅如此，甚至成帝以《诗》学修养来作为衡量自己继承人的标准之一，对此下文将作论述，此处从略。于此可以见出成帝之重视经学，同时这必将影响到当时《诗经》等经学的传播。

### 七、汉哀帝所受的《诗经》教育

哀帝本为定陶王子，为成帝太子前，即已习《诗》，对此，《汉书·哀帝纪》有明确的记载：

> 孝哀皇帝，元帝庶孙，定陶恭王子也。……元延四年入朝……上令诵《诗》，通习，能说。他日问中山王……不能对。令诵《尚书》，又废。……成帝由

---

[①] 王先谦：《汉书补注》，书目文献出版社，1995年版，第307页。

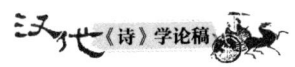

此以为不能,而贤定陶王,数称其材。①

此段材料说明哀帝成为太子前即已习《诗》,能说其义,并且以此获得成帝的认可,被立为太子。相反的则是中山王不通于经学,则被成帝认为"不能"。成帝以经学修养作为评判臣子乃至皇位继承人的标准,这与宣帝的情况近似。而据《汉书·韦贤传》载:

> 东海太守弘(玄成长兄)子赏亦明《诗》。哀帝为定陶王时,赏为太傅。哀帝即位,赏以旧恩为大司马车骑将军,列为三公,赐爵关内侯,食邑千户,亦年八十余,以寿终。②

又《汉书·儒林传》在言及《鲁诗》的传授情况时说:

> 玄成及兄子赏以《诗》授哀帝,至大司马车骑将军,自有传。由是《鲁诗》有韦氏学。③

结合两条材料看,哀帝为定陶王时所习之《诗》乃出于韦赏所授之《鲁诗》韦氏学,故哀帝曾习《鲁诗》。

哀帝立为太子后,则又从师丹习《诗》。《汉书·师丹传》载:

> 师丹字仲公,琅邪东武人也。治《诗》,事匡衡。

---

① 班固:《汉书》,中华书局,1962年版,第333页。
② 班固:《汉书》,中华书局,1962年版,第3115页。
③ 班固:《汉书》,中华书局,1962年版,第3609页。俞艳庭经考证,认为韦玄成不曾授《诗》哀帝,其说有据。见《两汉三家〈诗〉学史纲》,齐鲁书社,2009年版,第339页。

举孝廉为郎。元帝末,为博士……成帝末年,立定陶王为皇太子,以丹为太子太傅。哀帝即位,为左将军,赐爵关内侯,食邑,领尚书事,遂代王莽为大司马,封高乐侯。月余,徙为大司空。①

此言师丹治《齐诗》,乃《齐诗》大师匡衡之弟子;哀帝立为太子后,从师丹习《齐诗》;哀帝即位后,师丹封侯、食邑。故哀帝也治《齐诗》。

由上述可知,哀帝与元帝、成帝一样,皆兼习韦玄成、韦赏、师丹所授之《鲁诗》《齐诗》,而对《齐诗》的学习则是出于成帝的要求。

对于平帝受《诗经》教育的情况,则没有相关的文献记载。关于王莽所接受的《诗经》教育,也缺乏文献记载,但王莽通《诗》无疑。现存文献中有一些王莽称引诗文的材料,可以说明王莽是受过《诗经》教育的,对此后文将有论述。

## 八、汉光武帝、明帝所受的《诗经》教育

《后汉书·光武帝纪》载:

> 王莽天凤中,乃之长安,受《尚书》,略通大义。②

光武帝曾在新莽时到长安习《尚书》,李贤注引《东

---

① 班固:《汉书》,中华书局,1962年版,第3505页。
② 范晔:《后汉书》,中华书局,1965年版,第1页。

观汉记》云:"受《尚书》于中大夫庐江许子威。"则光武帝曾从庐江许子威习《尚书》。但光武帝是否学习《诗经》则不见记载。现存文献中有一些光武帝称引《诗经》的材料,则说明光武帝是学习过《诗经》的。

据《东观汉记》纪二《显宗孝明皇帝》记载,明帝"尤垂意于经学","十岁能通《春秋》",以至光武帝都感到惊奇。但现存文献没有明确记载明帝习《诗》。《后汉书·儒林列传》载:

> 包咸字子良,会稽曲阿人也。少为诸生,受业长安,师事博士右师细君,习《鲁诗》《论语》。……建武中,入授皇太子《论语》,又为其章句。……永平五年,迁大鸿胪。每进见,锡以几杖,入屏不趋,赞事不名。经传有疑,辄遣小黄门就舍即问。……显宗以咸有师傅恩,而素清苦,常特赏赐珍玩束帛,奉禄增于诸卿。①

此言明帝从《鲁诗》学者包咸习《论语》。明帝即位以后,学经热情不减,每有疑惑,则遣小黄门询问包咸,同时还言及明帝特别尊重老师包咸,包咸俸禄高于诸卿。而包咸作为《鲁诗》学者,在对明帝的授业中,当存在师授《鲁诗》的情况。而且《论语》在当时还未称"经",故明帝向包咸请教的"经传"之"经"也可能指《鲁诗》。

此外《东观汉记》纪二《显宗孝明皇帝》言明帝为太

---

① 范晔:《后汉书》,中华书局,1965年版,第2570页。

子时,便已"治《尚书》,备师法,兼通四经,略举大义,博观群书,以助术学,无所不照"①,此处之"兼通四经",或言"兼通九经"②,皆指明帝除精通《尚书》外,还通《诗经》等其他经典。

故明帝曾习《鲁诗》,并精通《诗》学,当无疑义。

### 九、汉章帝所受的《诗经》教育

据《后汉书·肃宗孝章帝纪》,章帝延续了其父明帝好经学的特性,亦"好儒术",故显宗重之。对于章帝所接受的《诗》学教育,《后汉书·桓荣列传》载窦宪上疏皇太后之言曰:

> 近建初元年,张酺、魏应、召训亦讲禁中。③

即言明帝曾从张酺、魏应、召训习经。而据《后汉书·儒林列传下》载:

> 魏应字君伯,任城人也。少好学。建武初,诣博士受业,习《鲁诗》。④

此言魏应乃《鲁诗》学者,则章帝当从魏应习《鲁诗》。又据《后汉书·儒林列传下》载:

> 召驯字伯春,九江寿春人也。……驯少习《韩

---

① 吴树平:《东观汉记校注》,中华书局,2008年版,第54页。
② 《太平御览》卷五九一引华峤《后汉书》之言。
③ 范晔:《后汉书》,中华书局,1965年版,第1256页。
④ 范晔:《后汉书》,中华书局,1965年版,第2571页。

诗》，博通书传……建初元年，稍迁骑都尉，侍讲肃宗。①

此言召驯乃《韩诗》学者，曾侍讲肃宗。故章帝曾从召驯习《韩诗》。而据《后汉书》卷四十五《张酺列传》，张酺乃《尚书》学者，曾授章帝《尚书》。②

又《后汉书》卷三十六《贾逵列传》载：

> 建初元年，诏逵入讲北宫白虎观、南宫云台。帝善逵说。③

贾逵是古文经学大师，精通《毛诗》等，故章帝也存在习《毛诗》的可能性。同时章帝在位期间出台了扶持《毛诗》等古文经学发展的相关政策。

此外，《东观汉记》之《肃宗孝章皇帝》云：

> （章帝）既志于学，始治《尚书》，遂兼五经，周览古今，无所不观。于是上敬重之，每事谘焉。以至孝称，孜孜膝下。④

此言章帝兼通《诗经》等五经，而且周览古今，无所不观，极为博学。

由以上论述可知章帝曾习《鲁诗》和《韩诗》，同时也存在习《毛诗》的可能性。章帝兼通五经这一点与明帝同。

---

① 范晔：《后汉书》，中华书局，1965年版，第2573页。
② 范晔：《后汉书》，中华书局，1965年版，第1528页。
③ 范晔：《后汉书》，中华书局，1965年版，第1236页。
④ 吴树平：《东观汉记校注》，中州古籍出版社，1987年版，第76页。

## 十、汉和帝所受的《诗经》教育

和帝幼年登基,其《诗经》教育主要是在即位之后完成的。《后汉书·桓荣列传》载:

> 和帝即位,富于春秋,侍中窦宪……上疏皇太后曰:"……臣伏惟皇帝陛下,躬天然之姿,宜渐教学……昔五更桓荣,亲为帝师,子郁,结发敦尚,继传父业……经行笃备。又宗正刘方,宗室之表,善为《诗经》,先帝所褒。宜令郁、方并入教授,以崇本朝,光示大化。"由是迁长乐少府,复入侍讲。①

此言窦宪推荐欧阳《尚书》学大师桓荣之子桓郁和长于《诗经》的宗正刘方入授《诗》《书》,随即言及桓郁迁升长乐少府,入朝侍讲事,表明窦太后接受了窦宪的建议。虽未言及刘方入授帝《诗》事,但从桓郁的升迁情况可以看出和帝应从刘方习《诗》了。而且此后刘方成为司徒、司空,也与汉昭帝后帝师多为三公之情况同。此外,《东观汉记》卷二在论述和帝时说:

> 朝无宠族,政如砥矢,惠泽沾濡,鸿恩茂笃。外忧庶绩,内勤经艺,自左右近臣,皆诵《诗》《书》。

此言和帝勤修经艺,以至左右近臣皆诵《诗》《书》,更说明和帝习《诗》无疑,但刘方所传之《诗》之派系则无法考证,故和帝所习为何《诗》,暂时无从稽考。

---

① 范晔:《后汉书》,中华书局,1965年版,第1255~1256页。

## 十一、汉安帝所受的《诗经》教育

安帝刘祜本为清河王刘庆子,因"年十岁,好学史书"而为和帝所称赞。和帝崩,安帝继位。对于安帝之《诗经》教育,现存史籍无明确而直接的记载,但在邓太后定刘祜为和帝继承人的诏书中,言及安帝习《诗》事。其文曰:

> 先帝圣德淑茂,早弃天下。……唯长安侯祜质性忠孝,小心翼翼,能通《诗》《论》,笃学乐古,仁惠爱下。年已十三,有成人之志。……其以祜为孝和皇帝嗣,奉承祖宗。①

此言长安侯刘祜可以作为和帝继承人的理由之一便是"能通《诗》《论》",这与宣帝、哀帝情况一样,是否习《诗》通《诗》成为判断其能否成为皇位继承人的标准之一。在安帝即位之后的诏书中也曾两次称引《诗》文,表明安帝确实通《诗》。但安帝即位之前从谁习《诗》?所习何《诗》?史无见载。《后汉书·桓荣列传》曾言及安帝永初元年(107)从桓焉习《尚书》事,但不见有习《诗》的记载。

现存文献中有关安帝经学教育情况的记载较少。邓太后谓"方今……五经衰缺"②,《后汉书·儒林传》说"自安帝览政,薄于艺文,博士倚席不讲,朋徒相视怠散,学

---

① 范晔:《后汉书》,中华书局,1965年版,第203~204页。
② 范晔:《后汉书》,中华书局,1965年版,第428页。

舍颓敝，鞠为园蔬，牧儿荛竖，至于薪刈其下"。这种情况与现存文献中缺乏安帝接受《诗》等经学教育的记载颇有一致之处。

## 十二、汉顺帝、桓帝和灵帝所受的《诗经》教育

关于顺帝所受《诗经》教育的情况，现存材料不多。《后汉书》卷六十三《杜乔列传》载：

> 汉安元年，以（杜）乔守光禄大夫，使徇察兖州。……还，拜太子太傅，迁大司农。①

李贤注引《续汉书》曰：

> 乔少好学，治《韩诗》《京氏易》《欧阳尚书》，以孝称。虽二千石子，常步担求师。②

结合两条材料，可知顺帝可能从杜乔习《韩诗》。而且现存顺帝称引《诗》文的材料有6条，说明顺帝对《诗经》比较熟悉。此外，据《后汉书·桓荣列传》，顺帝还从桓焉习《尚书》。

汉桓帝乃蠡吾侯刘翼子，为梁太后和大将军梁冀所立，即位时十五岁。据《后汉书·党锢列传》，桓帝为蠡吾侯时，曾受学于甘陵周福，但周福所治何经则不明。故无桓帝习《诗》之明确记录。但从现存文献有6条桓帝称引《诗》文的材料看，桓帝对《诗经》还是比较熟悉的。

---

① 范晔：《后汉书》，中华书局，1965年版，第2092页。
② 范晔：《后汉书》，中华书局，1965年版，第2092页。

灵帝乃解渎亭侯刘苌子，为窦太后和城门校尉窦武所立，时年十二岁。现存文献中没有言及灵帝习《诗》事，仅言其涉及经术。如《后汉书·蔡邕列传》载熹平六年（177）蔡邕上灵帝疏中言及"陛下即位之初，先涉经术，听政余日，观省篇章"事，即言灵帝即位之初，颇涉猎经术，但也未言其习《诗》。此外，在蔡邕为杨赐写的《汉太尉杨公碑》中，曾言及杨赐曾授灵帝《尚书》[①]，其他则未言及。

为更清晰地展现两汉帝王习《诗》情况，笔者列出表9-1：

表9-1 两汉帝王习《诗》情况

| 帝王 | 习诗否 | 传《诗》者 | 流派 |
| --- | --- | --- | --- |
| 高祖刘邦 | 否 | 无 | 无 |
| 惠帝 | 不可知 | 不可知 | 不可知 |
| 文帝 | 习《诗》 | 不可知 | 不可知 |
| 景帝 | 不可知 | 不可知 | 不可知 |
| 武帝 | 习《诗》 | 王臧 | 鲁诗 |
| 昭帝 | 习《诗》 | 蔡义、韦贤 | 韩诗、鲁诗 |
| 宣帝 | 习《诗》 | 东海澓中翁 | 不明（或鲁诗） |
| 元帝 | 习《诗》 | 丙吉、萧望之、匡衡、张游卿、高嘉 | 不明、齐诗、鲁诗 |
| 成帝 | 习《诗》 | 韦玄成、伏理、匡衡 | 齐诗、鲁诗 |
| 哀帝 | 习《诗》 | 韦赏、师丹 | 鲁诗、齐诗 |

---

① 邓安生：《蔡邕集校注》，河北教育出版社，2002年版，第357页。

续表9-1

| 帝王 | 习诗否 | 传《诗》者 | 流派 |
|------|--------|------------|------|
| 王莽 | 习《诗》 | 不可知 | 不可知 |
| 光武帝 | 习《诗》 | 不可知 | 不可知 |
| 明帝 | 习《诗》 | 包咸 | 鲁诗 |
| 章帝 | 习《诗》 | 魏应、召驯 | 鲁诗、韩诗① |
| 和帝 | 习《诗》 | 刘方 | 不可知 |
| 安帝 | 习《诗》 | 不可知 | 不可知 |
| 顺帝 | 习《诗》 | 杜乔 | 韩诗 |
| 桓帝 | 习《诗》 | 不可知 | 不可知 |
| 灵帝 | 习《诗》 | 不可知 | 不可知 |

通过表9-1，可以得到如下认识：

第一，汉初帝王并不热衷于研习《诗经》。其中高祖不习《诗》，而惠帝和景帝习《诗》与否则不可知，我们甚至可以认为他们皆如高祖一般不习《诗》，文帝则是因其称引了一条《诗》文而被认为曾习《诗》。除此之外，惠帝、文帝、景帝所受的多是法家、道家等文献教育，而不是儒家经学教育。从武帝开始，始有明确的习《诗》授受记录，但武帝所受的教育除《诗》《书》之外，还包括法家、道家等文献。随着武帝罢黜百家、独尊儒术政策的落实，儒家经学教育越来越受到重视，经学的地位越来越高。昭帝便主要接受儒家《诗》教育。此后两汉历代帝王几乎皆习《诗》等儒家经典。

---

① 或亦习《毛诗》。

第二，两汉帝王的《诗》学选择影响着两汉《诗经》学的兴衰。两汉帝王的《诗》学老师多进身三公等要职。如武帝即位之后，在短短一年时间里便将自己的老师王臧迁为郎中令，以王臧的同学赵绾为御史大夫，两人皆身居九卿要职，此后大批《鲁诗》学者如徐偃、周霸等进入政坛。而昭帝学《韩诗》和《鲁诗》，其师蔡义和韦贤后皆为丞相。《韩诗》学者的较多出现也是在蔡义之后；而韦贤之为相，则使《鲁诗》更加兴盛。此后元帝、成帝、哀帝皆习《鲁诗》《齐诗》，《鲁诗》学者韦玄成为丞相、韦赏为大司马车骑将军，《齐诗》学者萧望之为前将军光禄勋、匡衡为丞相等。而西汉《齐诗》学者的大量出现，特别是进入政坛，也是在萧望之为太子太傅之后。这些都使《齐诗》《鲁诗》得以进一步发展。据学者研究，西汉《鲁诗》《齐诗》最盛，《韩诗》则不如此二诗兴盛。[①] 这应该与西汉只有昭帝习《韩诗》而其他帝王多习《鲁诗》《齐诗》的情况有关。进入东汉，明、章二帝皆习《鲁诗》，章帝和顺帝又习《韩诗》，故东汉《鲁诗》《韩诗》较盛，《齐诗》则渐渐消亡。

第三，两汉帝王多兼习数家《诗》。如昭帝习《鲁诗》《韩诗》，元帝则先后从萧望之、匡衡、张游卿、高嘉习《齐诗》《鲁诗》。即便同为《齐诗》学者，翼奉、匡衡、萧望之之《诗》学又各有特点；而同为《鲁诗》学者的张游卿、高嘉当也存在这种情况。同样，成帝从韦玄成、伏

---

① 俞艳庭：《两汉三家〈诗〉学史纲》，齐鲁书社，2009年版，序言第4页。

理、匡衡习《鲁诗》与《齐诗》,而《齐诗》之伏理、匡衡皆自成家法。哀帝从韦赏、师丹习《鲁诗》与《齐诗》;东汉则只有章帝兼习《鲁诗》与《韩诗》。汉代帝王之兼习数家《诗》的现象又可以与石渠阁会议和白虎观会议中汉帝常常兼采各家学派的观点之现象结合起来。这或许可以为我们常说的汉代经师严守师法、家法提供一个反思的角度。

第四,西汉武帝之后,各帝王所习各家《诗》记录清晰明确;但进入东汉,有明确记载的只有明帝、章帝和顺帝,其他几位帝王虽皆习《诗》,但所习《诗经》之家数则不明。这或许可以说明两点:一是东汉《诗经》地位下降;二是东汉各家《诗》学的融合在加强,各家《诗》学的特殊性在减弱。

## 第二节 两汉帝王的致用《诗》学观

两汉帝王,特别是从汉武帝开始的西汉帝王多明确提倡通经致用,而《诗经》作为五经之一,自然也属于"通经"之列,因此本节对两汉帝王致用《诗》学观的讨论,主要是在"通经致用"的语境下开展的。

### 一、高祖、文帝的用《诗》取向

两汉帝王中明确提出通经致用经学观的是汉武帝,但在武帝之前的高祖、文帝便已经表现出这种经学价值取向。

前文言及刘邦不喜儒学,而在他与陆贾的那段对话中则表明了其不喜儒学之原因,即《诗》《书》无益于打天下,其实质与作为先秦儒家殿军的荀子之"《诗》《书》故而不切"的说法是一致的,即说《诗》《书》不切于世用,这应该是当时较为普遍的一种看法。基于此,陆贾提出了《诗》《书》可以用来治世的《诗》学主张,而从高祖刘邦对待《新语》的态度和此后祭祀孔子与接见《诗》学家浮丘伯、申公师徒的行为看,刘邦应是接受了陆贾的看法,即认识到《诗》之治世功能。

现存文献中没有文帝评论《诗经》的话语,但有一条文帝用《诗》的材料。据《史记·孝文本纪》载,文帝十三年(167),齐太仓令淳于公有罪当遭肉刑,其少女缇萦上书愿赎父罪。文帝怜悲其意,乃下诏曰:

> 盖闻有虞氏之时,画衣冠异章服以为僇,而民不犯。何则?至治也。今法有肉刑三,而奸不止,其咎安在?非乃朕德薄而教不明欤?吾甚自愧。故夫驯道不纯而愚民陷焉。诗曰"恺悌君子,民之父母"。今人有过,教未施而刑加焉,或欲改行为善而道毋由也。朕甚怜之……其除肉刑。①

此言文帝鉴于肉刑之残忍无道,而据《大雅·泂酌》诗文以废除之。这就表现出一种依据诗文解决现实问题的

---

① 司马迁:《史记》,中华书局,1959年版,第427~428页。

用《诗》取向。

## 二、"取之于术":汉武帝的通经致用《诗》学观

武帝提倡通经致用,这在其即位之初便已表现出来。《汉书·公孙弘传》载:

> 武帝初即位,招贤良文学士,是时弘年六十,以贤良征为博士。使匈奴,还报,不合意,上怒,以为不能,弘乃移病免归。①

武帝让此前"不治而议论"的博士公孙弘出使匈奴,让公孙弘以其所学以解决现实问题,但公孙弘对问题的解决不能令武帝满意,故被罢免。公孙弘的这一遭遇与《鲁诗》大师申公之免归也有一致之处。具有同样境遇的还有申公的弟子徐偃、周霸等儒者。据《汉书·郊祀志》载,武帝欲封禅,命徐偃等群儒制封禅之礼,结果是:

> 群儒既已不能辩明封禅事,又拘于《诗》《书》古文而不敢骋。上为封祠器视群儒,群儒或曰"不与古同",徐偃又曰"太常诸生行礼不如鲁善",周霸属图封事,于是上黜偃、霸,而尽罢诸儒弗用。②

即言徐偃、周霸等儒生因拘束于《诗》《书》古文,而不具有解决现实问题的能力,通通被武帝罢免了。武帝罢免经学之士的行为皆体现出他对经学之士解决现实问题

---

① 班固:《汉书》,中华书局,1962年版,第2613页。
② 班固:《汉书》,中华书局,1962年版,第1233页。

的能力的强调。

同样，对于不切于世用的学术，汉武帝也持抵制态度，这见于他与《尚书》学者兒宽的对话：

> 吾始以《尚书》为朴学，弗好，及闻宽说，可观。①

他以《尚书》为"朴学"，面对这种不切于世用的学术，武帝的态度是"弗好"。

与之相应的则是汉武帝对通经致用的强调。这一观点在元光元年（前134）策问董仲舒等文学贤良的三道策文中有反复的表述，对此，前文论及董仲舒"以《诗》为法"的《诗》学观时已有明确的讨论，此不赘述。

武帝除了在策文中明确提出当以经义解决现实问题的主张外，还对能够以经义解决现实问题的人予以褒奖。如在武帝即位之初就被罢免的博士公孙弘，其后来在政治实践中"缘饰以儒术，上说之，一岁中至左内史"②。

又据《汉书·兒宽传》载：

> 时张汤为廷尉，廷尉府尽用文史法律之吏，而宽以儒生在其间，见谓不习事，不署曹，除为从史，之北地视畜数年。还至府，上畜簿，会廷尉时有疑奏，已再见却矣，掾史莫知所为。宽为言其意，掾史因使宽为奏。奏成，读之皆服，以白廷尉汤。汤大惊，召

---

① 班固：《汉书》，中华书局，1962年版，第3603页。
② 班固：《汉书》，中华书局，1962年版，第2618页。

## 第九章 汉代帝王与《诗经》

宽与语,乃奇其材,以为掾。上宽所作奏,即时得可。异日,汤见上。问曰:"前奏非俗吏所及,谁为之者?"汤言兒宽。上曰:"吾固闻之久矣。"汤由是乡学,以宽为奏谳掾,以古法义决疑狱,甚重之。①

从"前奏非俗吏所及""汤由是乡学""以古法义决疑狱"看,兒宽所作奏谳当是依据经学而提出相关的断案决议,故为武帝所认可,进而使张汤"乃请博士弟子治《尚书》《春秋》补廷尉史,亭疑法"②。这也表明以经决狱始于武帝时。

又《汉书·终军传》载:

> 元鼎中,博士徐偃使行风俗。偃矫制……御史大夫张汤劾偃矫制大害,法至死。偃以为《春秋》之义……汤以致其法,不能诎其义。有诏下军问状,军诘偃曰:"……故《春秋》'王者无外'。偃巡封域之中,称以出疆何也?且盐铁,郡有余臧,正二国废,国家不足以为利害,而以安社稷存万民为辞,何也?"……上善其诘,有诏示御史大夫。③

徐偃对自己的矫制行为以《春秋》辩之,以致张汤不能诎其义;而终军也以《春秋》驳之,结果是"上善其诘,有诏示御史大夫",这便是向大臣们宣扬通经致用。

汉武帝对通经致用之提倡,在其《诗经》观上也有鲜

---

① 班固:《汉书》,中华书局,1962年版,第2628~2629页。
② 司马迁:《史记》,中华书局,1959年版,第3139页。
③ 班固:《汉书》,中华书局,1962年版,第2817~2818页。

明的体现。如《汉书·终军传》载：

> 终军……从上幸雍祠五畤，获白麟，一角而五蹄。时又得奇木，其枝旁出，辄复合于木上。上异此二物，博谋群臣。军上对曰：臣闻《诗》颂君德，《乐》舞后功，异经而同指，明盛德之所隆也。……故周至成王，然后制定，而休征之应见。陛下……积和之气塞明，而异兽来获，宜矣。……对奏，上甚异之，由是改元为元狩。①

此处终军依据《诗》《乐》对武帝所获祥瑞作了解释。对于终军之话语，武帝是"甚异之"，进而将其年号都改了。这可见出武帝对终军据《诗》立言之认可。

在本书第二章言及的董仲舒之以《诗》决狱一事上，武帝"诏曰：可"，即表明他对此一行为之认可。同时汉武帝在废后立后事件上也称引《诗》文，虽所称引乃逸诗，但也充分体现出武帝通经致用的《诗》学观。

## 三、昭帝通经致用的《诗》学观

从汉昭帝对隽不疑以《春秋》断伪太子事件的相关论述中可以看出他有通经致用的观念。《汉书·隽不疑传》载：

> 始元五年，有一男子……诣北阙，自谓卫太子。公车以闻，诏使公卿、将军、中二千石杂识视。……

---

① 班固：《汉书》，中华书局，1962年版，第2814~2815页。

## 第九章　汉代帝王与《诗经》

丞相、御史、中二千石至者并莫敢发言。京兆尹不疑后到，叱从吏收缚。或曰："是非未可知，且安之。"不疑曰："诸君何患于卫太子！昔蒯聩违命出奔，辄距而不纳，《春秋》是之①。卫太子得罪先帝，亡不即死，今来自诣，此罪人也。"遂送诏狱。天子与大将军霍光闻而嘉之，曰："公卿大臣当用经术明于大谊。"②

此处隽不疑依据《春秋》解决了伪太子事件，而昭帝对此行为的评论则是"公卿大臣当用经术明于大谊"，这就是在提倡以经术解决现实问题，而《诗经》作为经术之一，"通《诗》致用"也在其提倡之列。

又《盐铁论·复古第六》载：

　　文学曰：……明主即位以来，六年于兹……陛下宣圣德，昭明光，令郡国贤良、文学之士，乘传诣公车，议五帝、三王之道，六艺之风，册陈安危利害之分，指意粲然。今公卿辨议，未有所定，此所谓守小节而遗大体，抱小利而忘大利者也。③

此段言昭帝令贤良文学之士讨论三王之道、六艺之风，以解决安危利害之现实问题，其实就是在以经学解决现实问题。这与上一条昭帝的通经致用观是相呼应的，也与其父汉武帝的通经致用观是一致的。

---

① 荀悦《汉纪》作"美之"。
② 班固：《汉书》，中华书局，1962年版，第3037~3038页。
③ 王利器：《盐铁论校注》，中华书局，1992年版，第79页。

## 四、"以经处是非":汉宣帝通经致用的《诗》学观

汉宣帝延续了武帝、昭帝以来的通经致用观。如《汉书·夏侯胜传》载:

> 至(本始)四年夏,关东四十九郡同日地动,或山崩,坏城郭室屋,杀六千余人。上……下诏曰:"盖灾异者,天地之戒也。朕承洪业,托士民之上,未能和群生。曩者地震北海、琅邪,坏祖宗庙,朕甚惧焉。其与列侯、中二千石博问术士,有以应变,补朕之阙,毋有所讳。"①

此处宣帝延续了武帝以经学解决灾异问题的主张,故在灾异发生以后,博问经学之士,有以应变。②

同样,这种以经术解决相关问题的致用经学观在甘露元年(前53)汉宣帝对评《公羊传》《谷梁传》异同的经学会议开展之方式的要求上也有明确的体现。《汉书·儒林传》载:

> 自元康中始讲,至甘露元年,积十余岁,皆明习。乃召《五经》名儒太子太傅萧望之等大议殿中,平《公羊》《谷梁》同异,各以经处是非。……《公羊》家多不见从。……议三十余事。望之等十一人各

---

① 班固:《汉书》,中华书局,1962年版,第3158页。
② 此外,宣帝对这种以经术言灾异的经学观还曾反复强调,在武帝、宣帝等的提倡下,在元帝、成帝时期开始集中出现以灾异言《诗》的说《诗》方式。

## 第九章 汉代帝王与《诗经》

以经谊对,多从《谷梁》。由是《谷梁》之学大盛。①

此次经学会议的目的是评《公羊传》和《谷梁传》之异同,而评的方式则是"各以经处是非",也即"各以经谊对"。那么,如何"以经处是非"呢?虽然此次经学会议的具体文献没有流传下来,但我们可以通过石渠阁经学会议的残存文献来考察其具体操作方式。

《通典》卷八十九《礼四十九·凶十一》载:

> 问:"父卒母嫁,为之何服?"萧太傅云:"当服周,为父后则不服。"韦元成以为:"父殁则母无出义,王者不为无义制礼,若服周,则是子贬母也,故不制服也。"宣帝诏曰:"妇人不养舅姑,不奉祭祀,下不慈子,是自绝也,故圣人不为制服,明子无出母之义,元成议是也。"又问:"夫死,妻稚子幼,与之适人,子后何服?"韦元成对:"与出妻子同,服周。"②

此处讨论的是子为改嫁之母服何服的问题。经典中没有关于这一问题的记载,对此《齐诗》学者萧望之认为当依据《仪礼·丧服》之"父卒,继母嫁,从;为之服,报"③的礼法,则当为母服周。韦玄成则不从萧望之说,而认为将改嫁之母等同于为父所出之母,是"子贬母",是不符经义的,因此子为嫁母不服。《鲁诗》学者韦玄成

---

① 班固:《汉书》,中华书局,1962年版,第3618页。
② 王文锦点校:《通典》,中华书局,1988年版,第2455页。
③ 陈戌国点校:《周礼 仪礼 礼记》,岳麓书社,1989年版,第220页。

则依据《仪礼·丧服》之"出妻之子为母期"的立法，认为当服周。

这段记述石渠阁会议内容的文字表明，当时的讨论方式就是参与讨论者依据经文或经义，各自提出解决相关问题的观点，这种讨论方式与甘露元年（前53）评《公羊》《谷梁》之异同的方式是相同的，这即宣帝所谓的"以经处是非"，也即萧望之等人的"以经义对"。这与武帝要求董仲舒等贤良文人在对策时需"取之于术"是一样的，就是依据《诗经》等五经经文或经义来解决相关现实问题，这就是通经致用。但武帝当时所针对的主要是朝中大臣和参与对策的贤良文人，宣帝则是直接以经学会议的名义向参与此次会议的全国经学界学者提倡通经致用，其目的比武帝更加明确、具体。

宣帝的这种通经致用经学观在他对《诗经》诗文的运用上也有鲜明的体现。如《汉书·宣帝纪》载元康三年（前63），宣帝诏曰：

> 朕微眇时，御史大夫丙吉……与朕有旧恩。及故掖庭令张贺辅导朕躬，修文学经术，恩惠卓异，厥功茂焉。诗不云乎？"无德不报。"封贺所子弟子侍中中郎将彭祖为阳都侯，追赐贺谥曰阳都哀侯……各以恩深浅报之。①

此为宣帝为报答丙吉、张贺等的养育之恩，依据《大

---

① 王先谦：《汉书补注》，书目文献出版社，1995年版，第89页。

雅·抑》诗文言及的"无德不报"的法则对丙吉、张贺等进行封赏。这就是通《诗》致用。而现存宣帝言及《诗经》的3条材料中，此类用法有两例，这也可以说明宣帝这种用《诗》方式并不是偶然的。

### 五、"经义何以处之"：汉元帝通经致用的《诗》学观

汉元帝好儒，其行多据经义。①《汉书·梅福传》载：

> 元帝时，尊周子南君为周承休侯，位次诸侯王。使诸大夫博士求殷后……时匡衡议，以为"王者存二王后，所以尊其先王而通三统也。……宜更立殷后为始封君，而上承汤统，非当继宋之绝侯也，宜明得殷后而已。今之故宋，推求其嫡，久远不可得……宜以孔子世为汤后。"上以其语不经，遂见寝。②

元帝欲据《公羊》学主张封二王之后，以成三统。先已封周后，而此时匡衡建言当以孔子世后为殷后，如此或可坐实孔子的"王"者身份，但元帝则以匡衡之言为"不经"师而拒绝其说。这就体现出元帝以经为依据、法则的经学观。

又《汉书·贾捐之传》载：

> 元帝初元元年，珠厓又反，发兵击之。诸县更叛，连年不定。上与有司议大发军，捐之建议，以为

---

① 匡衡说元帝在祭祀方面是"动作接神，必因古圣之经"（《汉书·韦贤传》），其实不仅祭祀方面，其他方面亦然。

② 班固：《汉书》，中华书局，1962年版，第2936页。

不当击。上使侍中、驸马都尉、乐昌侯王商诘问捐之曰:"珠厓内属为郡久矣,今背畔逆节,而云不当击,长蛮夷之乱,亏先帝功德,经义何以处之?"捐之对曰:"……臣窃以往者羌军言之,暴师曾未一年,兵出不逾千里,费四十余万万,大司农钱尽,乃以少府禁钱续之。……臣愚以为非冠带之国,《禹贡》所及,《春秋》所治,皆可且无以为。"①

此言元帝时珠厓反,元帝欲发军击之,而贾捐之反对出兵,以为不当击。为此,元帝责问捐之说"长蛮夷之乱,亏先帝功德,经义何以处之",即言贾捐之的行为合乎哪些经义呢?其实质就是"以经处是非"或"以经义对",故贾捐之说他的反对是有《尚书》《春秋》之依据的。

又《汉书·诸葛丰传》载元帝使尚书令尧赐司隶校尉诸葛丰曰:

> 夫司隶者刺举不法,善善恶恶,非得颛之也。勉处中和,顺经术意。②

此乃元帝批判诸葛丰刺举不合法,而当以中正平和的态度进行刺举,使其行为"顺经术意",即依据经术而行,从而合乎经术之要求。这便是要求诸葛丰以经为法,体现的仍是元帝通经致用的经学观。

---

① 班固:《汉书》,中华书局,1962年版,第2830~2831页。
② 班固:《汉书》,中华书局,1962年版,第3249页。

元帝的这种通经致用经学观在其称引《诗》文的材料中也有体现。如《汉书·元帝纪》载永光元年(前43):

> 夏四月,有星孛于参。诏曰:"朕之不逮,序位不明,众僚久旷,未得其人。元元失望,上感皇天,阴阳为变,咎流万民,朕甚惧之。乃者关东连遭灾害。饥寒疾疫,天不终命。诗不云乎,'凡民有丧,匍匐救之。'其令太官毋日杀,所具各减半。……博士弟子毋置员,以广学者。"①

此言永光元年多灾异,民生艰难,为此,元帝依据《邶风·谷风》诗文,针对灾难而实施相应的政策。在元帝称引《诗》文的6条材料中,除此条外,还有4条如此用法者,兹不一一列举。

## 六、"各以经对":汉成帝通经致用的《诗》学观

成帝曾反复要求对策者"以经对"。《汉书·杜周传》所附《杜钦传》载建始四年(前29)事:

> 其夏,上尽召直言之士诣白虎殿对策,策曰:"天地之道何贵?王者之法何如?六经之义何上?人之行何先?取人之术何以?当世之治何务?各以经对。"②

对于策问内容的回答,成帝明确要求直言之士"各以

---

① 班固:《汉书》,中华书局,1962年版,第285页。
② 班固:《汉书》,中华书局,1962年版,第2673页。

经对",即依据经术来解决他所提出的问题。这就向"直言之士"提出了一个要求:必须熟悉经学。这种要求又见于元延元年(前12)的对策事件中。《汉书·成帝纪》载:

> 秋七月,有星孛于东井。诏曰:"乃者,日蚀星陨,谪见于天,大异重仍。在位默然,罕有忠言。今孛星见于东井,朕甚惧焉。公卿大夫、博士、议郎其各悉心,惟思变意,明以经对,无有所讳。"①

这次是明确要求朝中公卿大夫、博士、议郎们在回答成帝的问题时需"明以经对",即依据经学来回答。

又《汉书·平当传》载:

> 平当字子思……以明经为博士,公卿荐当论议通明,给事中。每有灾异,当辄傅经术,言得失。文雅虽不能及萧望之、匡衡,然指意略同。……当以经明《禹贡》使行河,为骑都尉,领河堤。②

此则言在元帝、成帝提倡以经术解决相关问题的背景下,平当上疏言,"傅经术,言得失"变成了一种自觉的行为;不仅如此,成帝还因平当精通《尚书·禹贡》而使其管理治水之事。这就是经学史上著名的以《禹贡》治河之事。

成帝的这种通经致用观虽不是直接针对《诗经》而言

---

① 班固:《汉书》,中华书局,1962年版,第326页。
② 班固:《汉书》,中华书局,1962年版,第3048~3050页。

的，但是《诗经》作为五经之一也应当包括在其中，即这种经学要求也是适用于《诗经》的。

## 七、哀帝的通经致用《诗》学观

哀帝也常常依据经术来处理相关事件，体现出一种以经为法的思想。如《汉书·礼乐志》载：

> 哀帝自为定陶王时疾之，又性不好音，及即位，下诏曰："……孔子不云乎？'放郑声，郑声淫。'其罢乐府官。郊祭乐及古兵法武乐，在经非郑、卫之乐者，条奏，别属他官。"丞相孔光、大司空何武奏："……其四百四十一人不应经法，或郑、卫之声，皆可罢。"奏可。①

此言哀帝不好乐，即位之后即依据孔子之言而废除不合于经法的音乐及其相关机构设施、人员等。

这种以经为法在汉哀帝的《诗》学观方面也有体现。据《汉书·哀帝纪》载：

> 六月庚申，帝太后丁氏崩。上曰："朕闻夫妇一体。诗云：'谷则异室，死则同穴。'昔季武子成寝，杜氏之殡在西阶下，请合葬而许之。附葬之礼，自周兴焉。'郁郁乎文哉！吾从周。'孝子事亡如事存。帝太后宜起陵恭皇之园。"②

---

① 班固：《汉书》，中华书局，1962年版，第1072~1073页。
② 班固：《汉书》，中华书局，1962年版，第339页。

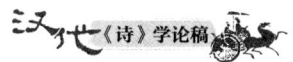

此段文字言哀帝依据《王风·大车》诗意,将其生母丁氏与其父合葬。此外,据《汉书》卷八十一《孔光传》载,哀帝元寿元年(前2)依据《小雅·青蝇》诗文,罢免了丞相王嘉。

**八、王莽的通经致用《诗》学观**

王莽则将通经致用《诗》学观发展到极致,对此,班固说道:

> 王莽……每有所兴造,必欲依古得经文。①

即言王莽事事皆依据经术而行。

如《汉书·王莽传》载:

> 莽复奏曰:"……臣又闻圣王序天文,定地理,因山川民俗以制州界。汉家地广二帝、三王,凡十三州,州名及界多不应经。《尧典》十有二州,后定为九州岛。汉家廓地辽远,州牧行部,远者三万余里,不可为九。谨以经义正十二州名分界,以应正始。"②

此言王莽依据经义正十二州名。不仅如此,据阎步克考证,王莽曾依据《诗经》之十五《国风》来设定相关的地方行政单位。③

又《汉书·王莽传中》载:

---

① 班固:《汉书》,中华书局,1962年版,第1179页。
② 班固:《汉书》,中华书局,1962年版,第4077页。
③ 阎步克:《诗国:王莽庸部、曹部探源》,载于《中国社会科学》,2004年第6期。

（王莽）为太子置师友各四人，秩以大夫。……故尚书令唐林为胥附，博士李充为奔走，谏大夫赵襄为先后，中郎将廉丹为御侮，是为四友。①

此处的"胥附""奔走""先后""御侮"，出于《大雅·绵》，王莽乃以诗文命名太子之友。

又《汉书·郊祀志》载王莽之言曰：

帝王建立社稷，百王不易。社者，土也。宗庙，王者所居。稷者，百谷之主，所以奉宗庙，共粢盛，人所食以生活也。王者莫不尊重亲祭，自为之主，礼如宗庙。诗曰："乃立冢土。"又曰："以御田祖，以祈甘雨。"《礼记》曰："唯祭宗庙社稷，为越绋而行事。"圣汉兴，礼仪稍定，已有官社，未立官稷。遂于官社后立官稷，以夏禹配食官社，后稷配食官稷。②

此处王莽所称引之《诗》文出自《大雅·绵》和《小雅·甫田》，其依据《诗》文而立官稷。

此类例子还有不少，兹不再举。这些例子皆说明王莽常常依据《诗经》行事，在制度建设方面尤甚。

## 九、东汉光武帝的通经致用《诗》学观

光武帝延续前人的通经致用观，其言行也常常以经为

---

① 班固：《汉书》，中华书局，1962年版，第4126页。
② 班固：《汉书》，中华书局，1962年版，第1269页。

据。如《后汉书·光武帝纪》载建武十三年（37）丙辰诏曰：

> 长沙王兴、真定王得、河闲王邵、中山王茂，皆袭爵为王，不应经义。①

对此，李贤注曰：

> 以其服属既疏，不当袭爵为王。

光武帝以长沙王兴、真定王得、河闲王邵、中山王茂与其服属疏远，依据经义，则不当享有王爵，故罢免之。

又《后汉书·张曹郑列传》载：

> 二十六年，诏纯曰："禘、祫之祭，不行已久矣。'三年不为礼，礼必坏；三年不为乐，乐必崩。'宜据经典，详为其制。"纯奏曰："《礼》，三年一祫，五年一禘。《春秋传》曰：'大祫者何？合祭也。'毁庙及未毁庙之主皆登，合食乎太祖，五年而再殷。……斯典之废，于兹八年，谓可如礼施行，以时定议。"帝从之，自是禘、祫遂定。②

此言光武帝要求张纯依据经典制定禘、祫之礼，于是张纯依据《礼》与《春秋》而定之。

又《后汉书·光武帝纪》载：

> 五月丁丑，诏曰："昔契作司徒，禹作司空，皆

---

① 范晔：《后汉书》，中华书局，1965年版，第61页。
② 范晔：《后汉书》，中华书局，1965年版，第1195页。

## 第九章 汉代帝王与《诗经》

无'大'名,其令二府去'大'。"①

李贤注曰:

> 佑奏宜令三公并去"大"名,以法经典,帝从其议。

此言光武帝依据经典而更改职官名称,此举与王莽同。

光武帝这种依据经术行事、以经为法的观点也体现在其对《诗经》的运用上。《后汉书·光武帝纪》载:

> 二年春正月,封功臣皆为列侯,大国四县,余各有差。下诏曰:"人情得足,苦于放纵,快须臾之欲,忘慎罚之义。惟诸将业远功大,诚欲传于无穷,宜如临深渊,如履薄冰,战战栗栗,日慎一日。"②

此处"如临深渊"出自《小雅·小旻》。此乃光武帝要求大臣效法《小雅·小旻》诗文以行事。

又《后汉书·皇后纪上》载:

> 十七年,废皇后郭氏而立贵人。制诏三公曰:"皇后怀执怨怼,数违教令,不能抚循它子,训长异室。宫闱之内,若见鹰鹯。既无《关雎》之德,而有吕、霍之风,岂可托以幼孤,恭承明祀。今遣大司徒涉、宗正吉持节,其上皇后玺绶。阴贵人乡里良家,归自微贱。'自我不见,于今三年。'宜奉宗庙,为天

---
① 范晔:《后汉书》,中华书局,1965年版,第79页。
② 范晔:《后汉书》,中华书局,1965年版,第26页。

下母。"①

此言光武帝依据《关雎》诗义，废除郭皇后。

## 十、明帝、章帝、顺帝的通经致用《诗》学观

现存文献中没有明帝、章帝、顺帝关于通经致用《诗》学观的论述，但有他们运用诗文的材料。据《后汉书·明帝纪》载：

> 冬十月壬子，幸辟雍，初行养老礼。诏曰："……三老李躬，年耆学明。五更桓荣，授朕《尚书》。诗曰：'无德不报，无言不酬。'其赐荣爵关内侯，食邑五千户。三老、五更皆以二千石禄养终厥身。"②

此处明帝依据《大雅·抑》诗文封赏桓荣。这与此前光武帝等的用《诗》方式是一致的。

又《后汉书·马援列传》载章宗即位后追赐朱勃子谷二千斛一事，对此李贤注引《东观汉记》曰：

> 章帝下诏曰："告平陵令、丞：县人故云阳令朱勃，建武中以伏波将军爵土不传，上书陈状，不顾罪戾，怀旌善之志，有烈士之风。诗云：'无言不雠，无德不报。'其以县见谷二千斛赐勃子若孙，勿令远诣阙谢。"③

---

① 范晔：《后汉书》，中华书局，1965年版，第406页。
② 范晔：《后汉书》，中华书局，1965年版，第102页。
③ 范晔：《后汉书》，中华书局，1965年版，第850页。

此外,《后汉书·宋汉列传》载顺帝也有类似用法,兹不再举。

## 十一、灵帝的通经致用《诗》学观

现存文献中有灵帝关于通《诗》致用的相关论述,并且有具体的用《诗》例子。如《后汉书·蔡邕列传》载:

> (灵帝)特诏问曰:"比灾变互生,未知厥咎,朝廷焦心,载怀恐惧。每访群公卿士,庶闻忠言,而各存括囊,莫肯尽心。以邕经学深奥,故密特稽问,宜披露失得,指陈政要,勿有依违,自生疑讳。具对经术,以皂囊封上。"①

此处灵帝要求蔡邕依据经术来披露其政治之得失、指陈政要,此与武帝、宣帝等强调的以经处是非的观点是一致的。

此外还有一条灵帝用诗的材料。《后汉书·张王种陈列传》载:

> 熹平元年,窦太后崩。……中常侍曹节、王甫欲用贵人体殡,(灵)帝曰:"太后亲立朕躬,统承大业。诗云:'无德不报,无言不酬。'岂宜以贵人终乎?"②

此言灵帝依据《大雅·抑》诗文而定葬窦太后之礼。

通过上文对两汉帝王致用《诗》学观材料的梳理,我

---

① 范晔:《后汉书》,中华书局,1965年版,第1998页。
② 范晔:《后汉书》,中华书局,1965年版,第1832页。

们可以看到两汉帝王的致用《诗》学取向出现于高祖刘邦之时，至汉武帝时被明确提倡，到宣帝、元帝、成帝时则被反复强调，在王莽时代《诗》的致用性被最大可能地扩展。但东汉的帝王则很少明确提到通《诗》致用，运用或依据《诗经》来解决相关现实问题的情况明显少于西汉的帝王。东汉帝王对《诗》的致用功能之提倡与运用皆不如西汉帝王，其原因有四：第一，通过西汉帝王与王莽的提倡，通《诗》致用已成为特别是元帝、成帝时期及其后两汉学者的共识，这一点体现在《汉书》与《后汉书》中所记录的两汉人士的用《诗》情况上，而从东汉时期帝王的用《诗》情况来看，他们也延续了这一共识，因而也就没有多少必要再对此作反复而明确的强调；第二，东汉时期经学的部分功能被帝王们所推崇的谶纬取代①；第三，东汉时期古文经学兴起；第四，东汉帝王的《诗》学修养不如西汉帝王，此点上一节已有论述。

从西汉武帝时期开始，出现了臣子依据经术回答帝王的策文、向帝王提出相关建议或解决相关问题等情况，如

---

① 东汉光武帝、明帝、章帝反复强调以谶纬决事，如《后汉书·郑兴列传》："帝尝问兴郊祀事，曰：'吾欲以谶断之，何如？'"《后汉书·桓谭列传》："是时帝（光武）方信谶，多以决定嫌疑。"《隋书·经籍志》："汉时，（明帝）又诏东平王苍正《五经》章句，皆命从谶。"《后汉书·祭祀志中》："自永平中，以《礼谶》及《月令》有五郊迎气服色，因采元始中故事，兆五郊于洛阳四方。"《东观汉记》卷二："秋八月，诏曰：《尚书璇玑钤》曰：'有帝汉出，德洽作乐，名予。'会明帝改其名，郊庙乐曰《大予乐》，正乐官曰：大予乐官，以应图谶。"《后汉书·律历志中》："于是四分施行。而欣、梵犹以为元首十一月当先大，欲以合耦弦望？……行之未期，章帝复发圣思，考之经谶，使左中郎将贾逵问治历者卫承、李崇、太尉属梁鲔……等十人。"这些实际都是以谶纬取代了五经的功能。

董仲舒便是其中佼佼者，这一情况发展到宣帝、元帝、成帝时期已经成为一种非常普遍的现象，这在萧望之、杜钦、杜邺、谷永、扬雄等人的用《诗》现象上表现得尤为突出。东汉之后，此类通《诗》致用现象则在逐渐减少。这些情况在董仲舒"以《诗》为法"和"以史言诗"的讨论中都有论述。由此可以看出汉代帝王通《诗》致用观念之变化。

此外，汉武帝、宣帝等对以经学言灾异的强调也必然推动了以灾异言《诗》方式的发展；王莽、光武帝、明帝、章帝等对谶纬的强调必然推进了"诗纬"的发展与传播，明帝以谶纬言《关雎》便是一个很好的例子；同样，两汉帝王对《诗》的文学性的强调也促进了《诗》的文学性之解读与运用，后汉诗辞赋文等大量从文学角度称引、化用诗文，或当与帝王的提倡有一定关系。

## 第三节　两汉帝王之言《诗》

两汉帝王多接受过《诗》学教育，故常言《诗》，其言《诗》主要表现为在诏策中直接称引诗文、化用诗句、概述诗意等。下面依据两汉帝王的言诗方式，将之分为以"诗曰"或"诗云"方式言《诗》、直接引用《诗》文或化用《诗》文言诗、论述诗意三个方面进行论述。

## 一、两汉帝王以"诗曰"或"诗云"方式言《诗》

"诗曰""诗云"是先秦以来的常用引诗方式,两汉帝王延续了这种方式,但在形式与功能方面也有不同之处。表9-2列出了两汉帝王称引《诗》文的材料:

表9-2 西汉帝王称引《诗》文材料

| 序号 | 帝王 | 篇名 | 内容 | 文献出处 |
|---|---|---|---|---|
| 1 | 文帝 | 大雅·泂酌 | 故夫驯道不纯而愚民陷焉。《诗》曰:"恺悌君子,民之父母。"……其除肉刑。 | 史记·孝文本纪 |
| 2 | 武帝 | 小雅·小明 | 《诗》不云乎:"嗟尔君子,毋常安息。……"朕将亲览焉,子大夫其茂明之。 | 汉书·董仲舒传 |
| 3 | 武帝 | 小雅·六月 小雅·出车 | 《诗》不云乎:"薄伐猃狁,至于太原。""出车彭彭,城彼朔方。"今车骑将军青度西河至高阙,获首虏二千三百级。 | 汉书·卫将军骠骑列传 |
| 4 | 武帝 | 小雅·正月 | 《诗》云:"忧心惨惨,念国之为虐。"已赦天下,涤除与之更始。 | 汉书·武帝纪 |
| 5 | 武帝 | 逸诗 | 《诗》云:"九变复贯,知言之选。"……据旧以鉴新。其赦天下,与民更始。 | 汉书·武帝纪 |
| 6 | 武帝 | 逸诗 | 朕……巡祭后土以祈丰年……《诗》云:"四牡翼翼,以征不服。"亲省边垂,用事所极。 | 汉书·武帝纪 |
| 7 | 宣帝 | 大雅·抑 | 《诗》不云乎:"无德不报。"封贺所子弟子……彭祖为阳都侯……各以恩深浅报之。 | 汉书·宣帝纪 |

## 第九章 汉代帝王与《诗经》

续表9-2

| 序号 | 帝王 | 篇名 | 内容 | 文献出处 |
|---|---|---|---|---|
| 8 | 宣帝 | 小雅·伐木 | 《诗》不云乎:"民之失德,干糇以愆。"勿行苛政。 | 汉书·宣帝纪 |
| 9 | 元帝 | 邶风·谷风 | 《诗》不云乎:"凡民有丧,匍匐救之。"其令太官毋日杀,所具各减半…… | 汉书·元帝纪 |
| 10 | 元帝 | 小雅·十月之交 | 《诗》不云乎:"今此下民,亦孔之哀。"……公卿大夫其勉思天戒……以辅朕之不逮。 | 汉书·元帝纪 |
| 11 | 元帝 | 大雅·民劳 | 《诗》不云乎:"民亦劳止……"今所为初陵者,勿置县邑……布告天下,令明知之。 | 汉书·元帝纪 |
| 12 | 元帝 | 大雅·文王 | 《诗》不云乎:"……自求多福。"……王其深惟孰思之,无违朕意。 | 汉书·宣元六王传 |
| 13 | 元帝 | 小雅·小明 | 《诗》不云乎:"靖恭尔位,正直是与。"王其勉之! | 汉书·宣元六王传 |
| 14 | 成帝 | 小雅·节南山 | 公卿列侯亲属……被服……过制……《诗》不云乎:"赫赫师尹,民具尔瞻。"其申敕有司,以渐禁之……司隶校尉察不变者。 | 汉书·成帝纪 |
| 15 | 成帝 | 大雅·荡 | 《诗》云:"虽无老成人,尚有典刑……"孝文皇帝,朕之师也。皇太后,皇后成法也。 | 汉书·外戚传下 |

续表 9-2

| 序号 | 帝王 | 篇名 | 内容 | 文献出处 |
|---|---|---|---|---|
| 16 | 哀帝 | 王风·大车 | 《诗》云:"谷则异室,死则同穴。"……帝太后宜起陵恭皇之园。 | 汉书·哀帝纪 |
| 17 | 哀帝 | 小雅·青蝇 | 《诗》不云乎:"谗人罔极,交乱四国。"其免(王)嘉为庶人。 | 汉书·孔光传 |
| 18 | 王莽 | 大雅·绵 小雅·甫田 | 《诗》曰:"乃立冢土。"又曰:"以御田祖,以祈甘雨。"……遂于官社后立官稷。 | 汉书·郊祀志 |
| 19 | 王莽 | 大雅·文王 | 诗不云乎:"侯服于周,天命靡常。"封尔为定安公,永为新室宾。 | 汉书·王莽传 |
| 20 | 光武帝 | 小雅·十月之交 | 寇贼为害……元元失所。《诗》云:"日月告凶,不用其行。"永念厥咎,内疚于心。 | 后汉书·光武帝纪 |
| 21 | 明帝 | 大雅·抑 | 《诗》曰:"无德不报,无言不酬。"其赐荣爵关内侯,食邑五千户。 | 后汉书·明帝纪 |
| 22 | 章帝 | 大雅·假乐 | 《诗》不云乎:"不愆不忘,率由旧章。"……其以憙为太傅,融为太尉,并录尚书事。 | 后汉书·章帝纪 |
| 23 | 章帝 | 大雅·假乐 | 《诗》云:"无言不雠,无德不报。"其以县见谷二千斛赐勃子若孙,勿令远诣阙谢。 | 东观汉记① |

---

① 范晔:《后汉书·马援列传》之"肃宗即位,追赐(朱)勃子谷二千斛"。李贤注引。

第九章　汉代帝王与《诗经》

续表 9-2

| 序号 | 帝王 | 篇名 | 内容 | 文献出处 |
|---|---|---|---|---|
| 24 | 章帝 | 大雅·下武<br>大雅·假乐 | 先帝所制,典法设张。《大雅》云:"昭哉来御,慎其祖武。"又曰:"……帅由旧章。"明德皇后宜配孝明皇帝于世祖庙,同席而供馔。 | 后汉书① |
| 25 | 章帝 | 小雅·十月之交 | 朕新离供养,悠咎众着,上天降异,大变随之。《诗》不云乎:"亦孔之丑。" | 后汉书·章帝纪 |
| 26 | 章帝 | 小雅·巧言 | 《诗》不云乎:"君子如祉,乱庶遄已。"……亦欲与士大夫同心自新。 | 后汉书·章帝纪 |
| 27 | 章帝 | 小雅·车舝 | 凤皇、黄龙所见亭部无出二年租赋。加赐男子爵……丞、尉半之。《诗》云:"虽无德与汝,式歌且舞。"它如赐爵故事。 | 后汉书·章帝纪 |
| 28 | 章帝 | 周颂·时迈 | 今恐山川百神应典祀者尚未尽秩……《诗》不云乎:"怀柔百神,及河乔岳。"有年报功,不私幸望,岂嫌同辞,其义一焉。 | 东观书② |
| 29 | 章帝 | 大雅·行苇 | 《诗》云:"敦彼行苇,牛羊勿践履。"礼,人君伐一草木不时,谓之不孝。俗知顺人,莫知顺天。 | 后汉书·章帝纪 |
| 30 | 和帝 | 小雅·蓼莪 | 《诗》云:"父兮生我,母兮鞠我……欲报之德,昊天罔极。"……其追封谥皇太后父竦为褒亲愍侯……以慰母心。 | 后汉书·梁统列传 |

---

　　① 范晔:《后汉书》志第九《祭祀下》"明帝临终遗诏"一节刘昭注引谢沈《后汉书》所载。

　　② 范晔:《后汉书·祭祀中》:"章帝即位,元和二年正月,诏曰:'山川百神,应祀者未尽。其议增修群祀宜享祀者。'"刘昭注引。

续表 9-2

| 序号 | 帝王 | 篇名 | 内容 | 文献出处 |
|---|---|---|---|---|
| 31 | 顺帝 | 周颂·闵予小子 | 曩者东平孝王敞兄弟行孝，丧母如礼，有增户之封。《诗》云："永世克孝，念兹皇祖。"今增臻封五千户。 | 后汉书·光武十王列传 |
| 32 | 顺帝 | 小雅·巧言 | 《诗》云："君子如祉，乱庶遄已。"三朝之会，朔日立春，嘉与海内洗心自新。 | 后汉书·顺帝纪 |
| 33 | 顺帝 | 大雅·江汉 | 《诗》不云乎："肇敏戎功，用锡尔祉。"其令将相大夫会葬，加赐钱十万。 | 后汉书·宋汉列传 |
| 34 | 灵帝 | 大雅·抑 | 太后亲立朕躬，统承大业。《诗》云："无德不报，无言不酬。"岂宜以贵人终乎？ | 后汉书·陈球列传 |

从表 9-2 中可以看出，两汉帝王的言诗方式有如下特点：

第一，依据上表统计，两汉帝王直接以"诗曰"或"诗云"的方式言诗者共 33 条，还有汉章帝有 1 条以"《大雅》云"方式言诗。[1] 这种言诗方式始于文帝，止于灵帝。其中西汉 17 条，武帝和元帝各 5 条，宣帝、成帝、哀帝各 2 条，这或许与武帝、宣帝、元帝、成帝、哀帝皆受过很好的《诗经》教育并且积极主张通《诗》致用有关。王莽 2 条。东汉 15 条，其中章帝 8 条，光武帝、明帝、和帝、灵帝皆 1 条，顺帝 3 条。章帝最多，这或许与

---

[1] 其中东汉殇帝和质帝各有 1 条，因二人即位时皆为幼儿，其诏书非出于己手，故未纳入统计。

章帝接受过两位《诗》学大师的教育有关。

第二，涉及诗篇方面，逸诗 2 篇，《国风》2 篇，《小雅》16 篇，《大雅》14 篇，《颂》诗 2 篇，共 36 篇，以《雅》诗为主。逸诗主要为汉武帝所称引，说明此时用《诗》还有延续战国时期的一面，此后不见逸诗，说明武帝之后，《诗》为官学，有了较为统一的文本。而以《雅》诗为主，这当与《雅》诗多言政治有关。

第三，在用诗的形式上，主要是先以"《诗》不云乎"或"《诗》曰（云）"的方式引出《诗》文，然后论述相关的行为。此处所称引的《诗》文往往具有典范、法则的性质与功能，是此后行为之依据。如第 1 条，文帝先称引《大雅·泂酌》"恺悌君子，民之父母"，认为作为和乐平易之君子，作为民之父母，不应该残杀其子民，因此，他依据《诗》文提出来废除肉刑的主张。又如第 34 条，此段文字乃言窦太后崩后，哀帝欲以皇太后礼仪葬之，在论述其理由之后，便称引《大雅·抑》"无德不报，无言不酬"，认为依据《诗》文自己应该报答太后"亲立朕躬"之恩德，故不当以贵人之礼葬太后。这便是后来汉武帝、宣帝等反复强调的用经术来解决现实问题的通经致用的《诗》学主张，即董仲舒所谓的"以《诗》为法"。类似的用法在表 9－2 所列的 34 条材料中共有 29 条。将这种引《诗》方式与先秦以来的引《诗》方式相比，可以发现二者的差别较大。先秦以来的引《诗》方式主要是"《诗》曰……，此之谓也"，或"《诗》曰……，某某之谓也"，所称引的《诗》文不具有法则、典范或依据的功能，而只是起到辅助说明的功效,缺少所称引的《诗》文也不影响文意的表达;与此相应的《诗》学观念便是荀子所谓的"《诗》《书》故而不切"。而董仲舒提出来的,汉武帝、宣帝等提倡的"以《诗》为法"、以《诗》来解决现实问题的用《诗》观,《诗》或诗文成了法则与典范,而不是可有可无的辅助材料。《诗》的这种典范、法则性质与功能随着两汉帝王的不断强调而被不断强化。

第四,表9-2中第20条、25条、27条、30条、31条材料中的"《诗》曰"或"《诗》(不)云"内容不具有依据、法则或典范的作用,而只是作为一种"代言"的方式被使用。如第20条,当时出现日食时,人们因战乱而流离失所,故光武帝在诏书中称引《小雅·十月之交》之"日月告凶,不用其行",这是在借助诗文说明上天以灾异表示对自己的谴责,自己感到愧疚。此处引用《诗经》增强了话语的表现力和典雅性。第25条则是章帝在诏书中用《小雅·十月之交》之"亦孔之丑"来形容灾异的丑恶与自己对此灾异的厌恶之心,第27条、31条皆然。只是第30条是和帝借《小雅·蓼莪》述说母亲对自己的养育情况,以及自己对母亲养育之情的感念,并借此以封赏其外公。故和帝此处所称引的《诗》文兼有"代言"与"以《诗》为法"的功能。由上可知,这5条以"代言"的方式被称引的《诗》文在行文中所起到的不是"经"的作用,使用者强调的是《诗》文的文学性,而不是经学性。这一用《诗》方式则主要出现在东汉,这就说明东汉时期《诗》的文学性渐渐被统治者重视。这一情况的出现则与从西汉后期辞赋创作开始称引《诗》文的现象有一致之处。① 这说明，在《诗》的"经""法"特性不断被强化的同时，其文学性也开始被帝王关注。

## 二、直接引用《诗》文或化用《诗》文的方式言《诗》

两汉帝王的另一种言《诗》方式是不以"《诗》曰"的形式称引《诗》文，这一方式又主要有两种情况：一是直接称引完整的诗句；二是化用、改写《诗》文。见表9-3。

表9-3 两汉帝王直接引用《诗》文或化用《诗》文

| 序号 | 帝王 | 篇名 | 内容 | 文献出处 |
| --- | --- | --- | --- | --- |
| 1 | 武帝 | 小雅·出车 | 今车骑将军青……破符离，斩轻锐之卒……执讯获丑……全甲兵而还，益封青三千户。 | 史记·卫将军骠骑列传 |
| 2 | 武帝 | 大雅·抑 | 於戏，小子闳，受兹青社！朕承祖考，维稽古建尔国家，封于东土，世为汉籓辅 | 史记·三王世家 |
| 3 | 武帝 | 小雅·车舝 | 周公祭天命郊，故鲁有白牡、骍刚之牲。群公不毛，贤不肖差也。"高山仰之，景行向之"，朕甚慕焉。所以抑未成，家以列侯可。 | 史记·三王世家 |

---

① 在西汉末东汉初扬雄、班彪、刘歆、崔篆等人的赋作中开始大量出现征引《诗》文的情况，故《文心雕龙·事类》说："及扬雄《百官箴》，颇酌于《诗》《书》；刘歆《遂初赋》，历叙于纪传；渐渐综采矣。至于崔班张蔡，遂捃摭经史，华实布濩，因书立功，皆后人之范式也。"

续表9-3

| 序号 | 帝王 | 篇名 | 内容 | 文献出处 |
|---|---|---|---|---|
| 4 | 武帝 | 商颂·那 | 今朕获奉宗庙……未知所济。猗与伟与！何行而可以章先帝之洪业休德。 | 汉书·武帝纪 |
| 5 | 宣帝 | 召南·羔羊 | 大司农（朱）邑，廉洁守节，退食自公，亡强外之交，束修之馈，可谓淑人君子。 | 汉书·循吏传 |
| 6 | 元帝 | 大雅·卷阿 | 是故壬人在位，而吉士雍蔽。 | 汉书·元帝纪 |
| 7 | 元帝 | 小雅·小弁 | 今朕晻于王道……靡瞻不眩，靡听不惑，是以政令多还，民心未得，邪说空进，事亡成功。 | 汉书·元帝纪 |
| 8 | 哀帝 | 大雅·假乐 | 陛下圣德宽仁……宜蒙福佑子孙千亿之报。 | 汉书·哀帝纪 |
| 9 | 哀帝 | 大雅·绵 | 交让之礼兴，则虞、芮之讼息。 | 汉书·毋将隆传 |
| 10 | 王莽 | 小雅·北山 | 定号为新，普天莫匪新土，率土之宾，莫匪新臣。 | 额济纳汉简① |
| 11 | 王莽 | 大雅·绵 | 故尚书令唐林为胥附，博士李充为奔走，谏大夫赵襄为先后，中郎将廉丹为御侮，是为四友。 | 汉书·王莽传 |
| 12 | 王莽 | 大雅·烝民 | 咨尔崇……建尔作司命，"柔亦不茹，刚亦不吐，不侮鳏寡……"，帝命帅由，统睦于朝。 | 汉书·王莽传 |
| 13 | 王莽 | 大雅·板 | 公作甸服，是为惟城；诸在侯服，是为惟宁；……在九州岛之外，是为惟藩。 | 汉书·王莽传 |

---

① 孙家洲：《额济纳汉简释文校本》，文物出版社，2007年版，第6页。

续表 9-3

| 序号 | 帝王 | 篇名 | 内容 | 文献出处 |
|---|---|---|---|---|
| 14 | 王莽 | 小雅·北山 | 普天之下,莫非王土;率土之宾,莫非王臣。盖以天下养焉。 | 汉书·王莽传 |
| 15 | 光武帝 | 小雅·小旻 | 惟诸将业远功大,诚欲传于无穷,宜如临深渊,如履薄冰,战战栗栗,日慎一日。 | 后汉书·光武帝纪 |
| 16 | 光武帝 | 大雅·假乐 | 群下百辟,不谋同辞。 | 后汉书·光武帝纪 |
| 17 | 光武帝 | 周南·兔罝 | 赳赳武夫,公侯干城,何汤之谓也。 | 后汉书·桓荣列传 |
| 18 | 明帝 | 周颂·时迈 | 先帝受命中兴,德侔帝王,协和万邦,假于上下,怀柔百神,惠于鳏、寡。 | 后汉书·明帝纪 |
| 19 | 明帝 | 邶风·燕燕 小雅·采菽 | 辞别之后……伏轼而吟,瞻望永怀,实劳我心,诵及《采菽》,以增叹息。 | 后汉书·东平宪王苍列传 |
| 20 | 章帝 | 大雅·云汉 小雅·小弁 | 今时复旱,如炎如焚。凶年无时,而为备未至。朕之不德,上累三光,震栗切切,痛心疾首。 | 后汉书·章帝纪 |
| 21 | 章帝 | 小雅·角弓 | "人之无良,相怨一方"。斯器亦曷为来哉? | 后汉书·章帝纪 |
| 22 | 章帝 | 周颂·雝 | 岂亡克慎肃雍之臣,辟公之相,皆助朕。 | 后汉书·章帝纪 |
| 23 | 章帝 | 邶风·谷风 | 盖君人者,视民如父母,有……匍匐之救。 | 后汉书·章帝纪 |
| 24 | 章帝 | 小雅·十月之交 邶风·泉水 | 今"四国无政,不用其良",驾言出游,欲亲知其剧易。 | 后汉书·章帝纪 |

续表 9-3

| 序号 | 帝王 | 篇名 | 内容 | 文献出处 |
|---|---|---|---|---|
| 25 | 和帝 | 小雅·小弁<br>小雅·采薇 | 癙忧永叹，用思孔疚。惟官人不得于上，黎民不安于下。 | 后汉书·和帝纪 |
| 26 | 和帝 | 大雅·云汉 | 比年不登，百姓虚匮。……"瞻仰昊天，曷惠今人？" | 后汉书·和帝纪 |
| 27 | 和帝 | 小雅·蓼莪 | 诸王幼稚，早离顾复，弱冠相育，常有蓼莪、凯风之哀。 | 后汉书·章帝八王列传 |
| 28 | 安帝 | 小雅·正月 | 夙夜克己，忧心京京。 | 后汉书·安帝纪 |
| 29 | 安帝 | 大雅·文王 | "济济多士，文王以宁。"思得忠良正直之臣 | 后汉书·安帝纪 |
| 30 | 顺帝 | 小雅·青蝇<br>卫风·氓 | 故太尉震，正直是与……而青蝇点素，同兹在籓。……尔卜尔筮，惟震之故。 | 后汉书·杨震列传 |
| 31 | 顺帝 | 大雅·云汉 | 分祷祈请，靡神不禜。 | 后汉书·顺帝纪 |
| 32 | 桓帝 | 小雅·采薇 | 朕祇惧潜思，匪遑启处。 | 后汉书·桓帝纪 |
| 33 | 桓帝 | 小雅·小弁 | 摄政失中，灾眚连仍……监寐癙叹，疢如疾首。 | 后汉书·桓帝纪 |
| 34 | 桓帝 | 周颂·闵予小子<br>大雅·绵<br>小雅·北山<br>小雅·车攻 | 曩者遭家不造，先帝早世。……幸赖股肱御侮之助，……普天率土，遐迩洽同。……群公卿士，虔恭尔位……"展也大成"，则所望矣。 | 后汉书·桓帝纪 |

续表 9-3

| 序号 | 帝王 | 篇名 | 内容 | 文献出处 |
|---|---|---|---|---|
| 35 | 桓帝 | 大雅·云汉 | 朝政失中，云汉作旱……饥馑荐臻。 | 后汉书·桓帝纪 |
| 36 | 灵帝 | 召南·羔羊 | 以邕博学深奥，退食在公，故特密问。 | 蔡邕《答特诏问灾异》 |

根据表9-3，可以得到如下认识：

第一，第1条、3条、5条、8条、12条、14条、15条、17条、18条、19条、21条、24条、26条、28条、29条、30条、33条、34条（部分）、35条、36条属于直接称引完整的诗句类，第2条、4条、7条、9条、10条、20条、22条、23条、25条、31条、32条、34条（部分）则属于化用、改写《诗》文类，第6条、11条、13条、16条则属于采取《诗》文中个别词汇以行文的用法。

第二，上表中言及《国风》6篇，《小雅》21篇，《大雅》14篇，《颂》4篇，以《雅》诗为主，这当与《雅》诗多言政治有关，而这些被称引之《诗》文多出于两汉帝王的诏书。

第三，不论是称引完整的诗句类，还是化用、改写《诗》文类，它们皆有一共同的特征，那就是被称引的《诗》文或被化用的《诗》文皆为其所在文本中不可或缺的部分，起到"代言"的作用，缺少这部分内容，文本就不能进行正常的表达。如直接称引完整的诗句类中的第1条，乃汉武帝述说卫青的战功，文中称引了《小雅·出车》之"执讯获丑",此处指"执其生口问之,知房处,获得众类也"①,即说卫青的部队捕获了众多的匈奴人。汉武帝用"执讯获丑"这句《诗》文来代替"执其生口问之,知房处,获得众类"一类的说法,从而使文章更加典雅。又如第3条,武帝用《小雅·车舝》之"高山仰之,景行向之"来形容周王朝那种依据贤能与否来封赐爵、土的行为之高明,同时也表达了自己对此种措施的钦佩之情。此类材料中的用《诗》情况大多如此,即引《诗》来增强其表现力与典雅性。改写或化用《诗》文的情况也是如此。如第4条中的"猗与伟与"乃模仿《商颂·那》之"猗与那与"句式,以使其言更具《诗》意;又如第7条之"靡瞻不眩,靡听不惑"乃模仿《小雅·小弁》之"靡瞻匪父,靡依匪母"句式;第9条"虞、芮之讼息"乃化用《大雅·绵》之"虞芮质厥成"一语;第10条之"普天莫匪新土,率土之宾,莫匪新臣"乃化用《小雅·北山》之"普天之下,莫非王土,率土之滨,莫非王臣"一语。其目的是使其话语更具表现力与典雅性,这与直接引用《诗》文的目的是一样的,是在彰显《诗》文的文学性。

第四,表9-3中的材料共36条,始于武帝,止于灵帝。其中西汉9条,王莽5条,而东汉有22条,远多于西汉。这就是说,从武帝开始,汉代帝王注意到《诗经》的文学特性,但整体上西汉帝王对《诗》的文学性重视程

---

① 司马迁:《史记》,中华书局,1959年版,第2925页。

度不如东汉，或说《诗》的文学性在东汉得到帝王们的进一步提倡。

结合前面两汉帝王以"《诗》曰"的形式称引、运用《诗》文的情况，可以发现两汉帝王对《诗经》作为"经""法"的致用特性与其文学特性皆很重视，但从西汉到东汉，《诗经》的致用特性在逐渐减弱，其文学特性在逐渐增强。

### 三、两汉帝王之论《诗》

两汉帝王论《诗》有三种情况：一是总论《诗三百》的情况，二是具体论及单篇诗作，三是就具体某诗篇的诗句进行评论。下面分别论述。

（一）总论《诗三百》的情况

这一方面的评论很少，只有汉宣帝1条。《汉书·王褒传》载：

> 上曰："不有博弈者乎，为之犹贤乎已！辞赋大者与古诗同义，小者辩丽可喜。辟如女工有绮縠，音乐有郑、卫，今世俗犹皆以此虞说耳目，辞赋比之，尚有仁义风谕，鸟兽草木多闻之观，贤于倡优博弈远矣。"①

此处的"古诗"当指《诗经》，宣帝说辞赋之大者具有与《诗经》相似的功能，即"有仁义风谕，鸟兽草木多

---

① 班固：《汉书》，中华书局，1962年版，第2829页。

闻之观",他一方面强调了《诗》赋的讽喻功能,另一方面也突出了《诗》可以观的特性。"多闻之观"便有强调《诗经》文学性的一面。后来《汉书·艺文志》所谓的"赋者,古诗之流也"的说法或许与此有关。

(二) 具体论及单篇诗作

两汉帝王对于单篇诗作的评论主要出现在东汉前中期,共有4条材料,下面分别论述。

据《后汉书·皇后纪上》载,建武十七年(41),光武帝废皇后郭氏而立贵人,制诏三公曰:

> 皇后怀执怨怼,数违教令,不能抚循它子,训长异室。宫闱之内,若见鹰鹯。既无《关雎》之德,而有吕、霍之风,岂可托以幼孤,恭承明祀。今遣大司徒涉、宗正吉持节,其上皇后玺绶。①

光武帝说郭皇后"无《关雎》之德",表明他认为《关雎》一诗乃言帝王妃后之德行,这一认识与西汉匡衡、杜钦等对《关雎》的认识有一致之处。

据《后汉书·明帝纪》载永平八年(65)事:

> 寅晦,日有食之,既。诏曰:"……群司勉修职事,极言无讳。"于是在位者皆上封事,各言得失。帝览章,深自引咎,乃以所上班示百官。诏曰:"群僚所言,皆朕之过。人冤不能理,吏黠不能禁;而轻用人力,缮修宫宇,出入无节,喜怒过差。昔应门失

---

① 范晔:《后汉书》,中华书局,1965年版,第406页。

## 第九章 汉代帝王与《诗经》

守,《关雎》刺世;飞蓬随风,微子所叹。永览前戒,竦然兢惧。徒恐薄德,久而致怠耳。"①

明帝因灾异而下诏让群臣上疏言其政治之得失,明帝览章后称诗以自责、自诫。"《关雎》刺世"表明汉明帝认为《关雎》是刺诗,这与司马迁、杜钦、刘向的观点一致;但明帝说《关雎》之刺与"昔应门失守"有关,则不见于西汉刘向等人论述。对此,李贤注引《春秋说题词》曰:

人主不正,应门失守,故歌《关雎》以感之。

宋均注曰:

应门,听政之处也。言不以政事为务,则有宣淫之心。《关雎》乐而不淫,思得贤人与之共化,修应门之政者也。②

结合宋均注文,则纬书上说《关雎》乃言人主怠于政事,故《关雎》乃思得贤者以助人主治世之诗。据此,明帝所谓的"昔应门失守"指"不以政事为务",这与明帝"人冤不能理,吏黠不能禁;而轻用人力,缮修宫宇,出入无节,喜怒过差"等政治上的疏失是一致的。

又《后汉书·马援列传》载:

(马)廖子豫为步兵校尉,投书怨诽。于是有司

---

① 范晔:《后汉书》,中华书局,1965年版,第111页。
② 安居香山、中村璋八:《纬书集成》,河北人民出版社,1994年版,第857页。

并奏防、光兄弟奢侈踰僭，浊乱圣化，悉免就国。临上路，诏曰："舅氏一门俱就国封，四时陵庙无助祭先后者，朕甚伤之。其令许侯思缊田庐，有司勿复请，以慰朕《渭阳》之情。"①

章帝许其舅马光留京师，守其宗庙。《渭阳》乃《秦风》诗篇，言"我见舅氏，如母存焉"，故章帝说的"《渭阳》之情"即见舅而思及母亲的思亲之情。此处章帝之言与《诗》文本意合。

又《后汉书·章帝八王列传》载：

> 十五年，有司以日食阴盛，奏遣诸王侯就国。诏曰："甲子之异，责由一人。诸王幼稚，早离顾复，弱冠相育，常有《蓼莪》《凯风》之哀。选懦之恩，知非国典，且复须留。"②

和帝以"哀"言《小雅·蓼莪》《邶风·凯风》二诗。而二诗皆言母子之情，前者曰："蓼蓼者莪，匪莪伊蔚。哀哀父母，生我劳瘁。"后者曰："棘心夭夭，母氏劬劳。"其情皆哀。故和帝之说与《诗》文本意合。

从以上4条材料来看，两汉帝王论《诗》有忠实于《诗》文本意的，如第3条、4条；有完全延续前人之说的，如第1条中光武帝之言《关雎》，也有综合前人而出新说的，如明帝之言《关雎》。

---

① 范晔：《后汉书》，中华书局，1965年版，第857页。
② 范晔：《后汉书》，中华书局，1965年版，第1802页。

## （三）具体论及部分诗句者

这类材料有 5 条，主要出现于东汉前中期。具体如下。

据《后汉书·明帝纪》载，永平二年（59），冬十月壬子，明帝幸辟雍，初行养老礼。诏曰：

> 间暮春吉辰，初行大射；今月元日，复践辟雍。……朕固薄德，何以克当？《易》陈负乘，《诗》刺彼己，永念惭疚，无忘厥心。①

此处明帝言及的"《诗》刺彼己"乃出于《曹风·候人》之"彼其之子，不称其服"句。郑玄注曰："不称者，言其德薄而服尊。"② 即明帝所谓的"朕固薄德，何以克当"之意，其说与《诗》文本有一致之处。

又《后汉书·章帝纪》载章帝诏曰：

> 以憙为太傅，融为太尉，并录尚书事。"三事大夫，莫肯夙夜"，《小雅》之所伤也。"予违汝弼，汝无面从"，股肱之正义也。群后百僚勉思厥职，各贡忠诚，以辅不逮。申敕四方，称朕意焉。③

"三事大夫，莫肯夙夜"出于《小雅·雨无正》，郑玄以"三事大夫"为三公，则明帝言三公之不尽职乃为《小雅》所伤，其言与《诗》文本合。顺帝也有类似评论，见

---

① 范晔：《后汉书》，中华书局，1965 年版，第 102 页。
② 孔颖达：《毛诗正义》，北京大学出版社，1999 年版，第 474 页。
③ 范晔：《后汉书》，中华书局，1965 年版，第 129~130 页。

《后汉书·顺帝纪》，兹不再举。

据《后汉书·光武十王列传》载章帝赐东平王苍及琅邪王京书曰：

> 闲缮卫士于南宫，因阅视旧时衣物，闻于师曰："其物存，其人亡，不言哀而哀自至。"信矣。惟王孝友之德，亦岂不然！今送光烈皇后假紒帛巾各一，及衣一箧，可时奉瞻，以慰《凯风》"寒泉"之思，又欲令后生子孙得见先后衣服之制。①

此处章帝所谓"《凯风》""寒泉之思"，就《邶风·凯风》"凯风自南，吹彼棘心。棘心夭夭，母氏劬劳……爰有寒泉，在浚之下。有子七人，母氏劳苦"而言，乃言母子情思，其说合于《诗》文本意。

《后汉书·章帝纪》载章帝建初元年（76）诏曰：

> 有司明慎选举，进柔良，退贪猾，顺时令，理冤狱。"五教在宽"，帝典所美；"恺悌君子"，《大雅》所叹。布告天下，使明知朕意。②

"'恺悌君子'，《大雅》所叹"，指《大雅·泂酌》的"恺悌君子，民之父母"，言和乐平易之君子，乃民之父母，当爱民如子。章帝正以之说"进柔良，退贪猾，顺时令，理冤狱"事。

从东汉帝王关于部分诗句的评论来看，他们的论述皆

---

① 范晔：《后汉书》，中华书局，1965年版，第1438页。
② 范晔：《后汉书》，中华书局，1965年版，第132～133页。

与《诗》文本意相合。

两汉帝王除了以"《诗》曰"的形式。称引《诗》文、直接引《诗》或化用《诗》语、评论《诗》文外,还有其他使用《诗》的形式如汉武帝取《云汉》作为"天汉"年号;汉明帝在永平十年(67)演奏《鹿鸣》乐歌;汉章帝作《思齐姚皇》《竭肃雍》《涉显相》乐歌①,可能模仿《大雅·思齐》《周颂·清庙》等,此不再述。

通过对两汉帝王以"《诗》曰"的形式称引《诗》文、直接引《诗》或化用《诗》语、评论《诗》文情况的分析,可以得到如下认识:

第一,两汉帝王之言《诗》涉及的篇目以《雅》诗为主,《国风》和《颂》诗较少,这主要与《雅》诗内容多言政治有关。

第二,两汉帝王多有据《诗》立言行事之例,其惯用的言诗形式为"《诗》曰……""《诗》云"或"《诗》不云乎……",然后引出相关依据《诗》文而展开的言行。同时,这种言《诗》情况主要盛行于西汉武帝及其后,东汉时期相对要少一些。

第三,两汉帝王多有以《诗》"代言"之举,即直接截取部分《诗》文或化用、模仿《诗》,其目的则是增强话语的表现力与典雅性。这种言《诗》方式虽被两汉帝王使用,但主要盛行于东汉。

---

① 王应麟《玉海》卷二十九"圣文·御制诗歌"条。《宋书·乐志一》作"一曰《思齐皇姚》,二曰《六骐骥》,三曰《竭肃雍》,四曰《陟叱根》"。

第四，两汉帝王评论《诗》文的现象主要出现在东汉前中期。

第五，两汉帝王之言《诗》主要是以诏书的形式进行的，而诏书的发布多是从上到下面向所有阶层的，诏书中的言《诗》方式也是从上到下向所有阶层传播的。如此，两汉帝王的《诗》学理念等便通过诏书向天下传播了，包括极为偏远的地区也可以通过帝王诏书等形式实现《诗经》的传播。①

---

① 如《额济纳汉简》中所载王莽的诏书化用了《小雅·北山》诗文。额济纳则属于现在的内蒙古，在新莽时，王莽的诏书就到达了内蒙古的额济纳，则相应的便是《小雅·北山》诗文也随之传到这些地方。

# 第十章 20世纪以来汉代《鲁诗》研究述评

汉代今文三家诗之一的《鲁诗》，得名于其开创者鲁申培公，为汉代《诗经》之最先出者。经申培公和其后学的努力，《鲁诗》在西汉极为兴盛，大师辈出。后因反对王莽新政，《鲁诗》学派遭受重创。进入东汉，《鲁诗》又得到一定程度的发展，但因《毛诗》的冲击，逐渐淡出学界，最后亡于西晋。

南宋王应麟作《诗考》[①]，始有《鲁诗》之辑佚。对《鲁诗》佚文进行全面收集整理与研究的则是清代学者，主要有范家相的《三家诗拾遗》[②]，阮元的《三家诗补遗》[③]，冯登府的《三家诗异义遗说》[④]，陈寿祺、陈乔枞

---

① 王应麟：《诗考》，影印文渊阁《四库全书》本，上海古籍出版社，1989年版。

② 范家相：《三家诗拾遗》，影印文渊阁《四库全书》本，上海古籍出版社，1989年版。

③ 阮元：《三家诗补遗》，《续修四库全书》，上海古籍出版社，2003年版。

④ 冯登府：《三家诗异义遗说》，《续修四库全书》，上海古籍出版社，2003年版。

父子的《三家诗遗说考》①，魏源的《诗古微》②，皮锡瑞的《经学通论》③以及集大成者王先谦的《诗三家义集疏》等。其中阮元的《三家诗补遗》是以三家《诗》各自为篇，例同《诗考》；陈氏父子之作亦然，并且在《鲁诗遗说考》自序中对《鲁诗》的传承谱系进行了梳理；魏源《诗古微》也有类似的梳理。但清人的《鲁诗》研究主要还是以文献整理为主。

20世纪以来，大陆学者的《鲁诗》研究前期成果不多。谢无量在《诗经研究》中论及汉代《鲁诗》的传承关系，并以图表示之。④ 署名灵芬女士的《诗经的种种问题·四家诗的传授源流》极为简要地言及汉代《鲁诗》的传承情况。⑤ 金德建的《司马迁所见书考》⑥一书中有《史记·四始说批评》《论申公〈诗训〉》《〈史记〉所引〈诗经〉系〈鲁诗〉说》三篇。其中第一篇是关于"四始"的问题，金德建认为司马迁的"四始"说来源于《鲁诗》，是有微言大义于其中的。第二篇认为申培公有《诗传》著作，而这个传存在于其《诗训》之中，即《诗训》兼有训诂与讲解大义的传。这部《诗训》流传到后来就是《汉志》中的《鲁故》二十五卷。第三篇则是通过分析具体的

---

① 陈寿祺、陈乔枞：《三家诗遗说考》，《续修四库全书》，上海古籍出版社，2003年版。
② 魏源：《诗古微》，见《魏源全集》，岳麓书社，1989年版。
③ 皮锡瑞：《经学通论》，中华书局，1954年版。
④ 谢无量：《诗经研究》，商务印书馆，1924年版，第34～41页。
⑤ 灵芬女士：《诗经的种种问题·四家诗的传授源流》，《圣教杂志》，1937年第6期。
⑥ 金德建：《司马迁所见书考》，上海人民出版社，1963年版，第38～49页。

# 第十章 20世纪以来汉代《鲁诗》研究述评

例子,认为司马迁著《史记》所运用的《诗》系《鲁诗》。可见金德建是主张司马迁习《鲁诗》的。吕思勉在《申公》①一文中对申培公的事迹进行了梳理。傅斯年在《诗经讲义》中认为:"今以近人所辑齐鲁韩各家说看去,大约齐多侈言,韩能收敛,鲁介二者之间。"② 李永儒依据两汉史料,详细梳理了汉代《鲁诗》源流,并对汉代《鲁诗》学者作了详细的考察,最后对《鲁诗》学著作的流传情况作了细致的梳理,其所论皆据史料展开,翔实可靠。③ 蒋善国对汉代《鲁诗》传承源流有详细的梳理,并附有极为清晰翔实的表。④ 除此之外,金亮公、胡朴安、范文澜、蒋伯潜、周予同等学者也论及汉代《鲁诗》学,但皆简略。此一时段对汉代《鲁诗》学的讨论虽不多,但对此后的引领之功不可没。

对于《鲁诗》的全面研究始于20世纪90年代,21世纪以来则取得了较多的成果。下面分别予以叙述。

---

① 吕思勉:《吕思勉读史札记》,上海古籍出版社,1982年版,第668~670页。
② 傅斯年:《诗经讲义》,中国人民大学出版社,2009年版,第8页。
③ 李永儒:《三家诗源流考》,载于《励学》,1937年第7期。
④ 蒋善国:《诗三百篇演论》,商务印书馆,1931年版,第41~46页。

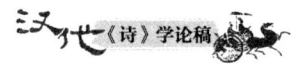

## 第一节 《鲁诗》学的传授、著述与流变研究

对汉代《鲁诗》传授谱系的梳理,清代学者做了奠基性的工作。如陈寿祺、陈乔枞父子在《鲁诗遗说考》自序中对汉代《鲁诗》的传授情况进行了梳理①,魏源的《诗古微》②亦然。但这些学说还有不够完善之处。③ 对此,左洪涛的《诗经之鲁诗传授考》④在前人研究成果的基础上,对《鲁诗》传授的谱系作了进一步的完善。赵茂林在《两汉三家〈诗〉研究》⑤中也有类似的论述,他对《鲁诗》学者的活动与著述作了考证。俞艳庭在《两汉三家〈诗〉学史纲》一书中对汉代《鲁诗》作了两方面的论述:一是认为存在《鲁诗》元王派和《鲁诗》申公派,认为楚元王刘交在自己的王国里组建了一个颇具规模的学术集团,其成员包括穆生、白生、申公、韦孟以及元王的儿子们等,然后论述了这个学术集团的活动和影响;二是对两汉的鲁

---

① 陈寿祺、陈乔枞:《三家诗遗说考》,《续修四库全书》,上海古籍出版社,2003年版。

② 魏源:《诗古微》,见《魏源全集》,岳麓书社,1989年版,第133页。

③ 虞万里:《从熹平残石和竹简〈缁衣〉看清人四家诗研究》,见《中国经学》第六辑,广西师范大学出版社,2010年版;《〈诗经〉异文与经师训诂文本探颐》,载于《文史》,2014年第1辑;张锦少:《论清人三家〈诗〉分类理论中的"师承法":以刘向及〈说苑〉为例》,见《岭南学报》(复刊)第4辑,上海古籍出版社,2015年版。

④ 左洪涛:《〈诗经〉之〈鲁诗〉传授考》,载于《山东师范大学学报》,2003年第2期。

⑤ 赵茂林:《两汉三家〈诗〉研究》,巴蜀书社,2006年版。

## 第十章　20世纪以来汉代《鲁诗》研究述评

诗学者的活动及其著述进行了梳理。①刘毓庆的《历代诗经著述考（先秦—元代）》《从文学到经学：先秦两汉诗经学史论》②和刘立志的《汉代诗经学史论》③三书也对《鲁诗》学著作进行了梳理。彭卉在其硕士学位论文中对汉代《鲁诗》传承进行了梳理。④郝桂丽在《三家诗流传情况考》中则梳理了汉、魏、晋时期鲁诗学者和文献著述情况，其结论与《经典释文叙录》所谓的"《鲁诗》不过江东"之说相合。⑤另外，王承略在《论两汉鲁诗学派》⑥一文中论述了《鲁诗》学在两汉地位的变化和传播情况，其言皆以翔实的材料为据，实事求是，不作过度阐释，特别是对鲁诗学者的梳理，皆据史实论断，其论客观、平实、可信。

对于《鲁诗》的渊源，除了文献明确记载源自荀子意外，当代学者还讨论了《鲁诗》的其他渊源。陈桐生在《孔子诗论研究》一书中依据《荀子·大略篇》，认为荀子受到《孔子诗论》的影响，而申公培是荀子的再传弟子，

---

①　俞艳庭：《两汉三家〈诗〉学史纲》，齐鲁书社，2009年版。
②　刘毓庆：《历代诗经著述考（先秦—元代）》，中华书局，2002年版。其《从文学到经学：先秦两汉诗经学史论》（华东师范大学出版社，2009年版）对汉代《鲁诗》之源流兴衰、特性、诗说与价值取向等有系统论述。
③　刘立志：《汉代诗经学史论》，中华书局，2006年版。
④　彭卉：《〈鲁诗〉遗文遗说考论》，福建师范大学硕士学位论文，2016年。
⑤　郝桂敏：《三家〈诗〉流传情况考》，载于《沈阳师范大学学报》，2007年第2期。
⑥　王承略：《论两汉〈鲁诗〉学派》，载于《晋阳学刊》2002第4期。王承略《四家〈诗〉在汉代不同的学术地位和历史命运》也讨论《鲁诗》在汉代的兴衰命运与形成此命运之原因（《儒家典籍与思想研究》第三辑，北京大学出版社，2011年版，第46~50页）。

故《鲁诗》不但在观点上较多地吸纳了《孔子诗论》，在言《诗》的思维方式上也受到《孔子诗论》的影响。同时，陈桐生还认为《鲁诗》受到《孟子》以史证《诗》方法的影响，以至于很多诗歌作品都被历史化了。① 但强中华通过对《鲁诗》遗文与《荀子》所引《诗》文的比勘，发现《鲁诗》诗意有不合于《荀子》者，且所引《诗》之文字也有不同于《荀子》者，故而认为《鲁诗》出于荀子之说应审慎对待。李华在《孟子与汉代诗学》②中也分析了孟子对《鲁诗》的影响。张强的《孔子诗论与鲁诗考论》③也认为《鲁诗》受到了《孔子诗论》的影响。房瑞丽在《论鲁诗形成渊源及其特色》④一文中通过比较《左传》中的涉《诗》材料与《鲁诗》之观点，认为《鲁诗》渊源甚古。

## 第二节 《鲁诗》文本研究

### 一、篇次、章次与异文情况

对《鲁诗》文本进行研究，有一个《齐诗》和《韩

---

① 陈桐生：《孔子诗论研究》，中华书局，2004年版，第224~226页、233页。
② 李华：《孟子与汉代〈诗经〉学研究》，山东师范大学博士学位论文，2011年。
③ 张强：《〈孔子诗论〉与〈鲁诗〉考论》，载于《社会科学战线》，2008年第12期。
④ 房瑞丽：《论〈鲁诗〉形成渊源及其特色》，载于《太原师范学院学报》，2007年第2期。

诗》都不具备的优点，即《熹平石经·鲁诗》残本的存在。马衡在《汉石经概述》中通过比较《鲁诗》残石与《毛诗》，认为："以毛诗校石经，不特篇次有异，即章次亦有不同。""至每篇后题则记其篇名、章数及每章若干句，悉与今本毛诗同。惟每章之末空一格，旁注'其一''其二'字，虽篇谨一章者亦必注'其一'字，此则毛诗所无。"① 罗福颐在《汉熹平石经概说》中也认为："由汉石经残石上能看到它的一小部分，证明了它与《毛诗》是不仅有文字的不同，而且篇章的排类，也有多少及先后的殊异。""有篇次不同的。""《鲁诗》与《毛诗》篇题有异者达三十多条。"② 对此，陆锡兴的《诗经异文研究》③、赵茂林的《汉代三家诗研究》对《鲁诗》的篇次、篇题作了细致的梳理④，得出了与前人类似的结论。赵茂林还分析了《鲁诗》篇次不同于《毛诗》的原因。⑤

关于《鲁诗》的异文，清人已有相关论著，如陈乔枞的《诗经四家异文考》⑥、江翰的《诗经四家异文补考》⑦

---

① 马衡：《汉石经概述》，见《考古学报》，1955年第2期。
② 罗福颐：《汉熹平石经概说》，载于《文博》，1987年第5期。
③ 陆锡兴：《〈诗经〉异文研究》，中国社会科学出版社，2001年版，第126页。
④ 赵茂林：《两汉三家〈诗〉研究》，巴蜀书社，2006年版。
⑤ 赵茂林：《〈鲁诗〉〈毛诗〉篇次异同原因考辨》，载于《孔子研究》，2016年第1期。
⑥ 陈乔枞：《诗经四家异文考》，见《续修四库全书》，上海古籍出版社，2003年版。
⑦ 江翰：《诗经四家异文补考》，见《丛书集成续编》，中华书局，1989年版。

等。今人著作则有陆锡兴的《诗经异文研究》①,其对鲁诗的异文情况作了翔实的考证。②袁梅的《诗经异文汇考辨证》也涉及汉代《鲁诗》异文。程燕的《诗经异文辑考》虽以出土文献所涉《诗经》异文为主,但也涉及石经《鲁诗》文献的异文。③在《鲁诗》异文研究方面,庄乾震论及汉石经《鲁诗》文献用于文献校勘时的注意事项。④虞万里据汉石经《鲁诗》研究出土文献《缁衣》之《诗》学,并以之检验陈乔枞、王先谦的《鲁诗》辑佚情况。⑤在研究《诗经》异文时,虞万里也常证以汉石经《鲁诗》文字。⑥彭卉则将汉石经《鲁诗》与《毛诗》进行比勘,以论其异文。⑦亦有学者通过对 20 世纪 80 年代发现的《鲁诗镜》的研究,讨论《鲁诗》异文情况。张吟午在《毛诗、镜诗、阜诗〈硕人〉篇异文比较》⑧一文中,以《毛诗》《镜诗》《阜诗》以及一些散见于文献中的字句,对《硕人》篇异文进行了互校,发现《诗》之流传,文字

---

① 陆锡兴:《〈诗经〉异文研究》,中国社会科学出版社,2001 年版,第 126～132 页。

② 袁梅:《诗经异文汇考辨证》,齐鲁书社,2013 年版。

③ 程燕:《诗经异文辑考》,北京师范大学出版集团,安徽大学出版社,2010年版。

④ 庄乾震:《〈汉石经鲁诗残碑校史一则〉辨证并论〈辞通〉之误》,载于《史林》,2012 年第 1 期。

⑤ 虞万里:《从熹平残石和竹简〈缁衣〉看清人四家诗研究》,见《中国经学》(第六辑),广西师范大学出版社,2010 年版。

⑥ 虞万里:《〈诗经〉异文与经师训诂文本探颐》,载于《文史》,2014 年第 1 辑。

⑦ 彭卉:《〈鲁诗〉遗文遗说考论》,福建师范大学硕士学位论文,2016 年。

⑧ 张吟午:《毛诗、镜诗、阜诗〈硕人〉篇异文比较》,载于《江汉考古》,1986 年第 4 期。

多异，训义各殊，以致无法确定《镜诗》《阜诗》到底属于何家。李学勤的《论硕人铭神兽镜》①也论及《硕人》异文情况。

## 二、《鲁诗》学说与特征研究

学界对于《鲁诗》学说的研究主要集中于"四始"的讨论，因此概念涉及司马迁及其学派归属问题，故笔者将其放到后文《鲁诗》学者司马迁条下进行论述。民国时期学者胡朴安在《诗经学》中说"《鲁诗》近于质朴""治《鲁诗》者，比较谨慎"。②灵芬女士罗列了《毛诗序》、司马迁、成伯屿、王安石和汉代谶纬中的"四始"说后，认为这些说法皆没道理，而谶纬之说尤其荒谬。③此外，民国时期学者多在论及齐鲁之学的特征时，顺带论及《鲁诗》质朴的特征。

今人袁长江论析了《鲁诗》编造故事、附会史实的说诗方式。④赵茂林认为鲁诗的特点是"质"，而这一特点是由其谨慎的治学态度和鲁地的学风所决定的，还受到汉初的政治思潮的影响；但他又认为《鲁诗》这种"尚质"的特色主要在汉初，因为随着经学的发展，在西汉后期

---

① 李学勤：《论〈硕人〉铭神兽镜》，载于《文史》第30辑。
② 胡朴安：《诗经学》，商务印书馆，1930年版，第89~90页。
③ 灵芬女士：《诗经的种种问题·四家诗的传授源流》，载于《圣教杂志》，1937年第6期。
④ 袁长江：《先秦两汉诗经研究论稿》，学苑出版社，1999年版，第339~344页。

《鲁诗》也出现了章句之学。① 俞艳庭认为《鲁诗》的特征有二：一是谨守师说训诂，反对浮华无用之言；二是明于礼制。② 刘毓庆在《西汉鲁诗学及其价值取向》中认为《鲁诗》学的价值取向是诗礼结合，而它所标示的是鲁诗学者对实践古代礼乐制度的追求、对王道政治的追求；鲁诗的"四始"说便是这种对王道政治追求的体现；《鲁诗》这一价值取向的形成与申公的遭遇有关；申公的遭遇强化了鲁诗的现实批判精神，并形成了《鲁诗》的两大主题：由吕后、窦太后的把持朝政而得到的"政衰始于衽席"的主题，由自身遭遇、感情而得到的"贤人遭贬"的主题。两者都从司马迁的《史记》中得到了论证。③ 房瑞丽则谈到《鲁诗》注重训诂，以诗为谏，以礼制、习俗解诗等特色。④ 李华的博士学位论文分析了《鲁诗》"以诗为谏"和重训诂的特色。⑤ 刘茜以《关雎》为例分析了《鲁诗》的刺谏特征及其形成原因。⑥ 可以看出，《鲁诗》重视文本训诂是学界的共识。

---

① 赵茂林：《两汉三家〈诗〉研究》，巴蜀书社，2006年版，第436～439页。
② 俞艳庭：《两汉三家〈诗〉学史纲》，齐鲁书社，2009年版，第159页。
③ 刘毓庆：《西汉鲁诗学及其价值取向》，见《从文学到经学：先秦两汉诗经学史论》，华东师范大学出版社，2009年版，第209～217页。
④ 房瑞丽：《论〈鲁诗〉形成渊源及其特色》，载于《太原师范学院学报》，2007年第2期。
⑤ 李华：《孟子与汉代〈诗经〉学研究》，山东师范大学博士学位论文，2011年。
⑥ 刘茜：《"鲁诗"的刺谏特征及其形成原因——以〈关雎〉为例》，载于《嘉兴学院学报》，2016年第1期。

## 第三节 《鲁诗》学者研究

### 一、楚元王

楚元王《诗》学的定位与刘向《诗》学的流派定位关系尤大，故前人多有论及。王应麟《诗考》①云："楚元王受《诗》于浮丘伯，向乃元王之孙，所述盖《鲁诗》也。"此即有元王乃《鲁诗》之义，说得更明白的是姚振宗："元王《诗》在鲁、齐、韩三家未分之前固与申培公同为《鲁诗》宗，其后刘向家世《鲁诗》，传学至西京之末，皆元王一派。"② 目前学界多直承前人的研究成果，认为元王诗乃《鲁诗》。如前所言，俞艳庭即以元王为《鲁诗》学术集团的开创者。左洪涛在《诗经之鲁诗传授考》中也将楚元王纳入《鲁诗》学派。戴维《诗经研究史》③认为《元王诗》可以看成《鲁诗》派。邓骏捷也认为："楚元王不仅受《诗》于浮丘伯，且能次之于《诗》传，又与申公同开《鲁诗》一脉……是汉初《诗》学的重要人物。"④

---

① 王应麟：《诗考》，影印文渊阁《四库全书》本，上海古籍出版社，1989年版。
② 姚振宗：《汉书艺文志拾补》，见《二十五史补编》，中华书局，1956年版，第1443页。
③ 戴维：《诗经研究史》，湖南教育出版社，2001年版，第59页。
④ 邓骏捷：《刘向校书考论》，人民出版社，2012年版，第15页。按，楚元王与申公同开《鲁诗》一脉之说，又见林耀潾：《西汉三家诗学研究》，文津出版社，1996年版，第71页。

也有学者反对这种说法。如刘毓庆认为："班史传即明谓'元王诗'，与'鲁诗'对举，知《元王诗》与《鲁诗》必不全同。"① 而反驳较为有力的则是马荣江的《元王诗考索》②，该文梳理了《元王诗》被看作《鲁诗》的过程，整理了相关原始材料，并对之逐条批驳，极具说服力。如对于较早提出《元王诗》为《鲁诗》说法的《困学纪闻》，马荣江云："《困学纪闻》文字显然改动了《史记》和《汉书》的记载。《史》《汉》谓《鲁诗》出于申公。此处则将《鲁诗》学的创始人上移至了浮丘伯，如果浮丘伯是《鲁诗》的创始人，楚元王刘交和夷王刘郢均师从于浮氏，重'家学'与'师学'的刘向著书所引《诗》义应该是《鲁诗》无疑了。然而，浮丘伯是齐人，如果以浮丘氏为这一《诗》学的第一始祖的话，此派别当称'齐诗'或'浮丘诗'，之所以称'鲁诗'，正是因为创立此派的申培公是鲁人。王应麟这样做的动机，正是企图弥合《元王诗》与《鲁诗》二者本不隶属的缺陷。"更重要的是，作者使用的是皆为常见的材料，全文通过对这些材料的仔细辨析，得出了可靠的结论。徐聪文也持马荣江之说。③

---

① 刘毓庆：《历代诗经著述考（先秦—元代）》，中华书局，2002年版，第26页。
② 马荣江：《"元王诗"考索》，载于《东南文化》，2009年第6期。
③ 徐聪文：《西汉楚元王文学家族研究》，延安大学硕士学位论文，2016年，第16页。

## 二、司马迁与《鲁诗》

### (一) 司马迁《诗》学流派

《史记》中涉及大量《诗经》材料，是汉代《诗》学研究的重地。同时，司马迁对这些《诗经》材料的使用表现了其《诗》学观，这引起了历代《诗经》研究者的重视。

对于司马迁《诗》学的学派属性，学界也有不同的看法。清朝学者陈乔枞、王先谦等皆以为司马迁为《鲁诗》学者，其主要依据便是司马迁曾向《鲁诗》学者孔安国学习古文《尚书》。这一说法在民国时仍为学者所认可，金德建的观点即如此。中华人民共和国成立以后，对这一课题的研究一度中断，20 世纪 90 年代后，开始有论文讨论这一问题。张家英在讨论司马迁的"四始"说的学派性时，引用了清人姚范认为司马迁此说出自《鲁诗》的说法，没有对姚范的说法进行辨析。[①] 左洪涛的《诗经之鲁诗传授考》也是将司马迁纳入《鲁诗》学者。陈桐生认为司马迁习《鲁诗》，但他反对以司马迁曾从孔安国习古文《尚书》一事来断其《诗》学为《鲁诗》学的说法，而是根据《鲁诗》在汉初的地位、《鲁诗》的观点与司马迁近似等理由，从而得出司马迁习《鲁诗》的结论。[②] 此外，张强在《司马迁与〈鲁诗〉及荀子之关系》一文中也认为

---

[①] 张家英：《〈史记〉与〈诗经〉》，载于《哈尔滨师专学报》1996 年第 1 期。
[②] 陈桐生：《史记与诗经》，人民文学出版社，2000 年版，第 19~31 页。

司马迁习《鲁诗》。①

也有学者不同意司马迁为《鲁诗》学者的说法。董治安通过对《史记》中涉《诗》材料的分析,认为《史记》引《诗》或与《毛诗》同,或与《毛诗》异而同于三家《诗》,或竟用《鲁诗》,故并未专主一派。②刘立志对前人得出的司马迁习《鲁诗》的材料进行逐条批驳后,认为司马迁有兼习诸家《诗》的可能。③

(二)《史记》与《诗经》的关系

学界对于这个问题的讨论比较全面、深入。蒋立甫统计出《史记》中有七十余处涉及《诗》,其中有直接取《诗》为史料,有引《诗》证史,有对《诗》的产生时代、编辑的说明,有诗篇本事记载、内容评析,有关于《诗》与音乐、教化关系的叙述,乃至《诗》的传授等,非常广泛。④此后,张家英在《〈史记〉与〈诗经〉》中也谈到司马迁以《诗》为史料的问题。陈桐生在"论《史记》取材于《诗》"一章中则作了更全面深入的论述⑤,他首先分析了司马迁取材于《诗》的缘由,然后提出了"史诗的改写""以鲁诗说补充史诗"和"寓评价于引诗中"三点新

---

① 张强:《司马迁与〈鲁诗〉及荀子之关系》,载于《江苏社会科学》,2004年第6期。
② 董治安:《〈史记〉称〈诗〉平议》,见《两汉文献与两汉文学》,上海古籍出版社,2005年版,第175页。
③ 刘立志:《汉代诗经学史论》,中华书局,2007年版,第119~125页。
④ 蒋立甫:《司马迁与〈诗经〉研究述议》,载于《安庆师院学报》,1994年第3期。
⑤ 参见陈桐生:《史记与诗经》,人民文学出版社,2000年版,第209~224页。

说，推进了《史记》用《诗》问题的研究。张晨①、陈虎②等学者对这一问题的认识多与陈桐生的观点近似。

（三）"四始"

司马迁在《史记·孔子世家》中说："《关雎》之乱以为风始，《鹿鸣》为《小雅》始，《文王》为《大雅》始，《清庙》为颂始。"学界以此为《鲁诗》之"四始"说。清人魏源在《诗古微》中从古乐的角度对之进行了分析。③陈桐生对"四始"内涵作了再解读，认为《鲁诗》的"四始"是对风、小雅、大雅、颂四类诗的主题作出的提炼与概括，其分别揭示的是帝王应该正确处理好后宫生活、尊养贤人、尚德和孝道四大主题，其目的是将《诗经》纳入礼乐思想的轨道，成为王道政治的范本。④他在《从鲁诗"四始"说到毛诗序》中进一步讨论了《鲁诗》"四始"与《毛诗序》中相关理论的关系，认为《毛诗》的诗教观、四始观等皆源于《鲁诗》的"四始"理论。⑤李笑野根据对《诗经》具体作品和结构的分析，认为"《关雎》为风之始"体现了以治家为基点，以达于天下的统治思路；"《鹿鸣》为《小雅》始"体现了周初以来的"尊尊而亲

---

① 张晨：《试论司马迁的诗经观——兼及〈史记〉与〈诗经〉之关系》，载于《北方论丛》，2001第5期。

② 陈虎：《试论〈诗经〉对〈史记〉的影响》，载于《晋阳学刊》，2002年第3期。

③ 魏源：《诗古微》，见《魏源全集》，岳麓书社，1989年版，第221页。

④ 陈桐生：《史记与诗经》，人民文学出版社，2000年版，第105~114页。

⑤ 陈桐生：《从〈鲁诗〉"四始说"到〈毛诗序〉》，见《第四届诗经国际学术研讨会论文集》，学苑出版社，2000年版。

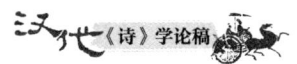

亲"的亲和意识,强调的是统治集团内部的自我调节;"《文王》为《大雅》始,《清庙》为颂始"则是申明以文王仪像为典范、以文王法则为轨辙对于治国济世的重大意义;故《史记》的"四始"之说指出了《诗经》内在严密的结构,使《诗经》具有明教化、宣扬自己思想的经邦治国的品性。① 张翠丽从魏源之说。② 李锐则据出土文献,认为司马迁的"四始"与孔子后学有关。③ 李华的博士学位论文《孟子与汉代诗学》论述了鲁诗"四始"与孟子的关系。祝秀权在成伯玙、魏源、戴震等人"四始"说的基础上对《鲁诗》之"四始"说予以新解,认为"《关雎》之乱"指以《关雎》为首的作为"正风"的"二南",其与"正小雅""正大雅"及《周颂》为《鲁诗》之"四始",即《诗经》中的"正诗",故《鲁诗》之"四始"与《毛诗》同。祝秀权还进一步指出,这"四始"当即"今人所见《诗经》的四部分之始,更重要者还在于,这些诗篇是最早的《诗》文本,是《诗》之'始',故称'四始'"④。此说颇具新意。林岗认为早期儒家对《鲁诗》"四始"的诠释显示出他们通过解释《诗》来建构诗的意识形态:对《关雎》的诠释体现出对人伦始基之强调,《鹿鸣》体现的是政治对中庸和睦境界的追求,《文王》体

---

① 李笑野:《先秦文学与文化研究》,上海财经大学出版社,2000年版,第164~185页。
② 张翠丽:《〈诗经〉"四始"解》,载于《怀化学院学报》,2014年第4期。
③ 李锐:《"四始"新证》,载于《孔子研究》,2004年第2期。
④ 祝秀权:《〈诗经〉"四始"说辩正》,载于《中国韵文学刊》,2017年第3期。

现的则是天命成周的正当性与严肃性,《清庙》体现的则是淳厚正道政治的回声。① 其说与李笑野有互补之处。此外,还有不少学者讨论了司马迁的文学批评观与其《诗》学观的关系,此不赘述。

### 三、刘向与《鲁诗》

(一) 刘向习《鲁诗》的争论

在刘向《诗》学流派的问题上,范处义认为"(刘)向之言必本于《鲁诗》也"②,王应麟在《诗考》中根据其楚元王学《鲁诗》的结论,认为刘向也学《鲁诗》。③ 此说得到清人三家《诗》学者如陈乔枞、王先谦等的认可,民国学者也多从之。今人也多有从之者,如左洪涛《诗经之鲁诗传授考》就纳刘向于《鲁诗》学派;俞艳庭的《两汉三家〈诗〉学史纲》、戴维的《诗经研究史》等皆持此说,黄梓勇亦然④。

但也有反对此说者,清人王引之在《经义述闻》卷七中便认为刘向著作所引之《诗》为《韩诗》。⑤ 马瑞辰也言"刘向所述多《韩诗》"⑥。民国时期的段亦凡有《〈列

---

① 林岗:《重论"四始"》,载于《北京大学学报》,2018年第1期。
② 范处义:《诗补传》,《景印文渊阁四库全书》,台湾商务印书馆,1986年版,第72册,第9页。
③ 王应麟:《诗考》,《景印文渊阁四库全书》,台湾商务印书馆,1986年版,第75册,第632页。
④ 黄梓勇:《刘向〈诗〉学家法研究》,载于《湖南大学学报》,2008年第2期。
⑤ 王引之:《经义述闻》,凤凰出版社,2000年版,第163页。
⑥ 马瑞辰:《毛诗传笺通释》,中华书局,1989年版,第22页。

女传〉本于韩诗考》①,反对刘向习《鲁诗》之说。今人马荣江在《元王诗考索》中认为刘向所习主要是《元王诗》,而非《鲁诗》。刘正岚通过对刘向用《诗》情况的分析,认为刘向《诗》学于齐、鲁、韩、毛四家,刘向在其著述中引《诗》说《诗》时,对四家《诗》确实是兼收并蓄的。②马瑜通过对刘向《诗》说材料的对比分析,认为刘向《诗》说不属于三家《诗》,但接近《鲁诗》,为元王诗的继承者。③张立克认为刘向用《诗》确不守家法,甚至无今古文之别。④谢明仁、田中和夫等都有类似观点。张峰屹发文否定简单地依据汉代师法、家法来判断刘向《诗》学属于《鲁诗》或《韩诗》之举,强调应依据刘向的《诗》学材料,秉着其所谓"诗无通诂"的精神,客观地考察刘向的《诗》学,其结论是刘向之《诗》学乃通儒之学,不拘泥于师法与家法。⑤

(二)刘向说《诗》特征

俞艳庭⑥认为刘向说诗的特点是以灾异言诗,而这一特点源于夏侯始昌的《尚书》学与董仲舒的《公羊》学。日本学者田中和夫认为《列女传》之言诗偏重于理性的克

---

① 段亦凡:《〈列女传〉本于韩诗考》,载于《国学月刊》,1945年第1期。
② 吴正岚:《论刘向诗经学之家法》,载于《福州大学学报》,2000年第2期。
③ 马瑜:《从刘向著作引诗看刘向的〈诗〉学观》,载于《雁北师范学院学报》,2006年第1期。
④ 张立克:《刘向〈条灾异封事〉用〈诗〉考论刘向〈诗〉学观念再探》,载于《渤海大学学报》,2010年第5期。
⑤ 张峰屹:《刘向〈诗〉学思想平议》,载于《文学遗产》,2019年第4期。
⑥ 俞艳庭:《两汉三家〈诗〉学史纲》,齐鲁书社,2009年版,第66~67页。

制，强调诗中所体现的道德因素，并认为其与刘向的《诗》学要求和《列女传》的编辑目的是相合的。① 李寅生认为："刘向在《列女传》中大量引用《诗经》中的句子，其中就包含了他自己对《诗经》主题的认识和理解。"② 肖明、刘蓓然③认为刘向《说苑》引《诗》独具特色，如对史料原有引《诗》进行录、增、删、改，且绝大多数为直接引用，并从修辞角度对《说苑》引《诗》的修辞作用进行分析，认为刘向大量引《诗》是为了以《诗》证事、以《诗》为喻、以《诗》作评，目的是达到较好的进言效果。此外张冰、谢明仁等对刘向《说苑》引诗的特征也有论述。

## 第四节 鲁诗镜研究

1970年，武汉市文物商店收到一枚东汉铜镜，其铭文为《诗经·硕人》。自罗福颐先生在1980年第6期《文物》上发表镜铭以来，连罗福颐之文，有六篇文章谈及该镜铭。"鲁诗镜"之名则源于罗福颐的《汉鲁诗镜考释》，他说："此镜以诗为铭，殆受石经碑之影响。石经诗为鲁

---

① 田中和夫：《〈列女传〉引〈诗〉考》，载于《河北师院学报》，1997年第2期。

② 李寅生：《〈列女传〉引〈诗〉得失刍议》，载于《钦州师范高等专科学校学报》，2002年第1期。

③ 肖明、刘蓓然：《〈说苑〉引〈诗〉特点及其修辞作用》，载于《江西农业大学学报》，2008年第4期。

诗，则此镜为鲁诗无疑。"① 李学勤在对镜铭作了考证后认为它"是南方的吴镜"，"因镜诗与毛诗异文多，故非毛诗。有可能是鲁诗，但因镜诗中的错字现象，还不能说就是某家经文的原貌"②。陆锡兴在《诗经异文研究·硕人镜铭的考证》中认为该镜产生于吴郡，时当建安初而略早，诗文当属《毛诗》。张吟午认为镜铭异文太多，无法确定具体属于何家之《诗》。③ 周远斌考证的结果是："可断定'汉镜诗'属于'俗儒穿凿'之《诗经》版本。"④ 此外日本学者石川三佐男认为此诗镜系明器，与人的死亡、丧葬及死后的世界有密切关系；《硕人》诗是祭祀河水神的祭歌，目的是帮助死者升天成仙。⑤

## 第五节　熹平石经《鲁诗》研究

前人早已关注熹平石经《鲁诗》，较早的有宋洪适在《隶释》⑥卷14著录有他所见到的汉石经残石，其中《鲁

---

① 罗福颐：《汉鲁诗镜考释》，载于《文物》，1980年第6期。
② 李学勤：《论〈硕人〉铭神兽镜》，载于《文史》，第30辑。
③ 张吟午：《毛诗、镜诗、阜诗〈硕人〉篇异文比较》，载于《江汉考古》，1986年第4期。
④ 周远斌：《汉镜〈硕人〉铭文校勘》，载于《古籍整理研究学刊》，2007年第1期。
⑤ 石川三佐男：《中国后汉鲁诗镜所含的意义》，见《第二届诗经国际学术研讨会论文集》，语文出版社，1996年版，第148～163页。
⑥ 洪适：《隶释　隶续》，中华书局，1986年版。

## 第十章 20世纪以来汉代《鲁诗》研究述评

诗》残石存173字。清刘传莹的《汉魏石经考》[①]、万斯同的《汉魏石经考》[②],还有顾炎武、翁方纲、杭世骏、冯登府等对之作过考证。民国时期张国淦的《历代石经考》[③]言及残石《鲁诗》,郭沫若著有《熹平石经鲁诗残石》[④]一文。马衡的《汉石经集存》[⑤]则是熹平石经研究之集大成之作,其《凡将斋金石丛稿》[⑥]一书中收有《汉石经鲁诗校文》一篇,亦可参。方国瑜也对部分熹平石经《鲁诗》作了有价值的校勘。[⑦]马衡在《汉石经概说》[⑧]中通过整理残存的石经《鲁诗》,对汉代《鲁诗》的篇题、篇后题、篇次、章次、文字以及著录体式等进行了研究(按,此与《汉石经集存·鲁诗》之释文后所附《说明》当为同一文)。罗福颐在《汉熹平石经概说》[⑨]中对《鲁诗》残文进行了文字统计,对经本章次进行了研究,认为与《毛诗》相比,其篇次、章次皆有不同之处。范邦瑾的《两件未见著录的熹平石经·诗残石的校释及缀接》[⑩]对新

---

① 刘传莹:《汉魏石经考》,《续修四库全书》,上海古籍出版社,2003年版。
② 万斯同:《汉魏石经考》,《丛书集成续编》第六册,新文丰出版公司,1985年版。
③ 张国淦:《历代石经考》,燕京大学国学研究所印行,1930年版。
④ 郭沫若:《熹平石经鲁诗残石》,见《郭沫若全集·考古编》第十卷,科学出版社,1992年版。
⑤ 马衡:《汉石经集存》,科学出版社,1957年版。
⑥ 马衡:《凡将斋金石丛稿》,中华书局,1977年版。
⑦ 方国瑜:《汉石经鲁诗·小雅二石校读记》,《方国瑜文集》第五辑,云南教育出版社,2001年版。
⑧ 马衡:《汉石经概说》,见《考古学报》第十册。
⑨ 罗福颐:《汉熹平石经概说》,载于《文博》,1987年第5期。
⑩ 范邦瑾:《两件未见著录的熹平石经·诗残石的校释及缀接》,载于《文物》,1986年第5期。

出现的熹平石经《鲁诗》残石内容进行了考订。虞万里近年对熹平石经《鲁诗》的系列研究又将之推向了新的高度。①

## 小 结

根据上文我们可以得到以下认识:

第一,汉代《鲁诗》学研究主要始于20世纪90年代,在21世纪前十年,研究成果大量出现,但近年对《鲁诗》之研究又有衰落之势。今人对《鲁诗》授受方面的梳理就比清代学者的研究更客观、全面;在《鲁诗》文本的研究方面,由于利用了熹平石经《鲁诗》等材料,研究成果推陈出新,《鲁诗》学者的个案研究更是取得了长足进展。如马荣江对元王及其家族与《鲁诗》的关系的研究、陈桐生对司马迁的《诗经》学研究等都很有价值。

第二,20世纪以来汉代《鲁诗》学研究的不足之处则在于:一是研究者文献梳理能力不足,这表现在对相关文献的解读与阐释上,年轻学者的这一缺陷尤其明显。二是重复建设严重,多数论文都在使用相近的材料讨论相近的论题,并得出相近的结论,对前人特别是清人的研究成果不加辨析地接受。三是视野不够开阔,没能跳出《鲁

---

① 虞万里不仅推出汉《鲁诗》石经研究的高水平文章,还组织学者从事此领域之研究,编纂出版相关文集,如《七朝石经研究新论》(上海书店出版社,2018年版)、《二十世纪七朝石经专论》(上海辞书出版社,2018年版),其主编的《经学文献研究集刊》也常刊发石经研究论文。此外,虞万里对三家《诗》学史也颇有研究。

诗》的束缚，少有能站在战国秦汉学术史的视角去思考相关问题的研究，陈桐生研究司马迁《诗》学的那种方式还不多见。

第三，针对目前汉代《鲁诗》研究的现状，笔者认为当前应加强对《鲁诗》学文献的整理与出版。同时应该意识到，包括《鲁诗》在内的《诗经》学都只是汉代经学的一部分，我们可以从汉代经学的大角度去审视《鲁诗》学，从其他相关经学学科的视野来思考汉代《鲁诗》学等。

第四，在前人研究成果的基础上，加强对前人特别是清代学者《鲁诗》乃至三家《诗》研究成果的反思，重新调整研究方法与立场。

# 第十一章　20世纪以来汉代《韩诗》学研究述评

汉代今文三家诗之一的《韩诗》出于西汉韩婴。经韩婴和其后学的努力，《韩诗》在两汉较为兴盛，大师辈出。到汉末，因《毛诗》的冲击逐渐衰落，宋时仅有《韩诗外传》传世。

南宋王应麟作《诗考》，始有《韩诗》之辑佚。明代评点之学兴盛，也出现了《韩诗外传》的评点之作，如余寅评《韩诗外传》十卷、钟惺评《韩诗外传》和黄从诚《韩诗外传旁注评林》等，开启了对《韩诗外传》的新的研究模式。明末董斯张有《补王伯厚〈诗考〉》，相较于王应麟的《诗考》，董斯张对《韩诗》的辑佚文献有所增加。陈士元的《五经异文》在收集《诗经》异文时，也采集了一百多条《韩诗》异文。明末周应宾的《九经考异》则综合了陈士元的成果，对《韩诗》异文的收集又有所推进。[①]

---

① 参见马昕：《三家〈诗〉研究在元明及清初的发展轨迹》，见《国学》第一辑，四川人民出版社，2014年版，第96~98页。

## 第十一章 20世纪以来汉代《韩诗》学研究述评

对《韩诗》佚文进行全面辑佚与诠释的是清代学者。在《韩诗外传》的注释方面，有赵怀玉的《校刻韩诗外传》、周廷寀的《韩诗外传校注》和陈士珂的《韩诗外传疏证》。赵怀玉、周廷寀二书各具特色，陈士珂强调对《韩诗外传》之互见文献的收集排比；三书文末皆附有《韩诗外传》之佚文。孙诒让在《札迻》中也对《韩诗外传》进行了考订。俞樾有《读韩诗外传》一文，对《韩诗外传》的文字考释较为精审。在文献辑佚方面，主要成果有范家相的《三家诗拾遗》，臧庸的《韩诗遗说》，陈寿祺、陈乔枞父子的《三家诗遗说考》，马国翰的《玉函山房辑佚书》，阮元的《三家诗补遗》，王谟的《汉魏遗书丛钞》，丁晏的《三家诗补注》，冯登府的《三家诗异义遗说》，魏源的《诗古微》，王先谦的《诗三家义集疏》等。[①] 其中阮元的《三家诗补遗》以三家《诗》各自为篇，例同《诗考》；陈氏父子的《三家诗遗说考》沿袭了阮书的体例，并且在《韩诗遗说考》中对《韩诗》的传承谱系作了梳理；魏源的《诗古微》也有类似的梳理。王先谦的《诗三家义集疏》则在上述著作的基础上集辑佚、疏证与学派判定于一身，乃集大成者。

20世纪以来的汉代《韩诗》研究主要集中于《韩诗外传》，21世纪以来的研究则要全面一些。故本章分两部分论述汉代《韩诗》的研究情况，第一至六节论述《韩诗

---

① 部分内容也可参见吕冠南《宋代以降的〈韩诗〉研究》（《江南大学学报》，2018年第5期）所论。

外传》的研究,第七节论述《韩诗外传》之外的汉代《韩诗》研究。

## 第一节 《韩诗》内、外传关系研究

《史记·儒林列传》仅言"韩生推诗之意而为内外传数万言",未言及韩婴所著之具体篇名和卷帙。《汉书·艺文志》著录《韩内传》4卷、《韩外传》6卷。[①] 但《隋书·经籍志》却不著录《韩内传》,只著有《韩诗外传》10卷。[②] 这便引起后人对《韩诗外传》卷次及其与《韩内传》的关系的争论。

清末沈家本曰:"《隋唐志》之《韩诗》者,《韩故》也。《内传》则与《外传》并为一编,故其卷适与《汉志》同,非无《内传》也。"[③] 他认为现存《韩诗外传》包括《韩诗内传》。杨树达也持此说,他认为今存的10卷本《韩诗外传》是由《韩内传》4卷和《韩外传》6卷合并而

---

① 班固:《汉书》,中华书局,1962年版,第1708页。
② 魏征等:《隋书》,中华书局,1973年版,第916页。
③ 沈家本:《世说注所引书目·经部》,见屈守元《韩诗外传笺疏》,巴蜀书社,1996年版,第1021页。

## 第十一章 20世纪以来汉代《韩诗》学研究述评

成的。① 金德建、蒋伯潜、张舜徽、徐复观等皆持此说。② 另一种观点以为10卷本《韩诗外传》中多出的内容是后人比附添加而成的，与《内传》无关。金德建的《韩诗内外传的流传及其渊源》对此有所论述。汪祚民从《韩诗外传》的编排体例入手分析，认为原来6卷《韩诗外传》尚保存在今本《韩诗外传》之中，其余4卷是后人仿照6卷本《韩诗外传》体例增补的。③ 王培友对此观点作了调整与补充，认为今本《韩诗外传》是唐代之前析分或者重编的，或在流传过程中经过了改动。④ 余嘉锡通过对古人著书体例的分析，认为《韩诗》内外传有别。⑤ 朱维铮在

---

① 杨树达：《〈韩诗内传〉未亡说》，载于《学艺杂志》，1921年第10期。此文又见于杨树达《积微居小学金石论丛》，上海古籍出版社，2013年版，第217~219页。杨树达《汉书窥管》亦有类似说法。
② 金德建：《韩诗内外传的流传及其渊源》，载于《新中华》，1948年第7期，又见《司马迁所见书考》，上海人民出版社，1963年版，第51~52页。蒋伯潜之说见《十三经概论·毛诗概论》之"毛诗解题"，上海古籍出版社，2010年版，第123页。张舜徽之说见《广校雠略·汉书艺文志通释》之"韩内传四卷"条注释，华中师范大学出版社，2004年版，第202页。徐复观在接受杨树达之说的同时又作了补充论证，其说见《两汉思想史》第三卷《韩诗外传研究》，华东师范大学出版社，2001年版，第6~7页。
③ 汪祚民：《〈韩诗外传〉编排体例考》，载于《陕西师范大学学报》，2005年第3期。
④ 王培友：《〈韩诗外传〉的文本特征及其认识价值》，载于《孔子研究》，2008年第4期。袁长江也持此观点，见袁长江：《说〈韩诗外传〉》，载于《中国韵文学刊》，1996年第1期。
⑤ 余嘉锡《古书通例》之"古书之分内外篇"曰："惟一家之学，一人之书，而兼备二体，则题其不同者为外传以为识别。故《汉志》《诗》家有《韩内传》四卷，《韩外传》六卷，《春秋》家《公羊》《谷梁》皆有《外传》。今《韩内传》已亡，所传十卷，并题曰'外传'，然亦非完书。诸书所引，亦多内外传互混，就今之《外传》考之，其体正似《尚书大传》。"余嘉锡《目录学发微·古书通例》，中国人民大学出版社，2004年版，第262页。

《〈韩诗外传〉提要》中认为:"汉代经学家著书,凡诠释经典本义的称内传,而引经据典以证事明理的称外传。"①朱维铮也认为《韩诗》内外传不同,从而否定了沈家本、杨树达之说。常森延续了朱维铮之说,提出"内传体旨在追索《诗》本义,外传体则立足于引《诗》以助成己意"②,也否定杨树达之说,认为《韩诗》内外传有别。艾春明依据马国翰所辑《韩诗内传》的20多条材料,认为这些从唐宋文献中辑佚出来的佚文皆被标明出于《韩诗内传》,且这些佚文又不见于今本《外传》,因此《内传》与《外传》不能完全等同③,也不认可杨树达之说。艾春明通过对文献的比勘得出的认识有一定的依据与可信度,推进了对《韩诗》内外传体例的认识。樊东通过《韩诗》内外传与《春秋》内外传等解经体式特征的比较分析,认为《韩诗》内外传不同。④唐元在陈澧《东塾读书记》所论《韩诗》内外传差异的基础上,以韩非之《解老》《喻老》两篇文体的差异来说明《韩诗》内外传在体例上的差别。⑤但结合《汉书·艺文志》之著录,我们可以知道汉人对经学文体之内外传之分是自觉的行为,而韩非子是否

---

① 朱维铮:《中国经学史十讲》之《中国经学史选读文献提要·韩诗外传》,复旦大学出版社,2008年版,第260页。
② 常森:《论汉代〈诗经〉著述之内外传体》,见袁行霈:《国学研究》第30卷,北京大学出版社,2012年版,第145页。
③ 艾春明:《〈韩诗外传〉研究》,辽宁大学出版社,2010年版,第42~44页。
④ 樊东:《从"传"体特征看〈韩诗外传〉的性质》,载于《中国典籍与文化》,2015年第1期。
⑤ 唐元:《韩诗内、外传文体之辨》,载于《天中学刊》,2015年第3期。

有这样的文体自觉意识,还值得讨论。孟庆楠则通过简单梳理上述说法后,认为"在没有新的确凿证据之前,对《外传》的卷帙问题很难形成定论"①。可以发现,学界对《韩诗》内外传之关系的讨论在不断推进。

## 第二节 《韩诗外传》文本整理

如前所言,清代学者赵怀玉、周廷寀、陈士珂等已对《韩诗外传》进行了整理。民国时期的赵善诒著有《韩诗外传补正》,在该书序中作者认为赵怀玉、周廷寀之作虽然精详,但"筚路初开,榛芜未剪,征援虽广,遗缺尚多",故为之补正。② 中华人民共和国成立以后,相关研究成果有许维遹的《韩诗外传集释》③,该书成书于20世纪50年代,20世纪80年代初出版,是现当代《韩诗外传》研究的文献起点,意义较大。魏达纯的《韩诗外传译注》是大陆第一部关于《韩诗外传》的完整译注本。④ 屈守元的《韩诗外传笺疏》则是集历代《韩诗外传》整理之大成者,为以后的《韩诗外传》研究提供了较为完善的文

---

① 孟庆楠:《〈韩诗外传〉对旧说的征引与整合》,载于《中国典籍与文化》,2013年第2期。
② 赵善诒:《韩诗外传补正》,商务印书馆,1934年版。
③ 许维遹:《韩诗外传集释》,中华书局,1980年版。
④ 魏达纯:《韩诗外传译注》,东北师范大学出版社,1993年版。

献基础。① 朱季海也对《韩诗外传》作了校勘与笺释。② 晨风、刘永平的《韩诗外传选译》和杜泽逊、刘大均的《韩诗外传选译》二书，对《韩诗外传》部分篇章作了译注，尤其是后者，译注简明、平实，具有一定的参考价值。③ 还有很多对《韩诗外传》部分文字进行校释的单篇文章，如徐宗元在《韩诗外传札记》中校证文字17条④，周志锋在《〈韩诗外传〉词语校释》中对赵怀玉、许维遹等前人注释之纠正近20条⑤，萧旭的《〈韩诗外传〉补笺》《〈韩诗外传〉卷一校补》《〈韩诗外传〉解诂》⑥三文对许维遹、屈守元等人之文献校释有所纠正。这些成果皆有利于此后对《韩诗外传》文本的进一步整理。此外，吕冠南在《〈韩诗内传〉旧辑考辨与新辑》⑦一文中对清代学者所辑佚的《韩诗内传》文献作了考辨，分析了清代学者辑佚之误，辨析并剔除其误辑者，并补辑了13条佚文，这为学界研究《韩诗内传》提供了方便。

---

① 屈守元：《韩诗外传笺疏》，巴蜀书社，1996年版。
② 朱季海：《韩诗外传校笺》，见《初照楼文集》，中华书局，2011年版，第68~190页。
③ 晨风、刘永平：《韩诗外传选译》，书目文献出版社，1986年版。杜泽逊、刘大均：《韩诗外传选译》，巴蜀书社，1994年版。
④ 徐宗元：《韩诗外传札记》，见《文史》第26辑，中华书局，1986年版。
⑤ 见浙江省语言学会编：《94语言论丛》，杭州大学出版社，1994年版。
⑥ 三者分别见载于《文史》，2001年第4辑；《文献语言学》第三辑，中华书局，2016年版；《文史》，2017年第4期。
⑦ 吕冠南：《〈韩诗内传〉旧辑考辨与新辑》，载于《河北师范大学学报》，2017年第1期。

## 第三节 《韩诗外传》"解《诗》"的研究

### 一、《韩诗外传》是否为解《诗》之作的争论

《汉书·艺文志》将《韩诗外传》著录于《六艺》之《诗》类下,表明汉人将此书作为解《诗》之作。但陈振孙《直斋书录解题》却言此书"多记杂说,不专解《诗》"①,王世贞曰:"大抵引诗以证事,而非引事以明诗,故多浮沉不切、牵合可笑之语,盖驰骋胜而说诗之旨微矣。"②对其解《诗》的性质进一步予以否定。《四库总目提要》曰:"今《内传》解《诗》之说已亡,则《外传》已无关于《诗》义。"③其说在20世纪仍然有很大的影响。如中华书局的《韩诗外传集释·出版说明》云:"四库馆臣认为《外传》已无关于《诗》义,只把它附在经部《诗经》类的最后,这是对的。"④王占山云:"它(《韩诗外传》)不是一部诠解《诗经》的书,而是引用《诗经》为自己的观点做根据的书。严格说来,它应与《荀子》《新序》《说苑》等类似,是一部阐述儒家思想的子书,而

---

① 陈振孙:《直斋书录解题》,上海古籍出版社,1987年版,第35页。
② 王世贞:《读韩诗外传》,见《弇州山人四部稿》,伟文图书出版社,1976年版,第5274页。
③ 纪昀:《四库全书总目》,中华书局,1997年版,第214页。
④ 许维遹:《韩诗外传集释》,中华书局,1980年版。

不是经书,如果改名为《韩子》似乎更恰当些。"① 袁长江认为:"《韩诗外传》之作,是为明道,不为说《诗》,更不为解《诗》。"② 余慧生评论此书云:"名曰《外传》实为《韩子》。"③ 杜泽逊也认为:"《韩诗外传》并不是一部解释《诗经》的著作,而是一部采择上古至西汉初年的历史故事与传说、人物言行、诸子杂说编撰而成的'说部'之书。"④ 张良娟、韩星皆持此说。⑤ 可见,否定《韩诗外传》为解《诗》之作者众多。

然而,也有许多学者坚持认为《韩诗外传》乃解《诗》之作。刘咸炘否定了王世贞之说,认为《韩诗外传》乃明经之作。⑥ 屈守元认为"《韩诗外传》是孔门传《诗》的正宗",并从汉代释经体例等方面给予充分的论证。汪祚民从编排体例出发,证明了《韩诗外传》"说解和阐发《诗经》的性质是十分明显的"⑦。罗立军从经学论争的角度分析,认为《四库全书总目》是在古文经学立场上判定

---

① 王占山:《从〈韩诗外传〉看西汉前期儒家思想的变化》,载于《齐鲁学刊》,1990年第6期。
② 袁长江:《说〈韩诗外传〉》,载于《中国韵文学刊》,1996年第1期。
③ 余慧生:《韩婴与〈韩诗外传〉》,载于《河北广播电视大学学报》,2000年第2期。
④ 杜泽逊:《韩诗外传选译》,凤凰出版社,2011年版,前言第3页。
⑤ 张良娟:《〈韩诗外传〉无关诗义确证》,载于《景德镇高专学报》,2008年第3期;韩星《〈韩诗外传〉的治理之道》,载于《广西大学学报》,2016年第1期。
⑥ 黄曙辉编校:《刘咸炘学术论集·子学编》,广西师范大学出版社,2007年版,第347页。
⑦ 汪祚民:《〈韩诗外传〉编排体例考》,载于《陕西师范大学学报》,2003年第3期。

## 第十一章 20世纪以来汉代《韩诗》学研究述评

《韩诗外传》无关诗义的,因此他认为《提要》之说不准确,进而从《韩诗外传》的编撰目的、编排体例、解释立场等方面进行分析,从而得出"《韩诗外传》断章取义的解诗模式是先秦儒家孔、孟、荀通经致用、弘扬诗教的正脉"①的结论。此后支持《韩诗外传》乃解经之作的声音越来越多,如艾春明、周颖在《〈韩诗外传〉解诗说》中认为《外传》是解诗之作,并举出 7 条实例证明这些是"以汉代经师的眼光直接阐释诗义的文字"②。房瑞丽从《韩诗外传》与孔、孟、荀等先秦儒家传《诗》的渊源关系,以及《韩诗外传》文本的编排结构等方面分析了《韩诗外传》的传《诗》特点。③ 于淑娟通过比较《左传》赋诗与《韩诗外传》言诗,认为《韩诗外传》乃解《诗》之作。④ 边家珍也认为《韩诗外传》是一部说《诗》之作,且带有比较显著的今文经学通经致用的特点。⑤ 此外还有其他一些论著,都支持《韩诗外传》乃解经之作的观点。也就是说,进入 21 世纪,《韩诗外传》乃解《诗》之作的观点已经得到学界较多的认可,甚至成为《韩诗外传》研

---

① 罗立军:《〈韩诗外传〉无关诗义辨正》,载于《华南师范大学学报》,2005年第 3 期。
② 艾春明、周颖:《〈韩诗外传〉解诗说》,载于《辽东学院学报》,2006年第 6 期。
③ 房瑞丽:《〈韩诗外传〉传〈诗〉论》,载于《文学遗产》,2008年第 3 期。
④ 于淑娟:《从〈左传〉赋诗看〈韩诗外传〉解诗说》,载于《河南师范大学学报》,2010 年第 4 期。
⑤ 边家珍:《论〈韩诗外传〉的〈诗〉学性质及特点》,载于《河南大学学报》,2012 年第 4 期。《从经学史视角看〈韩诗外传〉说〈诗〉的性质与特点》,《诗经研究丛刊》第十九辑,学苑出版社,2011 年版,第 43 页、51 页。

究的自明前提。

## 二、《韩诗外传》解诗的渊源

清人汪中统计出《韩诗外传》中引荀子以说诗者有44处。① 民国初期，刘咸炘也认为《韩诗外传》与《荀子》有渊源。② 徐复观认为韩婴在《韩诗外传》中引用荀子凡54次，故《韩诗外传》当深受荀子的影响。③ 赵伯雄通过比较《荀子》与《韩诗外传》的引《诗》说《诗》内容，认为《韩诗外传》之《诗》学内容有相当多的部分出自《荀子》。④ 夏传才认为荀子曾在燕赵之地传学，韩婴受其学是情理中事。⑤ 罗立军认为："《韩诗外传》断章取义的解诗模式是先秦儒家孔、孟、荀通经致用、弘扬诗教的正脉。"⑥ 朱金发在《先秦诗经学》中说道："如果仔细看一下《韩诗外传》中的内容，其中许多来源于《荀子》。"⑦ 强中华也有类似的观点。⑧ 刘毓庆认为《韩诗外

---

① 汪中：《荀卿子通论》，见王先谦：《荀子集解》，上海书店出版社，1986年版，第15页。
② 黄曙辉编校：《刘咸炘学术论集·子学编》，广西师范大学出版社，2007年版，第347页。
③ 徐复观：《两汉思想史》第三卷，华东师范大学出版社，2001年版，第5页。
④ 赵伯雄：《〈荀子〉引〈诗〉考论》，载于《南开大学学报》，2000年第2期。
⑤ 夏传才：《思无邪斋诗经论稿》，学苑出版社，2000年版，第171页。
⑥ 罗立军：《〈韩诗外传〉无关诗义辨正》，载于《华南师范大学学报》，2005年第3期。
⑦ 朱金发：《先秦诗经学》，学苑出版社，2007年版，第301页。
⑧ 强中华：《〈韩诗外传〉与〈荀子〉用〈诗〉之异同》，载于《西南交通大学学报》，2014年第2期。

## 第十一章 20世纪以来汉代《韩诗》学研究述评

传》"很像源自于三晋古史学的子夏一派",而"从内容上看,《韩诗(外传)》似乎受《鲁诗》近祖荀子的影响更大",同时《韩诗外传》又受阴阳家影响,"总之《韩诗(外传)》是糅合了晋学、鲁学、齐学而成的一具有混合性格的学说"①。王培友认为:"《韩诗外传》的解经方式,是承传了自先秦以来的儒家解经传统。"张小苹则认为荀子与《韩诗》之间可能并不存在渊源关系,韩婴只不过是将《荀子》作为原始素材来诠释自己对《诗经》的理解。② 李峻岫认为《韩诗外传》的《诗》学受孟子影响。③ 李华也认为《韩诗外传》的解经方式、《诗》学理念皆与《孟子》有关。④ 高正伟认为《韩诗外传》的学术渊源与孟子关系密切。⑤ 房瑞丽认为《韩诗外传》的解《诗》与先秦传《诗》方式一脉相承。⑥ 李申曦认为《韩诗外传》释诗文本来自周秦文献。⑦ 夏德靠认为韩婴编撰《韩诗外传》固然是出于阐释《诗经》的需要,同时也是乐语传统

---

① 刘毓庆、郭万金:《从文学到经学:先秦两汉诗经学史论》,华东师范大学出版社,2009年版,第237~239页。
② 张小苹:《荀子传〈韩诗〉考辨》,载于《管子学刊》,2011年第1期。
③ 李峻岫:《韩婴孟学思想探析——再论〈韩诗外传〉与孟荀的关系问题》,载于《云梦学刊》,2010年第1期。
④ 李华:《"以意逆志,得孟子之一体"——以〈韩诗外传〉为例看孟子对汉〈诗〉经学化的影响》,载于《管子学刊》,2011年第1期。其《论〈韩诗外传〉对孟子的推尊》(《巢湖学院学报》,2011年第1期)也言及此。
⑤ 高正伟:《〈韩诗外传〉对孟子学说的继承与发展》,载于《宜宾学院学报》,2017年第1期。
⑥ 房瑞丽:《〈韩诗外传〉与先秦〈诗〉学渊源关系探略》,载于《北方论丛》,2012年第1期。
⑦ 李申曦:《〈韩诗外传〉对释〈诗〉文本的整理》,载于《古籍整理研究学刊》,2019年第1期。

影响的结果。① 樊东不认同上述学者的观点，他认为："就目前材料来看，韩婴《诗经》学的来源是无法得到确切考证的。"② 通过学界的讨论，《韩诗外传》的《诗》学渊源乃先秦《诗经》学这一观点已成定论，但要进一步的具体化，则仍需研讨。

### 三、《韩诗外传》解《诗》方式

王世贞否定《韩诗外传》为解经之作，他认为《韩诗外传》乃"引诗以证事，而非引事以明诗"，即就解经方式而言，它不合体例，故否定之。而《四库提要》也从《毛诗传笺》的解经体式角度对《韩诗外传》作出否定性的评论。故要证明《韩诗外传》是解经之作，就必须说明其言《诗》之体例具有合理性。上述支持《韩诗外传》的学者基本上都对这个问题作了讨论。如罗立军认为："韩婴作为汉代传《诗》之博士，其在《韩诗外传》中活用先秦孔门断章取义的用诗方式，其目的是为了履行自己'传诗'的儒学使命，因此断章取义的用诗方式在这里被有意识地转化为一种生成《诗经》意义的阐释方式。""就《韩诗外传》解诗模式的具体表现而言，其在文学体例上采用了对话、分层论述、故事、类比推理、引言论述等方式来对诗句进行断章取义。按体例可分为'形象构造'与'名

---

① 夏德靠：《乐语传统与〈韩诗外传〉的生成》，载于《河北师范大学学报》，2018年第1期。
② 樊东：《韩婴与〈韩诗外传〉相关问题》，载于《淮南师范学院学报》，2018年第4期。

理世界'两类……这两种类型互相补充,相得益彰,具有整体效应。"① 汪祚民认为:"《外传》几乎每章皆引《诗》句为主题句,围绕《诗》句中关键词或《诗》句比喻引申意义,来组织前人论说、故事、佳言懿行等阐释材料,构成一章的内容,并在大多数卷次内,章次的编排按所引《诗》句在《诗经》完整篇章中出现的先后顺序进行。这就是《外传》独具特色的编排体例。"② 王培友通过统计、分析认为:"《韩诗外传》文本中,所引用内容与解经目的直接相关的有49条,占总条数的24.5%;以断章取义、隐喻引申的方式解释《诗经》的有154条,占总条数的75.5%,这说明《韩诗外传》是韩婴有意识地运用儒家的用诗传统,为其治世目的服务。"③ 艾春明、周颖认为《韩诗外传》解诗有三种体例:第一,只解引诗不及其他;第二,解释全诗而非某句引诗,引诗只起一个标志作用;第三,既解释引诗又解释引诗的全篇。他们还认为韩婴解《诗》采取的角度有五:一是直接阐述义理型,二是以事作传,三是解释名物制度,四是解释与诗相关的物理、事理,五是汇集相关的材料。④ 于雪棠则云:"《韩诗外传》解经,不注重探求诗人的情志及诗之本义,也不注重诗作

---

① 罗立军:《〈韩诗外传〉无关诗义辨正》,载于《华南师范大学学报》,2005年第3期。

② 汪祚民:《〈韩诗外传〉编排体例考》,载于《陕西师范大学学报》,2003年第3期。

③ 王培友:《〈韩诗外传〉的文本特征及其认识价值》,载于《孔子研究》,2008年第4期。

④ 艾春明、周颖:《〈韩诗外传〉解诗说》,载于《辽东学院学报》,2006年第6期。

的表现手法，而特别关注诗所言说对于研习者有何启示，其解经重在从《诗经》中寻求一种思想上的体悟与发现，激活研习者联想，富于启示性。具体表现在两个方面：一是以故事解说诗句，二是对同一节诗，做多角度解说。"① 这种说法与赵茂林的观点近似。② 夏德靠认为《韩诗外传》引诗有"故事＋诗"与"故事＋诗＋附加成分"两种模式，前者出于"引事以明《诗》"的目的，后者有的是"引事以明《诗》"，有的是"引《诗》以证事"。③ 可见，学界对《韩诗外传》的解《诗》方式之研究越来越精细、深入。

## 第四节　《韩诗外传》思想研究

《韩诗外传》内容极其丰富，是研究先秦到汉初思想的重要文献。较早地从思想角度研究《韩诗外传》的是民国时期姚璋的《韩婴的哲学》④，该文探讨了韩婴兼容并包的哲学思想，但其分析多浅尝辄止。较为深入的研究则始于20世纪80年代。金春峰在《汉代思想史》一书中认为黄老思想对韩婴的影响是多方面的，同时韩婴又是儒家

---

① 于雪棠：《〈韩诗外传〉解经方式及其文学教育意义》，载于《学术交流》，2011年第1期。
② 赵茂林：《两汉三家〈诗〉研究》，巴蜀书社，2006年版，第450～455页。
③ 夏德靠：《乐语传统与〈韩诗外传〉的生成》，载于《河北师范大学学报》，2018年第1期。
④ 姚璋：《韩婴的哲学》，载于《光华大学半月刊》，1933年第1期。

的经学大师,他认为这种儒、道混杂的现象反映了居于统治地位的黄老思想的强大影响。① 徐复观认为《韩诗外传》是中国思想表达的另一种方式,他认为《韩诗外传》中的故事多是作者借古人以言己思;从这一立场出发,他通过比较荀子、孟子、孔子、老子的相关思想,分析了韩婴的"学""礼""仁"以及"政治"思想,从而揭示了韩婴思想的渊源与独特性。此外,徐复观还分析了《韩诗外传》中的"士节""养亲""尊君"间的矛盾以及女性思想等,其分析深刻,富于创见,后之学者难以望其项背。② 龚鹏程在《学圣人的儒家:韩婴》中对《韩诗外传》中的"学"的意义、"顺"的伦理、"时"的体认、"养"的哲学等思想问题作了深刻的分析,有的论题是对徐复观的批驳与补充论证。③ 师纶论述了《韩诗外传》中所体现的"尚贤"思想及其具体标准。④ 进入 90 年代,王占山认为《韩诗外传》是一部阐述儒家思想的子书,其思想特征包括兼容并包、调和折中、突出忠君思想、对人民群众给予应有的重视等⑤,其论述内容还留有之前阶级分析法的痕迹。黄震云认为《韩诗外传》强调礼的作用,目的是以传

---

① 金春峰:《汉代思想史》,中国社会科学出版社,第 62~65 页。
② 徐复观:《两汉思想史》第三卷《韩诗外传研究》,华东师范大学出版社,2001 年版,第 1~30 页。
③ 龚鹏程:《学圣人的儒家:韩婴》,见《汉代思潮》,商务印书馆,2005 年版,第 169~196 页。
④ 师纶:《漫谈〈韩诗外传〉中的举贤思想》,载于《甘肃社会科学》,1983 年第 6 期。
⑤ 王占山:《从〈韩诗外传〉看西汉前期儒家思想的变化》,载于《齐鲁学刊》,1990 年第 6 期。

资政，为政治服务，其实质是一种《诗》教思想。①

进入 21 世纪，《韩诗外传》思想研究开始兴盛，主要集中于《韩诗外传》的天道观、伦理观、礼学思想、黄老思想、生死观等方面。

在天道观方面，张红珍、刘强、艾春明以及杨柳都认为《韩诗外传》之天道观有继承先秦天道观的一面，又有天人相应的色彩。②

在伦理思想方面，张红珍对《韩诗外传》的孝道思想进行了系统研究。③ 杜泽逊也认为《韩诗外传》的思想表现之一便是强调孝敬父母。④ 张仁玺讨论了《韩诗外传》中孝道思想的具体表现，并分析了此书中忠孝思想间的矛盾。⑤ 陈婉莹、邓骏捷阐述了《韩诗外传》的孝道思想，并分析了《韩诗外传》面对孝、忠出现矛盾时的对策与如此策略的时代原因。⑥

---

① 黄震云：《〈韩诗外传〉和汉代文化》，载于《徐州师范大学学报》，1998 年第 2 期。

② 张红珍：《〈韩诗外传〉的天道观》，载于《临沂师范学院学报》，2004 年第 2 期；刘强《〈韩诗外传〉中的"天道"》，载于《沧桑》，2010 年第 4 期；艾春明《〈韩诗外传〉的道论》，载于《通化师范学院学报》，2008 年第 6 期；杨柳《〈韩诗外传〉哲学思想刍议》，载于《贵州大学学报》，2004 年第 5 期。

③ 张红珍：《〈韩诗外传〉中的孝忠矛盾》，载于《东岳论丛》，2005 年第 3 期；《从〈韩诗外传〉中看孝道伦理维护母亲的崇高家庭地位》，载于《通化师范学院学报》，2005 年第 1 期；《〈韩诗外传〉中体现的中国古代的孝慈观》，载于《长春师范学院学报》，2005 年第 6 期。

④ 杜泽逊：《韩诗外传选译》，凤凰出版社，2011 年版，前言第 8 页。

⑤ 张仁玺：《〈韩诗外传〉中的孝道述论》，载于《广西社会科学》，2014 年第 2 期。

⑥ 陈婉莹、邓骏捷：《论〈韩诗外传〉关于"孝"的叙事》，载于《国学学刊》，2019 年第 2 期。

在礼学思想方面，王硕民认为《韩诗外传》重"礼"，具有"情礼兼备的政治思想"。① 黄震云认为《韩诗外传》在表达一些社会关怀时，常将其建立在儒家礼乐思想之上，从而达到讽谏、教化的目的。② 罗立军通过孟荀之辨、经与权乃至原始察终等命题的分析，说明韩婴礼治的独特内涵，以及其在汉代政治中所发挥的重要作用。③ 艾春明则认为礼、法二者在韩婴那里实现了融合，从而很好地统一在他的政治思想框架里。④

在黄老思想方面，李知恕认为《韩诗外传》吸收了大量黄老思想，特别是黄老的治国、养生理论，韩婴在采用黄老观点时，常常将之与儒家思想相发明，以黄老思想来说明儒家，其基本立场仍是儒家的。⑤ 这是对金春峰之说的发展。余慧生也讨论了《外传》具有黄老思想的一面。⑥

在生死观方面，于淑娟认为《韩诗外传》中那些涉及生死考验主题的故事与此前的战国及楚汉之际的相关故事理念不同，它极力推崇公、忠，表现出清醒的理性精神、

---

① 王硕民：《〈韩诗外传〉新论》，载于《安徽大学学报》，2003年第2期。
② 黄震云：《〈韩诗外传〉的神话与儒家礼乐思想》，载于《宝鸡文理学院》，2006年第2期。
③ 罗立军：《〈韩诗外传〉的礼治思想》，载于《理论月刊》，2007年第5期。
④ 艾春明：《〈韩诗外传〉对礼与法的统一》，载于《辽东学院学报》，2010年第1期。此又见其《韩诗外传研究》，辽宁大学出版社，2010年版，第131~135页。
⑤ 李知恕：《论〈韩诗外传〉的黄老思想》，载于《社会科学研究》，2002年第2期。
⑥ 余慧生：《韩婴与〈韩诗外传〉》，载于《河北广播电视大学学报》，2000年第2期。

高度的责任感和义务感，以及对生命的珍视和关爱；并通过比较分析，认为道教生死考验故事呈现出喜剧的底色，而《韩诗外传》中的生死考验故事则传达着崇高的悲壮。①

此外，韩星论及《韩诗外传》的治理之道，认为《韩诗外传》试图构造一套儒学思想体系，并提出了一系列治理之道。② 罗立军论及《韩诗外传》的诗教思想。③ 李学勤、连劭名、黄河、孟庆楠等还论及《韩诗外传》与《周易》的关系。④ 孟庆楠论及《外传》的神灵与祭祀思想。⑤ 艾春明、高云龙首次论及《外传》的人体美学思想。⑥ 从这些研究可以看出，21世纪以来，对《韩诗外传》思想的研究角度在不断拓展，但研究深度仍需进一步提升。

---

① 于淑娟：《汉初今文经学生死观的文学叙事——〈韩诗外传〉中的生死考验故事》，载于《兰州学刊》，2008年第3期；《汉初经学与早期道教生命理念的异同——〈韩诗外传〉〈神仙传〉生死考验故事研究》，载于《河南大学学报》，2007年第1期。

② 韩星：《〈韩诗外传〉的治理之道》，载于《广西大学学报》，2016年第1期。

③ 罗立军：《〈韩诗外传〉诗教思想探究》，载于《广西社会科学》，2007年第6期。

④ 李学勤：《周易溯源》之第二章有所论及，巴蜀书社，2006年版；连劭名：《〈韩诗外传〉与〈周易〉》，载于《周易研究》，2012年第4期；黄河：《从〈韩诗外传〉探析韩婴的易学思想》，载于《船山学刊》，2011年第1期；孟庆楠：《〈韩诗外传〉中的〈易〉学思想》，见干春松、陈壁生主编：《经学与建国》第二辑，中国人民大学出版社，2013年版，第147~158页。

⑤ 孟庆楠：《〈韩诗外传〉中的神灵与祭祀》，载于《云南大学学报》，2014年第2期。

⑥ 艾春明、高云龙：《从〈韩诗外传〉看汉代人体美学》，载于《辽东学院学报》，2014年第3期。

## 第五节　《韩诗外传》的文学研究

《韩诗外传》具有一定的文学色彩，晁公武就曾称其"文辞清婉，有先秦风"①。晨风、刘永平云："我们认为《外传》叙述故事的完整，情节的曲折，人物形象的逼真，说理的明快、犀利、简洁，词汇的丰富多彩，都具有独特的风格，不仅仅是'文辞清婉'而已。"② 这就指明《韩诗外传》的文学性是很丰富的。杜泽逊认为《韩诗外传》有五方面的文学价值：一是保存大量历史故事与传说；二是优美的寓言，丰富了我国古典文学宝库；三是善用比喻；四是善用夸张的修饰手法；五是语言生动。③ 屈守元强调了《韩诗外传》在小说方面的特性，他从内容、文体形式角度认为"《说苑》的写作，类乎小说"，而《韩诗外传》也具有此一特征；又将《韩诗外传》这种"引《诗》以证事"与后来的中国小说形式联系起来，说它"为以'有诗为证'做收场的我国古典小说，树立了楷模"；又云书中的内容多为后代小说、平话所采录，"要探寻具有中国特色的古典小说的渊源，万万不能不提及此书"。④ 王

---

① 晁公武撰，孙猛校证：《郡斋读书志校证》，上海古籍出版社，1990年版，第64页。
② 晨风、刘永平：《韩诗外传选译》，书目文献出版社，1986年版，前言第6页。
③ 杜泽逊：《韩诗外传选译》，凤凰出版社，2011年版，前言第11~16页。
④ 屈守元：《韩诗外传笺疏》，巴蜀书社，1996年版，前言第4~5页。

培友从写作特征、叙述方式等方面讨论了《韩诗外传》的"小说"特性,认为《韩诗外传》的"虚构成分"使得其具有了某些小说的特质;而在故事的史学化方面,《韩诗外传》与早期的小说具有高度的一致性,《韩诗外传》解诗的功用观与小说的"教化"功用观有着紧密的联系等,都体现出早期小说的特征。① 孟庆阳也论及《韩诗外传》的小说特征。② 马振方则认为《韩诗外传》是"蕴涵早期小说较多的经部之书",但他不赞成王培友等所强调的《韩诗外传》的故事具有史学化特征,而认为这些虚构的故事"非但不是史实,也不是虚实莫辨的历史传说,而是好事者有意虚构与创造所结之果",并从三个方面对之进行了辨析,梳理出"虚构"的内容与方式。③

还有从诗学的角度论述《韩诗外传》的。如王硕民认为《韩诗外传》所包含的合理思想和诗学观念比起前人都有所发展,能从情的角度来考虑问题,既考虑到《诗》蕴含着治国安邦的大道理,同时也赋予《诗》以情性,这就透露出韩婴能从文学的角度来审视《诗》的朦胧思想。④ 杨波的《〈新序〉〈说苑〉与〈韩诗外传〉同题异旨故事比

---

① 王培友:《〈韩诗外传〉研究》,曲阜师范大学硕士学位论文,2005年,第29~33页。
② 孟庆阳:《试论〈韩诗外传〉中的小说因素》,载于《平原大学学报》,2006年第1期。
③ 马振方:《〈韩诗外传〉之小说考辨》,载于《北京大学学报》,2007年第3期。
④ 王硕民:《〈韩诗外传〉新论》,载于《安徽大学学报》,2003年第2期。

较》①和于淑娟的《〈韩诗外传〉的贫困考验主题及其文学价值——兼论孔门弟子的安贫乐道形象和故事演变》《〈韩诗外传〉与〈吴越春秋〉中要离传奇的文本考察》②等都从文学角度对《韩诗外传》进行了讨论。

从以上论述可知，对《韩诗外传》的文学研究主要集中在21世纪的前十年，研究的重点集中在《韩诗外传》的小说特性与诗学特性方面。近十年很少有学者从文学角度关注《韩诗外传》，但这并不是说对《韩诗外传》的文学研究就已达到极致，而是我们的研究角度与研究方法还需要更新。

## 第六节 《韩诗外传》的语言文字研究

《韩诗外传》作为汉初的作品，具有较高的语言学研究价值。胡继明通过对《毛诗》与《韩诗外传》释义的比较，认为"《韩诗》释义与《毛诗》相同的约十之七八，或认为二者释义绝少相同都似欠妥当"③。王建华讨论了《韩诗外传》异文的价值。④李翠娟侧重于对《韩诗外传》

---

① 杨波：《〈新序〉〈说苑〉与〈韩诗外传〉同题异旨故事比较》，载于《兰州学刊》，2007年第12期。
② 于淑娟的两篇文章前者载于《兰州学刊》2008年第7期，后者载于《东疆学刊》2005年第4期。
③ 胡继明：《〈毛诗〉与〈韩诗〉释义比较》，载于《重庆三峡学院学报》，1996年第2期。
④ 王建华：《〈韩诗外传〉词汇异文的价值》，载于《宜宾学院学报》，2007年第1期。

单一的"祈使句"的考察。① 近几年的硕士学位论文中也有对《韩诗外传》进行语言文字研究的,它们分别是王建华的《韩诗外传与其他文献异文研究》(2004年),姚兮廷的《韩诗外传反义聚合系统研究》(2008年)、李翠娟的《韩诗外传疑问句研究》(2008年)、韩忠治的《韩诗外传双音词研究》等。由此可以看出,《韩诗外传》的语言学研究主要集中在21世纪的前十年,但研究成果不多,质量也有待提高。

## 第七节 《韩诗外传》之外的汉代《韩诗》研究

《韩诗》学在西汉不够兴盛,但到了东汉,却远胜《齐诗》和《鲁诗》,并且为三家《诗》之最后亡者。但如今能够见到的完整的《韩诗》文献只有《韩诗外传》,其他《韩诗》文献多为残章断句、只言片语,依靠清人的辑佚才得以收集、保存下来。资料缺乏使得对《韩诗外传》之外的《韩诗》研究难以开展,因此相关研究成果不多。

民国时期的谢无量在《诗经研究》中论及汉代《韩诗》的传承序列,并以图表示之。② 傅斯年认为:"《韩诗》大约去泰去甚,而于经文颇有确见,如《殷武》之指宋襄公,即宋代人依《史记》从《韩诗》,以恢复之者。

---

① 李翠娟:《对〈韩诗外传〉祈使句的考察》,载于《科教文汇》,2008年第13期。

② 谢无量:《诗经研究》,商务印书馆,1924年版,第34~41页。

## 第十一章 20世纪以来汉代《韩诗》学研究述评

今以近人所辑齐鲁韩各家说看去，大约齐多侈言，韩能收敛，鲁介二者之间。"① 段亦凡认为刘向《列女传》之言《诗》有出于《韩诗》者。② 李永儒依据两汉史料，详细梳理了汉代《韩诗》之源流，并对汉代《韩诗》学者作了详细的考察，最后对汉代《韩诗》学著作的流亡情况作了细致的考辨。其所论皆据史料展开，翔实可靠。③ 灵芬女士在《诗经的种种问题·四家诗的传授源流》中极简要地言及汉代《韩诗》的传承情况。④ 金德建对《韩诗》内外传在汉代的流传情况也有所讨论。⑤ 除此之外，金亮公、胡朴安、范文澜、蒋伯潜、周予同等学者也对汉代《韩诗》学有所论及，但皆简略。

20世纪80年代以来，《诗经》学研究逐渐复兴。夏传才对《韩诗》的流传作了简要叙述。⑥ 盛广智、冼焜虹皆有对《韩诗》极简要之评述。⑦ 20世纪90年代，《韩诗》研究逐渐兴盛。鲁洪生简述了《韩诗》源流。⑧ 戴维分析了东汉《韩诗》学兴盛的原因，有三个方面：政治得

---

① 傅斯年：《诗经讲义》，中国人民大学出版社，2009年版，第8页。
② 段亦凡：《〈列女传〉本于韩诗考》，载于《国学月刊》，1945年第1期、第5期。
③ 李永儒：《三家诗源流考》，载于《励学》，1937年第7期。
④ 灵芬女士：《诗经的种种问题·四家诗的传授源流》，载于《圣教杂志》，1937年第6期。
⑤ 金德建：《韩诗内外传的流传》，载于《新中华》，11卷第7期，又见于《司马迁所见书考》，上海人民出版社，1963年版，第50~56页。
⑥ 夏传才：《诗经研究史概要》，中州书画社，1982年版，第75页。
⑦ 盛广智：《诗三百精义述要》，东北师范大学出版社，1988年版，第285页。冼焜虹：《诗经述论》，山西人民出版社，1988年版，第250页。
⑧ 鲁洪生：《诗经学概论》，辽海出版社，1998年版，第124~125页。

势、徒众极多、著述较多。① 刘毓庆对汉代《韩诗》学著作有详细的考辨。② 洪湛侯对《韩诗》之源流、遗说等内容有较为详细的梳理。③ 张巍、邹应龙考察了《韩诗》以人名称《诗》的缘由,还论述了东汉《韩诗》传授呈现出南下与西渐的态势。④ 左洪涛对两汉《韩诗》学派的传授者与学习者进行了全面的考察,其成果是目前对汉代《韩诗》学者谱系梳理最全面、最可靠的。⑤ 刘毓庆的《历代诗经著述考》、刘立志的《汉代诗经学史论》、赵茂林的《两汉三家诗研究》等皆对汉代《韩诗》著作进行了梳理与考证。俞艳庭则对汉代《韩诗》学者的行年与《诗》学活动、著述等进行了详细的梳理。⑥ 王承略讨论了《韩诗》在汉代的兴衰命运与形成此命运之原因。⑦ 郝桂敏对汉代到现当代的《韩诗》学者与著作进行了梳理。⑧ 杨艳琼则通过历代目录文献梳理了汉代《韩诗》著作的流传情

---

① 戴维:《诗经研究史》,湖南教育出版社,2001年版,第158页。
② 刘毓庆:《历代诗经著述考(先秦—元代)》,中华书局,2002年版。其《从文学到经学:先秦两汉诗经学史论》(华东师范大学出版社,2009年版)对汉代《韩诗》之源流、特性、诗说等有更详细的论述。
③ 洪湛侯:《诗经学史》,中华书局,2002年版,第117~143页。
④ 张巍、邹应龙:《两汉〈韩诗〉学两考》,载于《许昌学院学报》,2007年第6期。
⑤ 左洪涛:《韩诗传授人及学者考》,载于《文献》,2010年第2期。
⑥ 俞艳庭:《两汉三家〈诗〉学史纲》,齐鲁书社,2009年版。
⑦ 王承略:《四家〈诗〉在汉代不同的学术地位和历史命运》,见北京大学《儒藏》编纂与研究中心:《儒家典籍与思想研究》(第三辑),北京大学出版社,2011年版,第50~57页。
⑧ 郝桂敏:《三家〈诗〉流传情况考》,载于《沈阳师范学报》,2007年第2期。

况。① 对《韩诗》言《诗》的渊源,陈桐生认为"《韩诗》对某些作品题旨的阐释参照了《孔子诗论》"②。李华对《韩诗》的渊源也作了考察。③

在《韩诗》的个体学者与著作的研究方面,顾恒敬讨论了韩婴的生平、《诗经》学特征与对《韩诗》的传授情况。④ 樊东考察了韩婴的生平事迹与从事的《韩诗》及《易》学学术活动与学术渊源。⑤ 秦进才也讨论了韩婴的生平与学术活动,以及韩诗学派的《诗》学特征、《韩诗》学家及其著述与流传情况等。⑥ 赵东栓考察了王吉的生平事迹、经学活动以及在经学史上的地位与贡献。⑦ 马昕讨论了《韩诗薛君章句》的作者、成书与流传过程。⑧ 吕冠南讨论了《韩诗翼要》的作者、性质,并对其佚文作了考辨。⑨ 此外,吕冠南还对《汉书·艺文志》所载之"《韩说》"予以考辨,对汉代《韩诗》佚著的阐释训诂特征作

---

① 杨艳琼:《〈韩诗〉著作流传考》,载于《华中师范大学研究生学报》,2012年第3期。
② 陈桐生:《孔子诗论研究》,中华书局,2004年版,第238页。
③ 李华:《韩诗渊源考论——以韩诗后学对孟子的承传为例》,载于《五邑大学学报》,2011年第1期。
④ 顾恒敬:《韩婴》,载于《河北学刊》,1984年第4期。
⑤ 樊东:《韩婴与〈韩诗外传〉相关问题》,载于《淮南师范学院学报》,2018年第4期。
⑥ 秦进才:《韩婴与韩诗学派探析》,载于《石家庄学院学报》,2019年第2期。
⑦ 赵东栓:《西汉儒家学者王吉及其经学活动考述》,载于《龙岩学院学报》,2007年第5期。
⑧ 马昕:《〈韩诗薛君章句〉成书、流传及亡佚考》,载于《中国典籍与文化》,2012年第2期。
⑨ 吕冠南:《〈韩诗翼要〉三题考辨》,载于《图书研究与工作》,2018年第10期。

了分析，对《韩诗经》之异文予以辑佚与考辨等。①

由此可见，近百年来对《韩诗外传》以外的汉代《韩诗》学研究，主要在 21 世纪后才取得了较大进展。目前学界对汉代《韩诗》学流派的梳理工作较为细致，但对汉代《韩诗》学文献与《韩诗》学者的研究不足，吕冠南在这两方面皆取得了不错的成绩。

## 小　结

第一，关于汉代《韩诗》学研究主要始于 20 世纪 90 年代，在 21 世纪前的十年，研究成果大量出现，但近年对《韩诗》之研究又有衰落之势。

第二，对《韩诗》的研究，《韩诗外传》是重点，其他汉代《韩诗》学的研究成果较少。因此有必要加强对《韩诗外传》之外的汉代《韩诗》学的研究。

第三，对于《韩诗外传》的研究，21 世纪以来有明显的进展，主要表现为对老问题有新说，如对卷次问题，汪祚民、王培友在前人的基础上都提出了新的看法；《韩诗外传》在 20 世纪 90 年代以前的研究进展不大受其文本定性的影响，但 90 年代以后，其文本定性研究得到突破，相关研究也得到突破性进展。这一现象值得反思，在我们的古代文学、文献研究领域，学界对某部著作、某个作家

---

① 吕冠南：《〈汉书·艺文志〉所录〈韩说〉三题》，载于《山东图书馆学刊》，2019 年第 1 期；《〈韩诗〉佚著的训诂与阐释特点》，载于《河北师范大学学报》，2016 年第 2 期；《〈韩诗经〉异文辑斠》，载于《河北师范大学学报》，2018 年第 2 期。

或某种文学形象的研究态势，往往与学界对此对象的定性有直接的关系。

第四，在解决、突破老问题的同时，新的研究领域不断开拓，研究者们的视域越来越开阔。这在《韩诗外传》的思想研究、文学研究、语言文字研究等方面皆有所表现。这种状况在21世纪后表现尤其明显。随着研究视域越来越开阔，需要思考的问题也越来越复杂，这就对研究者的学养提出了更高的要求。参与《韩诗外传》研究的以一些年轻的硕士、博士为主，《韩诗外传》的研究领域得以迅速拓宽，但研究的深度上不去，重复建设情况严重，这是一个需要引起重视的问题。

第五，对《韩诗外传》的研究视域在不断拓宽，但对一些问题的研究还不够。一是渊源问题，主要包括两个方面：一是思想的渊源研究明显不足，这是制约目前《韩诗外传》思想研究深度的一个因素；二是文本形式的渊源问题，文本的表现形式常常与其功能有关，但目前学界对《韩诗外传》的文本表现形式研究不足，只有将《韩诗外传》的渊源搞清楚，我们才能对其作出更加明确的定性，相关研究也才能加深。这就要求研究者跳出《韩诗外传》的文本，将眼界放到先秦两汉的其他传世文献与出土文献上来思考这个问题，这也对研究者的学养提出了更高的要求。

第六，目前的《韩诗外传》研究多局限于《韩诗外传》本身，缺乏从四家《诗》或汉代经学、汉代大学术的学术研究视野去思考《韩诗外传》或汉代《韩诗》，即可以从跨学科的角度研究汉代《韩诗》学。

第七，学界对汉代《韩诗》学流派的梳理工作较细致，但对汉代《韩诗》学文献与《韩诗》学者的研究明显不足。因此，应该在前人研究成果的基础上，对前人特别是清代学者的《韩诗》乃至三家《诗》研究成果进行反思，重新调整研究方法与立场。

# 后 记

本书是一部汉代《诗》学研究论集，也是反映我学习研究《诗》学历程的著作。

书中最早的一篇论文的写作时间是2007年暑假，当时是在谢建忠老师的指导下完成了《毛诗与刘桢诗歌》一文的初稿，后来经过与谢老师的反复讨论，几经修改，最终成文。

2009年至2013年追随熊师良智先生读书。在熊师的指导下，先后完成书中陆贾《诗》学、董仲舒《诗》学、司马迁《诗》学、汉代帝王的《诗》学与20世纪《鲁诗》研究等文章。在这些文章的写作过程中，老师从研究方法、写作要领、材料处理乃至具体的行文等方面都给予了我细致的指导与修改，这些文章也是老师心血的结晶。是熊师把我带进《诗》学的世界，并敦促我不断前进。

其余章节完成于2013年至今，部分文章是在滕新才老师的反复敦促下才完成的，并将之刊发在他主持的学报上。谢谢老师的勉励与鞭策。

我常常感叹自己很幸运，人生中常常得到师友的勉励与帮助。除了上述三位老师外，还要感谢文学院李俊老师、郭作飞老师和王志清兄的关怀与帮助。同时感谢徐凯编辑,她的认真工作,减少了本书在文献引用与文字表达上的不足。

感谢重庆三峡学院文学院将此书纳入"三峡学者文库",并资助出版。

本书部分内容曾在一些学术刊物上发表,收入本书虽经修订、补充,但问题在所难免,期待学界同仁的指正。

**张华林**
2019 年 8 月 16 日于重庆三峡学院寓所